陌路倾城

[City of strangers]

[下]

闪 灵 \著

美 黑龙江美术出版社

图书在版编目（CIP）数据

陌路倾城．下 / 闪灵著．— 哈尔滨：黑龙江美术
出版社，2014.4
　　ISBN 978-7-5318-4653-6

　　Ⅰ．①陌… Ⅱ．①闪… Ⅲ．①长篇小说—中国—当
代 Ⅳ．① I247.5

中国版本图书馆 CIP 数据核字（2014）第 084371 号

陌路倾城　下
MoLu QingCheng　Xia

闪灵 / 著

出版发行	黑龙江美术出版社
地　　址	黑龙江省哈尔滨市道里区安定街 225 号　　邮编：150016
网　　址	www.hljmscbs.com
经　　销	全国新华书店
责任编辑	李　旭　颜云飞
策　　划	蘑　菇
设计制作	初号机　八　云
制版印刷	深圳市雅佳图印刷有限公司
开　　本	787mm×1092mm　1/16
印　　张	13.5
版　　次	2014 年 5 月第 1 版
印　　次	2014 年 5 月第 1 次印刷
定　　价	29.00 元
书　　号	ISBN 978-7-5318-4653-6

林馨

    自小父母双亡，与双胞胎姐姐一起由外公抚养长大。因家境贫寒，从小就十分独立，担起养家的角色，从高中开始姐姐的学费和生活费都由她包办。就读S大经济系，先后结识原氏兄弟，并在工作中与原芮风（哥）相恋。

林笛

    林馨的双胞胎姐姐，比较胆小、怕事，只负责家里琐事，大事均由妹妹做决定。为了给意外丧命的外公讨回公道而吃了不少苦头，更惨被黎奉天囚禁，但最后为了保护妹妹而不得不隐瞒真相。

原芮风

    原氏集团长子，旗下子公司原科地产真正的掌陀人，极具经商天赋，为求事情顺利，做事经常游走于灰色地带。意外结识林馨后，虽然二人在公事上有不少摩擦，却又深深地被林馨的固执、倔强所吸引。

原芮海

    原氏集团幼子，对经商毫不感兴趣，却是原科地产的法人。S大建筑系校草，与林馨在校园结识，被林馨独立的个性所吸引，对林馨十分照顾。为人温柔、体贴、善良。

    志愿者扶贫主页上刊载的乡村女教师照片、戴在女教师手上价值四五十万的江诗丹顿的女式经典款Malte引起关注，在网络引发热议，而照片的背后更牵扯出一段轰动一时的商场丑闻……

City of strangers

陌路倾城 目录

Contents

Chapter 11
第十一章

那张铺着银灰色真丝床品的午休床上，神情慵懒的女孩子刚刚坐起身，揉了揉看似睡意蒙眬的眼睛，举头向这边看来，露出了一个迷惘的微笑，"哎呀，你回来了？几点啦？"

她不好意思地翻身跳下床，去摸包里仍然作响的手机，"跑到床上躺着，就不知不觉睡着了……啊，原来是你的电话。"

看着她依旧带着睡意的眸子，原芮风在门前停顿了数秒，心里那突如其来的慌乱这才慢慢消失。露出一个宠溺的笑，他招了招手，"等的肚子都饿了吧？这才刚刚过七点，你倒睡得着。"

"没办法啊，今天白天太累了，好多工作！"林磬抱怨着，"还不是在忙你们原科的资料吗？整整几千页资料要核对，还遇见一个问题，说想来请教你呢。"

"哦，什么问题？"原芮风拉着她的手走到办公室外间。

正要拿出白天那条被莫名删除的报表附注来问，忽然地，林磬脑海里有几个词跳了出来：原科征地，商业谈判，外公……没有什么必然的联系，但是偏生就那么忽然缠绕在了一起，混乱而纠结。心里有那么一个小小的声音响起来：别问了，先别问。

奇怪的阴影在心里泛起来，就在那个问题就要脱口而出的一瞬间，她抿住了嘴巴。歪着头看着原芮风，她勉强做出露出顽皮的笑脸，"嗯，我还是不问了，就是个业务上的请教，我忽然觉得，还是应该自己去找答案。"

原芮风也笑了，"也对。这种事啊，要不就去请教你们单位里的专业前辈，要不就自己多想多琢磨，反而印象深刻。"

是的，她不能问。她需要自己去找一下答案。

再次把自己埋首在事务所的文山案海里时，林磬开始搜寻资料。她也说不清自己想找到什么，她只是遵循着心里的直觉，奇怪的不安和困惑就像是一根带着尖刺的藤蔓，深深地在心底扎了根。

从陶经理那里，她没有什么阻碍地就拿到了想要的资料——原科地产最初送来的原始财务报表和其他数据。而在这些资料中，更加进一步证实了一件事：老家那块被拆迁的地皮，的确是原科在很早以前就纳入商业开发用途项目范围的，而且也曾积极和业主做过初步接触。

这些，都是在政府征地之前发生的事。而后来的报表中，也恰好删掉了这项锦上添花的成功提案。就像是觉得这件事并不值得宣扬一样，它被原科集团刻意淡化，选择遗忘。

为什么？有什么原因，不能告知天下的呢？

掩上手边的案卷，林磬沉默地坐在 KJD 事务所的写字楼里，觉得心头疑团更大了。

窗外是阴沉沉的天，K 城和所有大型城市一样，空气质量总是处于污浊的边缘。看着这令人不喜的天空，林磬想起老家固丰那片清澈蔚蓝得多的天空。

下定了决心，她拿起桌上的电话，拨响了长途汽车站的订购电话，"您好，我想订一张明天去固丰市的早班车票。是的，越早越好。"

漫步在固丰市的街头，她忽然发现，半年多没有再回来，熟悉的街道已经开始有点陌生。

农机所昔日年久失修的破旧居民楼，早已经消失不见。原先十几栋旧楼所在的地皮上，整齐漂亮的高级住宅群拔地而起——有几十层的高层住宅，有联排的四层复式别墅，有的还在拔高，而有的，却已经封了顶。

熙熙攘攘的工地上，找不到农机所过去的影子了，更是看不到一个熟悉的邻居。也对，他们都拿着补偿款搬走了，这里，又怎么会有熟人呢？

正在工地茫然徘徊着，忽然背后一声犹豫的叫声："这是老李家的姑娘，小磬吗？"

林磬回过头，正看见农机所过去的看门老头。

"张叔，是我啊。"她连忙跑过去打招呼，"您怎么也在这里呢？"

老门卫推了推老花镜，"我本来就住在农机所门房里，拆迁了也没处好去，正好这里的工地晚上也要请人看守，他们就请了我。"

看看林磬，他道："老远的我瞧背影像你，果然就是。欸……你外公去世的时候，也没见你回来，我就纳闷着你去了哪里。"

"张叔，我那时候在外地实习，没有联系上呢。"林磬红了眼圈，脑海里响起在原芮风办公室里偷听到的那个词——季大可口中的"惨事"，心头开始怦怦跳动。

紧盯着熟悉的老门卫，她颤声问："张叔，我外公到底是怎么死的？"

张老头吃了一惊，疑惑地看着她，"你外公不是那天晚上和歹人纠缠中掉下楼，加上心脏病发去世的么？怎么，警察局不是老早就定了案？"

林磬就像是听到了一个炸雷，直惊得她摇摇欲坠。什么？和歹人纠缠，掉下楼？！

"张叔，您、您说清楚一点！什么歹人，到底怎么回事？"她急切地追问，心里像是油煎一般。

"你姐姐……难道没跟你说？"张老头迟疑又困惑，"当初政府强拆这块地，给的价格很低，包括你外公在内好几家都不肯同意。结果就出了那档子事喽，虽然明面上是歹徒夜里抢劫什么的，可是大家都在猜，应该是有人在指使，逼着人搬走……可怜你外公性子执拗，结果就出了这档子事……"

他长长叹了口气："那天晚上我也当值，你姐姐哭着跑下楼，说是有歹徒入户威吓，然后你外公就摔下了楼，不省人事了。救护车来的时候，我还帮了把手。你姐姐为什么瞒着你呢？这可真奇怪。"

林磬呆呆地听着，忽然大声道："警察呢？警察有没有抓到凶手？！背后雇佣他们的人有没有查出来？"

"哪里查得出来？"老张头叹息着，"这种事也只是猜测，警察局那边抓不到人，就只定性为普通的入户抢劫。再说了，我们这些默默无闻的小人物出了事，哪有人会上心啊……"

林磬的耳中，听见了那"强拆"两个字。脑海里，有什么在不安而惊恐的东西在翻滚，呼之欲出。

她望着建筑工地上那显眼的"原科地产"的标志，声音有点嘶哑："这块地，难道不是正常的商业拆迁吗？怎么又变成政府拆迁呢？"

"一开始是这家原科地产来谈判的，但不太顺利。后来啊，就变成了市政府来收地了，价格比原先还低！"老张头啧啧叹息，"大家伙当然气不过了，可是胳膊拧不过大腿，再加上你外公的事，可不都不敢说话了。转手没几天，这地还不是被这家地产公司买去了，这里面的事啊，说不清啊说不清啊……"

心里像是被什么冻住了，浑身的血液都冷得像是不再流动。林馨默默地站在那里，一动不动。

有些事情已经昭然若揭，在原氏集团听到的只字片语，在KJD事务所看到的那些奇怪的删改。还有……今天听到的这些。

"要想知道更多的，去问问你家邻居刘老夫妻呗，他们当时也是不接受拆迁条件的。对了，我这里还有他们新租房子的地址呢。"老张头从口袋里掏出一个小本子，找出老邻居们的心联系方式，还是忍不住疑惑唠叨着，"你姐姐咋个也不跟你说一声呢，欸……"

林馨颤抖着手，抄下了几位老邻居的联系方式。不知道自己有没有向老张头道谢，她机械地招手叫来一辆车，按照地址寻去。

整整一个中午加下午，她没有吃饭，空着肚子辗转在几位老邻居间。事情的真相就像是被藏在冬日雪地下的污秽，随着阳光照耀，一点点的显山露水，却因为化雪时吸收了四周的热量，而让周遭的人更加浑身冰冷。

夜色一点点的来临，她终于满心疲惫，坐上了回K城的长途车。车窗外，迷离的夜色浓黑黏稠，就像是能掩盖世间的一切污浊。僵硬着身体，她任凭悲痛和愤怒的潮水淹没自己。然而，随着一起袭来的，还有挥之不散的另一件巨大困惑。

姐姐……姐姐为什么要严密地隐藏着真相，丝毫也不向她透露呢？

眼前猛然浮现出一直守在姐姐林笛身边的那个男人，她只觉得心头莫名一冷。以前以为是守护，现在看来竟然像是监视——姐姐淡漠平静的面孔……现在想起来，竟似隐忍难言！

她颤抖着手，终于拨响了黎奉天住所的电话。

"我想找我姐姐说话。"听着卧室床头电话里那男人的声音，她咬着牙道。

电话里，那男人声音温和："你姐姐晚上去看一个画展了，晚一点才会回来，我叫她回来给你电话？"

"她至今也没有配手机？"林馨尖刻地冷笑，忽然开始察觉以前没有在意的疑点。

黎奉天顿了顿，和声道："是啊，我有叫佣人贴身保护她。"

保护，还是监视？林馨只觉得心在狂跳，血在暗暗奔涌。

"姐姐把所有的事情都告诉我了。你做的所有事。"她一字字道，强迫自己冷静下来，留意倾听着电话那头的应答。

果然，如她所料，电话里男人忽然闭上了嘴巴。就算隔着电话，林磐竟然有种奇怪的感觉，就像是那个男人一瞬间发出了某种实质性的凌厉气息。

"那么，你想说什么？"他淡淡道。

林磐强压住心头的复杂感觉，愤怒、惊惧、强烈的疑惑，还有对姐姐满满的疼惜。"我想见你，现在。"她僵硬地道。

坐在黎奉天的别墅客厅里，林磐冷冷地看着面前身材精悍、眼神如刀的男人。以前只注意到他身上的气势，到了现在，她才发现，这个男人一直在刻意收敛着内里的凌厉气息。

而她竟然不知道，这个人真正的身份！

"你说，小笛把所有的事都告诉你了？"黎奉天燃起一根烟，却在她面前放了一杯红酒。看着她苍白的脸颊，他显得漫不经心，"或许你这个时候需要一点酒来镇定一下。"

"我不需要酒。"林磐定定地看着他，让自己在这男人强大的威压下保持着冷静，"我只需要真相。"

"什么真相？"黎奉天若有所思地看着她。

林磐沉默一下，脑海中飞速思索着该怎么套出他的话来。她试探地冷笑道："我只想知道，你有什么资格强留我姐姐在你身边？"

她猜对了。

黎奉天被她这一句镇住了，半晌不语。

"看来，她真的把所有的事都告诉了你。"一旦觉得无可逃避，他也迅速作出反应，坦诚道，"不错，当初是我为了保我手下的小弟，才对她做出了那种事情，也是……戎用卑劣的手段……强占了她。"

林磐的手指，猛然掐住了自己的手心，强迫自己不要发出惊怒的追问。她默默地听着，眼中像是有火焰在燃烧。

"我知道在你们姐妹眼中，我为了庇护小弟，不准她追究你们外公的冤屈，简直是罪大恶极的恶人。"黎奉天慢慢地端起林磐不屑一顾的酒杯，放在鼻子下闻了闻，"可是，就算所有的事情重来一遍，我还是会这样做。我那几个小弟不是故意的，他们没动手杀你外公。真正要追究起来，该负责的，是背后雇佣他们骚扰住户的人。"

他嘴角微微一扯，漠然道："可是你们姐妹俩这种地位身份，又有什么能力要求一个公平？既然根本没办法揪出背后的人，再纠缠我的手下，又有什么意义？他们不过是为了要养家糊口，拿了一点小钱而已。"

林磬默默地听着，脑海里的那团迷雾被一点点的抽丝剥茧，终于露出明晰的内核。终于，忍不住心中的激愤，她冷冷一笑，"养家糊口有很多办法，照你这样说，所有的混混都情有可原，杀人放火也都有苦衷。"

"是啊，假如不是没办法，谁天生就想着杀人放火呢？"黎奉天温和一笑，眼神却漫不经心得冰冷。

林磬沙哑着嗓子，"你这种人渣……你就不怕……她看到你想吐？"

黎奉天的脸色，终于微微变了。端着那杯酒，他静静地看着酒杯中如血的颜色，复又抬头看着林磬，神色认真，"我也不太清楚我到底在想些什么。我只是觉得，想一直看着她，想她做我的女人。"

"你无耻！"林磬猛然站起身，劈手抢过他手中的酒杯，情急愤怒之下，她扬手一泼，把整杯红酒洒向了黎奉天！

没有躲闪，黎奉天眉头一皱，任凭林磬手里的酒水洒得他满头满脸。殷红的酒液顺着他的浓眉流淌下来，他举头看着林磬，并没有动怒。

"果然脾气火爆啊，半年后尚且这么沉不住气，要是在当时，怕是要不死不休？"他摇头轻笑，"你姐姐当初决定瞒着你，看来是对的，不然事情只会无可收拾，闹到天翻地覆。"

"现在我也不会就这么算了！"林磬身子颤抖，不是害怕，而是极端的愤怒。"我外公的死，不会没有一个公道。那些躲在背后的人，他们也别想逍遥法外！"

黎奉天诧异地看着她，"时隔半年，你还想怎么做？"

"这不劳你费心。"林磬咬着牙，苍白的脸上渐渐露出病态的红。

凝视着她，黎奉天终于长叹一声，似乎也有些头疼。"你们姐妹俩看着柔弱，其实都有疯子的潜质。"他苦笑，"假如我告诉你，我已经帮你们多少要回了一点公道，你信不信？"

林磬冷笑着，没有回答他。

"是真的，假如你去打听一下，就会知道刘局这几天刚刚被双规。而他那些证据，是我找人设计偷拍的。"他淡淡道，伸手抹了抹脸上的酒渍。

林磬一愣，想起了在原芮风办公室听到的那个名字——刘占涛。

"他和这事有什么关系？"

"你家的那块地，主事的，就是刘占涛。暗中指使我手下小弟去骚扰住户的，也是他的下属。"黎奉天淡淡道，"最重要的是，你姐姐后来在有关部门受到的羞辱和折腾，也少不了他的直接授意。"

林磬的心，再度狠狠地揪紧了。姐姐她到底经历过什么？在她和原芮风在欧洲游玩中轻怜蜜意时，姐姐她除了面对外公的丧事外，还一个人无助地度过了怎样的一段噩梦？！

"够了。"林笛颤抖的声音在门口传来。不知道什么时候悄然返家，也不知道在门厅外站了多久——她怔怔地看着黎奉天，凄然地笑，"你说过会帮我瞒着我妹妹的，现在为什么……要告诉她这些？"

黎奉天猛地站起身，一直镇定强势的他，此刻竟然有点手足无措似的快步奔到门前，急切地问："不是说要到十点多才回来么，怎么这么早？"

林笛穿着一身浅蓝色的真丝连衣裙，颈上一条同系的真丝小方巾，俏生生立在门前，就像一朵亭亭玉立的荷花，神色却绝望而痛苦，"你给我画展的票，就是想支走我，和我妹妹谈这些？黎奉天，你到底想做什么？"

"没有，我没有！"黎奉天额头青筋暴起，"是你妹妹说她什么都知道了，又要专门来找我谈……"

语声一顿，他回头看着林磬，心头大恼，终于知道是中了这女孩子的计。

"姐姐！"飞奔过去，一把把黎奉天从林笛身边拽开，林磬忍不住眼泪流下来，"姐姐，你好糊涂……为什么一直瞒着我，为什么啊？你受了这么多苦，跟我说说，我也能帮你出主意的啊！"

林笛哆嗦着嘴唇，慢慢抱住了她。无声的泪水汹涌而下，她哽咽着："我们斗不过他们的……我怕，怕你也被他们伤害到。外公已经死了，我不想你再出事。"

默默站在旁边，黎奉天等着姐妹俩抱头痛哭良久，才低声道："是的，好好活着，才是最重要的。"

"你闭嘴！"林磬狠狠瞪着他，一想起他自己承认强占了姐姐的话，心里恨不得一把刀捅过去。她猛地把姐姐护在了身后，狠声道："你这个人渣，有什么资格装出深情款款的样子，把我姐姐留在身边？！"

看着她想要把林笛和自己彻底割裂开来的举动，黎奉天只觉得心里忽然有种奇怪的恐惧。他忽然冷笑一声："若说到深情款款的样子，不知道你的那位男友，原氏大公子会不会比我更加深情？"

跟跄后退，林馨这才终于开始明白：该面对的，始终还是要面对。

原芮风……他所做的一切。

他从一开始就知道这些，所有的阴谋，背后是不是都有他智珠在握、无处不在的身影？

"他会付出代价的。"林馨喃喃道，慢慢地向着门口走去。情绪恍惚下，竟然忘记了和姐姐林笛告别，也没有再看黎奉天。

林笛心中焦急大盛，想要追出去，身子却被黎奉天猛然拉住。

"放开我！我要看着她……她的情绪不对劲！"她大急，死命地想要挣脱黎奉天。

黎奉天的手腕，抓得更紧。"你让她自己想想吧。她和那位原家少总裁的感情，你我都插不上手。"黎奉天冷酷地点出事实。

一个人魂不守舍地走在K城的大街上，林馨茫然地望着四周的车水马龙。不知不觉间，竟然来到了一条熟悉的街道边。中海大道，本来就是远离市区，距离姐姐林笛和黎奉天同居的别墅区不远。

一年多前，她为了筹集外公的医药费，在这条街上的私人会所里打工。忍受着屈辱，强压下不适，穿着清凉暴露的衣服，在水池边为那些非富则贵的客人按摩服务。

和那个人的再次相遇，就在这里。她怔怔看着不远处那座私人会所的雕花红漆大门，眼前涌现出那个晚上的所有细节。他惊诧而锐利的眸子，他有力地捉住她手腕的样子，他勒令自己向那个混蛋道歉，然后又在她耳边轻轻道了一声"我会保你无虞"……水花迸溅的温泉池边，他半裸着滴着水珠的身体，就像一座从水中升起的神祇，在她最窘迫的时候，解救她于危难之中。

原来所有的细节，所有让人心动的瞬间，都如此历历在目。

只可惜，那时候的他们，还都不知道他们根本就不该相遇。

是的，他和她，根本就不该在这场红尘里相遇相恋，徒惹笑话，增添悲痛后的仇恨。

一个人在灯光通明的马路边站了不知多久，口袋里的手机似乎响了很多次。第一次拿出来看到是原芮风的名字，她就像是被火烧一般，猛地放回了口袋。想要关上，却又怕太露痕迹。

于是就那样一直由着它响着，一直到终于偃旗息鼓，默无声息。一直到夜凉如水，可以让她想清楚很多东西。

第二天的清晨，陶经珏迈着袅袅婷婷的步子走进办公室时，惊讶地看见了外间办公室桌上伏案而眠的身影。

明明昨晚没有布置什么加班任务，林磬怎么会一个人睡在这里？疑惑地走过去，她小心地将自己的外衣披到了沉睡的林磬身上。目光所及，正看到她手臂下堆放的一大堆文件——原科地产的报表，财务数据。

依旧开着的电脑屏幕上，是停留在"原氏集团"搜索条上的页面。还真是拼命呢，知道原科地产上市冲刺在即，所以比任何人都上心。想到她和原芮风那呼之欲出的关系，陶经珏自以为明白了什么，暗自微笑着，走进自己的里间办公室。

很快，同事们陆续前来上班，林磬也从困倦中惊醒，沉默地开始了新一天的工作。整整一天，她沉默而异常辛苦地埋头在繁复的工作里，常见的明亮笑意从她的脸上消失了。透过百叶窗远远看了她几次，陶经理心中升起一种奇怪的感觉。

是因为太专注了，导致过度劳累吗？林磬今天的脸色明显憔悴，虽然一直没有停下手里的工作，可是却也很容易走神。

一天终于过去，到了七八点钟，一些加班的同事都陆续散去时，林磬依然滞留在办公室里。挥别了一再劝她回家的陶经理，她把自己埋在了原科地产的文件里。

一直到桌上的手机再次响起，她瞥了一眼，终于慢慢伸出手去，按下了接听键。这一刻，她隐去了所有的情绪，让自己的声音听起来平静而毫无异样。

"昨天手机忘带了，今天怕你白天工作忙，就没再打给你。"她的声音似乎带着和往常一样的笑意，"好啦，真的很抱歉嘛。啊，我晚上要加班，估计要到九十点钟呢。"

听着电话那头原芮风温和又埋怨的口气，她浅浅一笑，"别担心啦，我和同事有叫了外卖的。好，明天见。"

放下电话，她怔怔地看着手机，随手将它反扣在桌面上。目光移到电脑屏幕上，她开始面无表情地在互联网上，继续搜索着自己想要的信息。

绝不放过任何的蛛丝马迹。

大厦里的人声渐渐稀少淡去。不知道过了多久，她的视力有点模糊起来，久盯电脑的后遗症开始显现，她摇了摇头，想要站起身来，却是一阵眩晕。

"你真是疯了！"咬牙切齿的熟悉声音在不远处响起，带着明显的怒气。

林馨愕然抬头，惊讶地望着门口的那道熟悉身影——原芮风！

原芮风冷着脸，大踏步走上前来，几乎是粗鲁地抢过桌上的材料，草草一览，冷哼着："干什么？我们原科有什么值得你这么拼命？"

林馨死死地盯着他，心中犹如鼓擂：他……他发现了？他发现了自己已经知道了一切！

正要不管不顾地用最愤怒和凶狠的话语质问和反击回去，原芮风已经皱着眉，把手里的一个盒子重重往桌上一放，"就算是工作，就算是为了我们原科上市赶时间，也轮不到你这么辛苦！说什么叫了外卖，我看你是饿着肚子一直在工作吧！不注意身体的下场，就是记忆力下降，连手机都会忘记随身！"

他恼火而疼惜地看着林馨的脸，"你自己照照镜子，你的脸色简直像是见了鬼！要不是我偶然路过上来看看，你是不是要睡在这里？"

怔怔看着他，林馨已经冲到嘴边的话，终于卡死在最后一秒钟。看着原芮风放在桌上的外面饭盒，她勉强一笑，"我……一忙起来就忘了。"

"那还不快点吃？"冷冷瞪着她，原芮风伸手打开饭盒，露出里面一层层包装精美的热食，显然是来自高级饭店的外卖打包。香酥乳鸽、爆炒虾仁、清炒时蔬，还有一碗香糯雪白的泰国香米饭。一经打开，扑鼻的香气萦绕着鼻尖。

慢慢举起随包的筷子，林馨低着头，开始无言地吃着他带来的东西。一直没有说话，她忽然发现，真正面对这个人的时候，想要隐瞒心中的波涛，远比在电话中困难一万倍。

菜肴可口，热气蒸腾。也许是飞车带来，饭菜的温度依旧温热。低着头，林馨好不容易才吃完了它们，忽然飞快地站起身收拾着外卖包，"我来扔到垃圾桶去……"

身子刚动，原芮风已经抢先一步按住了她的手，狐疑地捉住了她的下巴，他审视着她微红的眼圈，"你怎么了，不舒服？"

飞快地摇摇头，林磬直视着他的眼睛，"只是这几天睡得晚，眼里有点血红丝……"用力揉了揉眼睛，她讪笑着，"嗯，该买点润眼的药水了，不过真的没事。"

原芮风这才微微松了口气，锐利的眼神柔和下来，"走吧，赶紧回去。"

开着车，他载着林磬。路过一家药店时，自行下了车进去，不多时出来，再上车时，递给了林磬一个小小的袋子，"非处方的润眼眼药水，记得用。"

林磬坐在副驾驶上，无言地攥紧了装满了各式各样的眼药水的袋子，用力得像是要掐进自己的手心。

温暖的阳光照耀进来时，是第二天的清晨。

没有像以往那样睡得香甜，林磬在晨光中，缓缓睁开了眼睛。仿佛是有点困惑，她眯着眼睛，看着身边熟睡的男人。英俊的五官，线条明晰的鼻梁。浓黑的眉头舒展着，在睡梦中没有平时高高在上地俯视气息，而是温良无害得像个孩童。

被那熟悉而亲近的面容蛊惑了似的，她伸出手，悄然刮了刮原芮风的鼻头。被这小小的骚扰惊动了，熟睡中的男人举起手，傻乎乎地挥了挥，侧身换了个姿势。

林磬舒了一口气，尚且有点迷糊的她，记得昨天好像做了一个很可怕、让她痛苦无比的噩梦。而现在，幸好梦醒了。

是的，一想到梦里那些可怕的事，她就觉得心依旧在绞痛。

不。不是梦……

身体慢慢地颤抖起来，她终于在渐渐到来的清醒中，想起了昨天的事。清晨的光线越来越明亮，她默默坐在床头，沐浴着晨辉的同时，也一眨不眨地，痴痴地看着身边继续沉睡的男人。

就像是要把他看清楚，就像是从此以后，就决绝而去。

所以当原芮风从熟睡中醒来时，看到的就是那样一副沉默的背影。他喜欢上的这个女孩，一直没有成熟女性的那种丰满性感，身上似乎总还保留着学生时代的气息，明朗中混合着青涩，可是这样坐着的时候，又有点坚持的固执。

林磬的脸逆着光，他没有察觉到自己的女友的眼神和以往有什么不同，轻轻伸出手去，像这些天一样，亲昵地在林磬手背上画了个圈圈，含糊地笑，

"怎么醒得这么早？真是服了你，昨晚还累得满眼通红呢……这就又没事人一样了。"

林磬没有说话，由着他的手在自己手背上点点戳戳，又握住了指尖。

伸了个懒腰，原芮风终于坐了起来，精神抖擞地跳下床，"好，起床起床。上午还有一大堆公事要做呢，学一学你这位龙虎精神的女强人！"

凝视着他，林磬的表情，终于调整到了无懈可击。

"原科地产上市的事情，都铁板钉钉了，你还有这么多事吗？"她问。

原芮风干脆利落地穿上佣人早早熨烫妥帖的衬衣，打上了同系的真丝领带，闻言摇了摇头，"虽然按说是没有任何问题了，但是毕竟还得事无巨细盯着。路演在即，就算是路演当天的发言稿，也得根据最近的股市行情来微调。"

"起码没有竞争对手能影响到原科了，对吧？"林磬微笑着，看上去也在为他高兴，"记得你上次还说，今年证监会大约只会放一到两家房地产公司上市的名额出来，有志争夺的，有好几家呢。"

原芮风轻笑起来，脸上是志得意满的表情，淡淡道："我们原氏集团在京里好歹还是有人的，只要不出意外，这个名额不会花落别家。"

林磬轻轻撇了撇嘴，神态有点小小娇嗔："又在搞那些见不得光的东西，哼。"

那娇憨的埋怨表情和往日大有不同，原芮风稍稍的诧异下，心中也是莫名一荡。不由得轻笑起来，他俯身在她额头上用力一弹，"笨丫头，要想办好这么大的事，怎么可能完全按照程序来？"

林磬看着他，"我明白啦。在香港的赌船上，光是投石问路就随手送出去八百多万，要想摆平一路上的大小关卡，还不得……"

原芮风似笑非笑地，既不否认也不承认，只是嗤笑一声，"大环境如此，不然我会愿意好好地把辛苦挣下的利润送人？"

林磬默然。是的，原科本来就是几家排队的公司中资质最好的一家。就在昨天，她找出了KJD事务所尘封了大半年的一些原始资料，那是有可能和原科形成竞争的其他几家房产公司的具体情况，不得不说，无论是商品房质量，还是业界内的口碑，又或者是实打实的企业规模和实力。

"风华园应该最有竞争力吧，它的业绩和行业地位紧挨着原科哦，听说也在积极谋求上市，做了很大的努力？"她看似随意地道。

原芮风淡淡摇了摇头，浑不在意，"没可能了，除非我们原科自己出什么问题，不然哪有他们的机会？"

林磬静静地垂下眼去，没有再说什么。披上床边的睡袍，她温柔地起身来到原芮风面前，伸手帮他整理着领带。

轻昂着头，原芮风任由她的手指轻抚着他的脖颈。偶一低头，他正见她那黑若深潭、默默专注的眸子。

这一刻，他忽然觉得，眼前的女孩似乎比以前沉静成熟了一分。是步入职场后的影响吗，还是仅仅因为这晨光中难得的相对温柔？

心里忍不住泛起柔情，他低头在她额头上轻轻一吻，忽然脱口而出："等忙完这一阵，我想带你回家做客，见见我的父母。"

仿佛猛然一僵，林磬茫然抬头，似乎不太理解，又或是不太相信他的话。

原芮风专注地看着她，认真道："是的，就是你想的那样。我想带你见一下我的家人。"

依旧怔怔地看着他，林磬的呼吸变得有点急促。

"不不，我不想去。"她低声道，慌乱而坚决。

"小磬。"原芮风沉吟着直视她，声音平和，却也有一点无奈，"你是不是……从来都没有想过我们的将来？"

假如说原先还曾偶然偷偷憧憬过真的在一起的可能，那么现在，我们是真的没有将来了吧？无言地仰望着那一脸认真的男人，林磬微微笑了起来，没有让心底的寒冷弥漫到眼中。

"不是的，我只是……没有准备好。"她唇角浮起一个淡淡的笑，似乎是羞涩，又似乎是对未来的少许胆怯。想了又想，她昂头看着原芮风，晶亮的眼睛里有微弱的光芒，"好，等原科正式上市的那一天，我再和你一起去你家。"

年轻的男人终于开心起来，微抿的嘴角含着俊朗笑意。猛然抱起林磬，他在房间中悠然转了个圈，口气中充满了不容置疑："那么这些天，你要给我好好休息，把身体养得胖一点，气色再好一点！我可不想带着一个形销骨立的病姑娘回家。"

咔嚓咔嚓的快门声此起彼伏，长枪短炮的闪光灯对准台上闪个不停。凤凰城五星酒店的18层超级会议厅里，一场盛大的新闻发布会正在举行。

酒红色的红地毯铺满整个会议厅，璀璨的灯光如同繁星，从高处的吊顶内洒下光辉，现场的台上摆满鲜艳的鲜花，而主持人的背后，是巨大的高清投影。

"诸位的媒体朋友们，诸位到场的同行们，能够请到大家莅临原科地产的上市新闻发布会，是我们整个原氏集团的荣幸。"容貌精干而气度翩翩的新闻发言人笔直地站在发言台前，在闪光灯的不停照耀下，继续着早已备好的发言稿。

"经过长时间的精心准备，原氏集团下面最资质良好的子公司——原科地产业已得到中国证监会初步批准，取得上市发行 A 股股票八千万股的许可，且已经正式完成了和母公司的资产剥离，完成了上市前的股份制改造！"发言人笑容满面，伸手向身边的一位白领女士做了一个示意的手势。

那位女士优雅地起身，向着台下微微鞠躬示意，脸上是素雅的妆容，身上是得体的高级套装。

"这是国际著名会计师 KJD 事务所 K 城分部的业务总经理陶女士，这一次，就是由 KJD 事务所负责我们原科地产的会计审计事务，相信他们以在业界的实力，一定能为原科的财务做好审核，为所有投资者把好每一道关！"

随即，他将手指向了身边另一边的一位男性，"负责我们原科地产上市辅导的注明国际投行——嘉世投资银行，这也是他们进军内地内地后，接下的第一桩上市辅导案，而今天到场的，就是嘉世投行中国区的副总裁黄大安先生！"

热烈的掌声响起来，台下坐着不少有少量股份的各路投资者，此刻都报以了由衷的掌声。

会场一角，媒体记者的边上散落地坐着一些工作人员，有的来自原科地产，有的则来自原科的合作单位。林馨默默地看着台上，脸上没有什么表情，面前的笔记本电脑开着，闪烁的鼠标停留在搜索页面上，那上面，铺天盖地的新闻链接比比皆是，都是关于原科地产即将上市的经济类新闻报道。

抬头看着新闻发言人那激情洋溢的表情，她专注地注视着。虽然表情淡漠，但是她的眼睛却一直紧紧关注着台上，留意倾听，不漏过只字片语。

台上的发言人激情洋溢，紧接着打开了精心准备的幻灯片。会议厅灯光隐去，高清的投影幕布上展开了原科地产的宣传片。全国各地的优质房产，坐落在湖光山色中的高档别墅群，如雨后春笋般飞快建成的各地小区……伴随着优雅大气的背景音乐，整个宣传片里展现的美好前景，足以让所有人动心。

"下面，有请原氏集团的副总裁，原科地产的总经理原芮风先生上台来，接受诸位媒体朋友们的提问，谢谢！"

闻听此言，有的文字记者们已经蠢蠢欲动地从座位上站起来，企图往前挤去，抢到一个更好的发言权。就在这一团微微的骚乱中，原氏集团的少东家原芮风从一边的侧门中迈步走出，西装笔挺、气宇轩昂。

更加频繁的闪光灯亮起来，摄影记者兴奋地端起相机对准台上，这种英俊到各方位基本没有死角的男性脸孔，放在财经杂志上真是有点浪费！

"诸位媒体朋友，大家下午好。"台上的男人露出雪白牙齿，刻意露出短暂的微笑等待菲林的定格，这才不疾不徐地接着开口，黑发黑瞳在璀璨灯光中，闪闪发亮。"下面由我来代表原氏做简单地答媒体问，诸位有什么对于原氏以及原科地产的想法和疑问，欢迎提出来。"

下面的媒体记者举起的手，足足有几十位之多，很快，一位记者被点了名，他站起身，飞快问话："原先生您好，很高兴听到原科即将上市的消息。我想问一下，这是不是意味着这是铁板钉钉的事呢？"

原芮风微笑，"虽然不敢说是绝无风险，但是既然证监会那边已经备案完毕，众位投资者也翘首以盼，我想就算我们想打退堂鼓，广大股民也会不答应的吧？"

下面一阵轻轻的笑声。

"原先生，我想问一下，原科地产这次将大量优质资产从总集团中剥离，原氏集团付出了不少的代价，接下来，原科是不是在上市后，以更多的利润反哺母公司集团呢？"另一位三十来岁的资深财经记者发问。

林馨在下面，眉头不为人知地轻轻一皱。这是个看似友好，实则带着陷阱的问题。上市后用更多的利润反哺母公司，看似好听，其实也在隐约质疑原科地产和很多上市公司一样，在股市圈到钱后，拿去惠及自家？

原芮风假如不察觉的话，顺着他的话去说，可就能够引起各种不好的解读啊！

"当然，我们当然会。"原芮风的回答，让在座的资深记者都悄悄一喜，果然上了这位同行诱答的当吗？可接下来，原芮风就已经风度翩翩地浇灭了他们的窃喜。

"对于一家负责任的上市公司来说，对所有的投资者负责都是应尽的义务。我们的母公司、诸位中小股东以及众多的散户股民，都是我们的投资者，都是我们的衣食父母。我们会对每一分投资进来的钱负责，不分厚薄，尽最大努力给予他们丰厚的利润回报。"他目光灼灼，坚定而诚恳地看着台下，声音清朗，普通话如播音员般醇厚动听。

无懈可击，就算换了最优秀的专业公关人员，答案也未必能如此标准。

林磐怔怔看着台上那男人的翩翩风度，莲花谈吐，不知道是该喜还是该悲。

静默了短短片刻，台下的记者也都感觉到了这位原氏少主的滴水不漏。财经报刊封面的宠儿，见识过无数次刁蛮记者的陷阱，如今这种阵势，对于他来说，怕是一场早已做好万全准备的、硝烟都冒不起来的小小战役。

新闻发布会终于结束，前来的媒体记者临走前，都拿到了一个印有"原科地产"字样的环保袋，往里面一看，大家都露出了惊喜的表情，礼物是一块牌子小有名气的时尚男表，再加上那看上去颇厚的红包，绝大多数人已经开始想着晚上回去的新闻稿——看在这不菲的车马费的面子上，措辞也该改改了。

"原总，要不要去楼上的酒店套房休息一下？"随行的秘书跟在原芮风后面问道。新闻发布会看上去不过开了两个小时不到，可是事先的准备却耗了相当多的精力，虽然很多具体事务有人操办，可在这位少总裁事必躬亲的性格，他也是颇费心力。

随手松了松领带，原芮风不在意地道："林小姐在哪里？"

"就在楼上的2208套房里呢，她说有一些资料正在整理。"秘书笑着回答。

"好的。"原芮风迈入电梯，向着楼上而去。

用房卡刷开豪华套间的门，原芮风一眼看见坐在阳台的藤椅上的林磐。背对着门，他膝头放着打开的电脑笔记本，却抬着头望着远方的云层和天空，似乎在悠悠出神。

明媚的阳光照满整个宽阔的看景阳台，可是坐在阳伞下的藤椅上，女孩的整个身影被遮挡在了阴影下，不知为什么，原芮风忽然有种错觉，那身影……似乎有点凉意和萧瑟似的。

"小磐？"他犹豫着叫。

很快回过头，凉台大阳伞下的女孩脸部遮挡在黑影中，对着他轻轻一笑，黝黑的眸子就像是深潭里的一汪静水。

"在想什么呢？"原芮风轻声问，走了过去。

林磐静静地看着他，半晌才低声道："我在想，这里是我们第一次见面的地方。"

原芮风恍然大悟。是的，这家凤凰城五星级酒店是他初到K城时要整顿的第一家产业，第一次来视察，就在一群女孩中一眼看到了她。

想着那晚上的情形，想着林磬站在电梯口，骄傲而挑衅地把那叠钱扔回给李经理的模样，他心中一荡，"那一天，你扎着马尾呢。"

林磬沉默了一下，唇边也扬起了一个淡淡的笑，"是啊，好像就在昨天。"

凝视着原芮风，她忽然道："芮风，这两天，我就搬到你哪里去住吧。"

原芮风一愣，旋即惊喜道："说了这么多次，你都一直不同意，现在怎么想开了？"

林磬垂下眼，脸色微微有点发红，"前阵子我们都太工作要做，现在原科上市快要达成，我跟的KJD事务所的项目组也快解散了，没有那么忙啦。"

"早就该搬来了，总是住在员工宿舍里，条件还是太差了。"原芮风轻笑着低头在她额上一吻，心中高兴，"求之不得。"

他顺势也在大犯伞下坐下来，随手给自己倒了杯茶。小圆桌上有酒店送来的冰饮，水晶般透明的茶壶里，琥珀色的水果茶中飘着晶莹的冰块。手掌中感觉着凉意沁人的冰饮，他心情极好。

"一切都顺利吗？"林磬看着他，有点担忧似的，"不会有什么节外生枝吧？"

原芮风失笑，"能有什么呢？当然是铁板钉钉的事了。"

林磬嗯了一声，目光转到自己面前的笔记本上，"我再做一会工作，马上就好。"

"喂——"原芮风抱怨般地看着她，"你现在似乎应该去宿舍收拾东西吧？我开车陪你去！"

微笑着看着他，林磬的脸有点红，"早上就收拾好了呢。"

只有区区两三个行李，原芮风一个人就把林磬的全部家当搬进了自己的后车厢。特意开了辆越野车过来，却没想到后车厢显得空空荡荡。等到把这些行李中的衣服挂到他那超大的步入式衣帽间里，也只占用了衣帽间的区区一个小层。

"你真该添点衣服了。"原芮风摇头叹气，心里开始暗自回想在K城该去找谁来帮忙。香港的老朋友安妮好像最近也会公事来K城，要不要再麻烦她一次呢？一想到在香港时林磬穿着那套海蓝色小礼服的美妙青春模样，他忽然有点懊悔。

最近的忙碌，让他错过了什么呢？

"哎呀，我把笔记本忘在员工宿舍了。收拾的时候只顾着衣服和零散物件，忘了它！"林磬在他身后忽然叫了起来，声音充满了懊恼。

"明天我叫人帮你去拿吧。"原芮风道。

"可是今晚我还有点事要做。虽然资料我又存在邮箱里备份了一份，不过还是需要电脑。"林磬懊恼地道，"要不，我现在再回去一趟……"

"这怎么行？"原芮风不满地道，"我书房里又不是没有电脑。跟我来吧。"

站在铺着厚厚地毯的二楼书房里，原芮风同时打开了管线柔和的吊灯和台灯。宽大到足足有两三米见方写字台前，一边摆放着屏幕超大的台式机，另一边则放着一台银灰色的个人笔记本。

"你就用这台吧。"他打开了那台黝黑锃亮的台式机，顶级配置下，开机过程堪称神速。他随手键入了一串开机密码，对着林磬道："我先去洗澡，你也别工作的太晚。"

"好，你去吧，我尽快做好它，明天公司要呢。"林磬也随意地道，开始进入自己的邮箱，找到备份的工作资料开始下载。

当房门被原芮风带上的那一刻，她看似随意的眸子忽然变得幽深而冷静。抬头看着掩上的书房门，她倾听着渐渐远去的脚步声，目光落到了面前的电脑上。

飞快地点开各个硬盘分区，她紧张而毫无目的地开始浏览。业务规划，预算决算，原氏各分部的报表……没有什么值得留意的东西，一切都很正常。

用最快的速度翻看着，她的目光渐渐失望。沉吟了一下，她破釜沉舟地从微微敞开的脖颈中掏出了一件事物——一个小巧精致的，像是吊牌般的吊坠。

飞快地解下那个吊坠，她拔下其中一端。金色的触点露出来，那是一个吊坠式样的U盘！

插上早已准备好的U盘，她快速地开始运行上面的一个小工具程序，桌上的宫廷式精美座钟嘀嗒响着，秒针在匀速前行，细微的声音在这安静到极点的书房中，此刻却像是一声声急促的催促。

小小的程序解压完毕，黑色的界面浮现出来，后台运行的程序开始自动搜寻，在整个电脑中检索着。流水般的文件在屏幕上飞快闪过，令人目不暇接。

走廊另一头的主卧中，浴室里的水声在流淌。原芮风漫不经心地在淋浴中冲洗着。蒸汽氤氲，遮挡着浴室中的视线，也隔绝了外界的声响。

目不转睛地盯着那个小间谍程序，林磬面色平静，终于，程序页面微微一室，跳出了一行小字："发现隐藏文件，是否复制？"

她快速地点下"全部复制"的选项，很快，在间或的停顿中，一个个的隐藏文件夹被复制下来。留意着面前的座钟，她的神情有点渐渐紧张，洗一个澡，应该要不了太多的时间，面前的书房门，也有可能随时被推开。

快一点，再快一点。看着扫描的进度条在一点点向着100%逼近，她不知不觉掐紧了自己的手心。

伸手关上方形的巨大莲蓬头，原芮风在一片蒸汽中，扯下旁边架子上的纯棉大浴巾，慢悠悠地擦拭着头发和身上。很快，水淋淋的身体已经被毛巾吻干，他走到浴室中靠近门边的储物柜，打开来取出了崭新的干净浴袍。

推开门，主卧里依旧空无一人。林磬还没有做好那点简单的工作吗？他坐在床边把头发又擦了擦，终于等得不耐，起身向着书房而来。

安静的书房里，搜索全硬盘隐藏文件的进度条终于完成了100%！林磬的心一阵狂跳，根本来不及看那些具体内容，已经下意识地开始拷贝到自己的U盘上。速度很快，因为都是文档类的文件。

忽然，她抬起头，倾听着走廊上隐约的声响。地毯足以吸收任何足音，她听见的，是一声隐约的开门声。死死咬着牙，她没有终止复制粘贴，而是继续等待着。

完成！她飞快地拔下U盘，重新把它挂上自己的脖颈时，因为紧张，她的手指在微微颤抖。越是心急，越是慌乱，她的鼻尖渗出了细细的汗。

吱呀，书房厚重的雕花木门应声而开。原芮风披着宽松的雪白浴袍，明朗而俊美的脸出现在门前，"还没忙完？"

端坐在那里，林磬的手指轻搭在键盘上，似乎正在敲打。有那么短短的呆滞，她很快地嫣然一笑，"还差最后一点点，马上就好。"

完全没有察觉到任何异样，原芮风微笑着走了过来。自然而然地和她挤在那张宽大的椅子上，他刚刚洗浴过的身体紧贴着她。

"我来帮你。"他低声道。

"不不，不用了，真的马上就好。"林磬没有看他，手里的鼠标轻点，屏幕上，KJD事务所的业务报表赫然在目。

原芮风依旧不愿意离开，"早点帮你做完，你才能陪我嘛。"轻嗅着林磬的颈间，他悻悻的，"看我，多么清新好闻，你都快要臭死了……"

不知是被他的轻嗅弄得有点发痒，还是被他那搭在腰间的大手抚摸的有点发软，林磐颤声道："你……你别捣乱。"

鼻子间轻哼一声，原芮风继续着不甘心的骚扰。从女孩胸前无意间看下去，正看见那个小小的吊坠。

伸出手，他故作好奇地拉住了那个小吊坠，"咦，什么坠子……从来没见你戴过呢。"

林磐的脊背，忽然变得僵硬起来。眼睁睁看着那个吊坠在原芮风的手中摩挲着，她忽然一把抢了回来，"好啦，败给你了！"狠狠用眼神瞪了他一眼，她咬着牙，"堂堂原氏集团的少总，用这种法子吃自己女朋友的豆腐，丢脸不丢脸？"

刚刚洗浴完的男人邪气地扬起眉，不怀好意地圈住了她的身体，把她固定在拥挤的座椅上，"既然是女朋友，哪里有什么吃豆腐之说？"

嘴唇被吻住，身体被禁锢在方寸之地，林磐满面通红，呜呜地挣扎起来。

好不容易才从这深长而绵延的吻里挣脱开来，她轻轻喘息着，"我……我得去洗澡。"

"同意。"男人放过了她的娇艳唇瓣，却没有放开她的身体，拉着她的手，他不由分说地把她从座椅上拉起来，向着主卧带去。停在浴室门口，他帮她推开门，然后一起走了进去。

呆呆地看着他一起进来，林磐简直无法消化。"你、你……你干什么？"

"我告诉你浴袍在哪里啊，我叫刘妈专门买了适合你的款型，怕你找不到。"原芮风一本正经地示意给她看，然后在林磐慌乱的后退中，把身体贴了上来。

"当然，其实我也觉得，既然你终于肯搬进来，我想我们需要小小地庆祝一下……"他晶亮的眼中含着笑意和某种企图，逼近的同时，悄悄按动了两人身后的全方位喷射淋浴开关。

晶莹的水花顷刻间就像细密的春雨，密密匝匝地洒下来。捧起林磐的脸，原芮风在漫天水帘中吻了下去……

深夜。

一直是单身居住的卧室里，终于第一次有了女人和男主人同眠。刚刚躺上床的男人，很快就陷入了深眠，均匀的微鼾响起来。

　　而绣着精美刺绣的真丝床品下，大床的另一边，林磬却在夜色里睁着眼睛。怔怔地看着窗外的月光，她的目光幽深，清冷而没有情感。

　　忽然地，极为微弱的震动从枕头下传来。她无声地掏出手机，静音状态下，幽蓝色的屏幕泛着黯淡的光。打开短信栏，一条刚刚收到的短信赫然闪烁着。

　　"好，我帮你的忙。"署名，黎奉天。

　　她看着那名字，眼里闪过一丝冷漠。很快地，她删掉了那条短信，开始按动手机键盘："别让我姐姐知道。"

　　"放心。不过你也要答应我，帮我求得你姐姐的原谅。"

　　林磬的眼睛中，闪过一丝压抑不住的愤怒的光。压下心头的悲愤，她飞快地回信，"这种事，外人永远帮不上忙。她是否原谅你，取决于你的过往！"

　　手机那头陷入了沉默，很久也没有再发来震动的短信。林磬盯了半天，正要关机的时候，屏幕一亮，终于又信息回复再度回复过来："你的态度，对我们都很重要。"

　　咬着牙看着那堪称无耻的话，林磬沉默了很久，才终于打下一句："先帮我的忙，事成之后再说。"

　　然后，她删掉了所有的短信。

　　K城郊区那栋独立的私家欧式别墅里，黎奉天看着手机上闪烁的回信，似乎在沉思着。很快，他也同样删掉了往来的所有信息，从楼上的书房来到了楼下。

　　客厅的沙发上，林笛抱着膝盖，默默地坐在那里，看着墙壁上硕大的液晶电视，似乎在凝神观看，又似乎在怔然出神。

　　察觉到男人的阴影伏下来，她没有抬头也没有说话，只是依旧专心地看着电视，好像那里面的内容十分精彩。

　　看着她，黎奉天轻声道："太晚了，去睡吧。"

　　微微摇了摇头，林笛漂亮的大眼睛里没有什么表情。

　　"天天看这些电视，真的不觉得无聊吗？"黎奉天并没有因为她的冷淡而沮丧，依旧平静地道，"我去拜会过你过去学校的老师，他说你对画画是真的热爱。既然这样，为什么不画下去呢？"

别墅的二楼，甚至在第一时间就专门为她专修了一间画室，里面买齐了所有专业工具和画笔颜料，可是自从被迫住进这里的第一天，林笛就从没踏进去一步。

"楼上的画室有什么不满意的，或许是办事的人不懂，你可以说出来。"黎奉天好脾气地道。

终于，林笛抬起了头，直直地看着他。

"我不想早睡，只是因为想把和你同床共枕的时间缩短一点。我不想画画，是因为只有在洁净的心境下才会画出好作品来，而这里——"她柔弱的声音好听得像是清脆的黄莺，可是语句却像锋锐的刀，"很脏，不是吗？"

饶是一直用最大的耐心来应对，黎奉天在听到这一句时，也变了脸色。居高临下地伸出手，他攥住了林笛的下巴，没有用力，却也让她动弹不得。

"你到底想怎么样？"他冷冷地一字字问。

"这话该我问你。"被他盯住，林笛忽然觉得压力好大，勉强控制住颤抖的声音，直视着他，"你……到底想怎么样？"

没等她反应过来，身前的男人已经眼中喷着危险的怒火，猛然俯身下来，狠狠地、重重地将整个身体的重量压下来，攫取住了她的唇瓣。

这个男人自从把她强留在这里，几乎从不在外面留宿，既没有她想象中那样过着花天酒地的生活，也没有对她做出强迫的举动。每天晚上，他理所应当地要她和他同床共枕，就像老夫老妻一样。

从一开始彻夜难眠，到现在终于慢慢习惯，她忽然惶恐地发现，原来"习惯"是如此可怕的一件事，日日面对着他，她竟然开始觉得他没有危险。可现在……这突如其来的强吻脱离了她好不容易才习惯的轨道！

"我以为就算是一块冰，也可以捂化的。可是现在看来，你显然不是冰，而是岩石块。"黎奉天长久之后，才结束了这个猛烈而积攒良久的吻。他重重掐住她小巧的下巴，审视着面前那看似柔弱却实则强硬的脸，感觉着肌肤腻滑，心里有微弱的火焰在喷发。

"滚开……这不是我要的。"林笛用力想要挣脱下巴上的钳制，颤声恨道，"冰块会喜欢被火捂着吗？石头会希望被开采践踏？而你想要什么，我根本不知道。"

"我想要什么，很简单——我想要你。"他一字字道，"而且要你心甘情愿。"

定定地看着他，林笛几乎是讥讽地笑起来，"你明明很清楚，要我很简单，心甘情愿很难。"

"我不怕，而且我愿意等。"黎奉天冷冷地，毫不留情地击溃林笛的幻想，"你已经是我的女人了，我不介意在自己的女人身上多等待一些时间。"

林笛摇了摇头，苦笑着，"这又不是古代。因为那种事……就要绑在一起什么的，根本是无稽之谈。我可以当被狗咬了一口，你为什么反而这么执拗？"

一个男人要留下一个女人，不外乎是垂涎于她的身体，假如真的遇上那样的事，她反倒不会像现在这样时刻坐如针毡。可他没有，他偏偏没有，于是，他到底在想些什么？她恨他，她也完全弄不懂他。

冷冷地看了她半晌，黎奉天忽然站起身，大步向着楼上走去！

Chapter 12
第十二章

　　原科地产上市的新闻，开始铺天盖地的在媒体上刊载。本来就算是国内数得上前几名的业界楚翘，有恰逢股市走牛，房地产行业又在蓬勃发展期，一时间，原科上市的首日开盘价被乐观地估计到了四十元的高位。

　　各大证券预测机构，各大财经专题，乃至专业网站上的财经论坛，对于原科地产的上市，都抱着极大的热情。散户们更是早早地把打新资金留了下来，就等着这个月的新股抽签预售。

　　而就在这一片热情高涨中，自然也有几家欢喜几家愁。绿风园地产，就是这愁眉不展的之一。今年的A股市场中，申请上市的地产公司足足有四五家，作为一家有悠久历史的房产企业，他们早早地在去年就开始了上市申请准备。可谁能料想，横空杀出来的原科地产就这么携着雷霆之势，强硬地排在了他们前面，拿下了今年的房产企业上市的仅剩名额。

　　上午九点多钟，绿风园的总裁在老板桌后看着手边的《财经第一早报》，瞄着上面刺眼的原科报道标题，愤愤地摔到了一边。《原科地产成功上市在即，业绩和规模隐约成业界领头羊》，这些拿了钱就谄媚连连的媒体报章，上市路演还有好些天呢，就这么开始把它原科捧成业界领头羊了！

　　心里愤愤，可是他心里却比任何人都清楚，一旦成功上市，拿到募集的大量资金和沉淀的资本溢价，原科的资金就真的足以甩掉他们这些同行，傲然前行了。

　　"李总，有件事想要向您汇报一下。"推门而进的不是美艳的秘书，却是随身的总裁助理小陈，他急急地走上前，"我刚刚按照惯例打开您的公司对外邮箱，整理邮件时，看到一封奇怪的信件。"

　　绿风园的总裁皱了皱眉，发到这种公共邮箱的信件，能有什么价值？

他随后打开电脑，登录了这个平时由助理打理的公众邮箱。"哪一封？"

陈助理飞快地点开一封标题为"同行机密"的邮件，声音凝重："李总，您看。我分析了一下，竟然不像是胡闹的东西。"

架上眼睛，绿风园李总裁眯起眼睛，看起那封邮件来。很快，他的眼睛瞪大了。反反复复把那封邮件看了好几遍，他看向了助理，"看上去，的确有点料啊。"

"您看怎么办？"陈助理搓了搓手，指着邮件的最后一行，"对方可是说，超过两天没有回信，他就另找别的合作伙伴。"

李总裁紧紧盯着电脑，半晌才道："离原科地产正式申购股票，还有多少天？"

陈助理飞快地回答："还有二十五天左右。"

李总裁沉吟着，背靠着真皮椅背，微微闭上了眼睛。再睁开的时候，他眼里闪着兴奋和赌博式的光，轻轻在桌上砸了一拳，"假如这里面的事都有真凭实据，来得及狙击它！你这就回信，说我们很感兴趣。"

是的，假如这封信的发送者真的能像他所言，提供这么多真材实料的揭发，那么在几天之间，就掀起足够大的风浪。就算是前一刻还在为原科摇旗呐喊的媒体们，一旦听到这些更具有话题性的爆料，也会第一时间反戈，让原科焦头烂额的！

"接触的时候，用你私人邮箱。别让人抓到任何把柄，猜到是我们在一边协助，懂吗？"李总裁老奸巨猾地笑了笑，心里开始兴奋不已。仅仅从信件里的只字片语看，这个爆料的人就应该是非常懂行，不仅对原科目前的境况深入了解，也十分清楚，在什么样的地方可以真正给一个即将上市的公司致命一刀。

他们要做的，不过是接收这些内幕资料，想到合适的办法直接递交给有关部门，然后再以迅雷不及掩耳之势，鼓动媒体们来推波助澜。

这并没有难度，而且对他们有百利而无一害。假如事情往最好的方向走，甚至可以暂缓或者彻底狙击原科的上市，阻挡住他们的步伐。而一旦原科的步伐停滞，那么紧接着排在他们后面的绿风园……岂不就是有最好的前景吗？

陈助理心领神会，小声道："明白了，我赶紧来操办。"

坐在 KJD 事务所的办公室里，林磬一边看着电脑，有条不紊地整理资料和数据，一边不时地掏出手机，检查着上面。

"看男友的短信吗？这还没有下班呢。"身边有同事在笑着打趣，她也微笑着没有解释什么。

频频打开手机上的那个崭新注册的邮箱，里面一直是空白一片。一直到快要失望的时候，终于，有悦耳的邮件提示音轻轻响了起来。

盯着那意料中的回复邮件，她慢慢地点开了它。静坐在那里，她长舒了口气，很快地，她在手机上简单地回复："好，什么时候，在哪见面？"

一直挨到下班，她早早地向经理告退，没有参加平常的加班。按照邮件中说好的地点，她打车驶向了几条街以外的一家幽静咖啡馆。

直到走近一个小小的包厢，她才把脸上的墨镜摘了下来，看着商务包厢里早已在那里等候的年轻男人。

"你好，绿风园的陈助理是吗？"她袅袅婷婷地坐下，微笑着看向对方。

对面的年轻男人认真地看着她，幽默地笑起来，"是，也不是。"

迎着林磬疑惑的目光，他耸耸肩，"现在我的确是绿风园的总裁助理，不过等到我们合作的时候，你的合作者、这起爆料事件的幕后人，可是和我们没有任何关系。"

林磬点点头，"明白的。"

伸手从脖颈上取下一个吊坠式样的东西，她递给了对面的男人。"这里面有一些足够把原科拉下马的东西，我做了初步整理。全部送给你们吧，只需要善加利用它。"

迟疑了一下，陈助理接过那个U盘，"你要多少钱？"

"钱？"林磬怅然地重复了一句，摇了摇头道，"我不要钱。"

"呃……"陈助理愣了愣，心里巨大的疑惑泛起来，"请原谅我必须问问，你能告诉我们，你这样做的动机吗？拿到这些东西想必不易，你就这么无偿地交给我们，帮我们把原科狠狠踩在脚下，难道就没有任何所图？"

林磬淡淡道："第一，我不是帮你们，我只是想害原科；第二，我当然有所图，可我想要的，你们给不起。"

"我们绿风园给不起的价码，怕也不多。"陈助理轻轻一笑。

"公平。我想要的，无非这两个字而已。"林磬站起身，把U盘轻轻放在一口未喝的咖啡碟边，嵌着水钻的U盘绚丽如花，在冰冷的细瓷上闪着清光。

踏着微暮的天色，她出了门。打开手机，她注视着排在第一位的那个熟悉号码，半晌后才拨响了它。铃声接通的那一刻，她清冷的脸上浮现出平静的微笑，"芮风？我晚上和姐姐约好了一起吃饭，然后会住在姐姐那边，就不回你那边了哦。"

伸手招来出租车，她向着姐姐林笛和黎奉天所住的郊区别墅而去。车窗外的天色渐渐暗沉，注视着不断倒退的街景，她面无表情。忽然地，她在安静的出租车车厢里捂住了脸。

越来越多的泪水在掩住脸的指缝间汹涌流下，她无声地哭泣着。

许是见惯了车上各种各样奇怪的乘客，前方的司机并没有做出惊讶的反应。良久之后，他犹豫了一下，轻声问："小姐，你要不要紧？"

车辆驶近了目的地，林馨抬头看着姐姐和黎奉天所住的那栋别墅大门，飞快地擦干了眼泪。勉强地冲着好心的司机笑了笑，她低声道："我没事，谢谢。"

亲手端来了一杯掺了威士忌的冰饮，黎奉天单手推送到临馨面前。不动声色地扫了一眼她微红的眼睛，他微嘲："真的值得吗？代价这么大。"

这话问得没头没尾，可是林馨却听得异常明白。她伸手端起那杯酒水，闻着里面清冽的酒气，默不做声地一口喝了下去！

没过多久，她的脸上已经泛起了明显的酡红。昂头望着黎奉天，她淡淡冷笑，"是啊，我们想要一个简单的公平，就要付出这么大的代价。那么那些该为某些事负责的人，他们凭什么可以什么代价都不付出？"

黎奉天皱眉，"这世上哪有那么多公平？"

"没有公平，我就自己来制造公平。"林馨忽然吃吃地笑了，随意地挥了挥手，"够了，我跟你这样一个巧取豪夺的大混混说什么公平，真是笑话。好了，你知道的，我来找你，本来也不是想听你的劝。"

黎奉天看了看楼上，无奈地冷哼一声："你姐姐假如知道你做这件事，一定也不赞同。"

林馨猛地站起来，酡红的脸上有了凶狠的表情，"所以我叫你瞒着她啊！你敢说出去让她担心，我做鬼都不放过你！"

"够了！"冷叱一声，黎奉天看着她的醉态，心里有点懊恼。早知道一杯酒下去就会这么失态，他也不会想用酒精安抚她的情绪。反身从洗手间绞了把冷水毛巾出来，他没好气地扔到林馨脸上，"要不是看在你姐姐的份上，我才不会答应陪你一起发疯！"

用那冰冷的毛巾盖住自己的脸，林馨好半天不动。有什么湿润的东西慢慢渗透了毛巾，湮没在细密的织物纹理里。

疑惑地看着毛巾下可疑的水渍，黎奉天开始沉默。半晌后，他忽然轻叹一声："何苦呢？就算一切真的如你所愿，你真的会开心？"

眼前浮现起那个墓园里他看见的情形，他虽然不了解那个男人对林磐用情深浅，但是身为一个男人，他起码可以肯定一件事：那人对林磐的关心和紧张，不是作伪。

"做了这件事，我开心不开心，我不敢肯定。但是我知道……"林磐的声音沙哑了，"假如我不做，那么我一辈子都不会原谅我自己。"

距离原科地产正式挂牌上市的日子，还有二十多天。整个原氏集团上下，全都充满了喜气洋洋的气氛，而K城这个原科地产的总部所在地，更是早早地挂起了相应的横幅，一应员工从上到下全都精神焕发，欣喜万分。几乎人人都分到了或多或少的原始股，只要股票成功上市，所有人手中的原始股股价就会和二级市场一样，转眼间一飞冲天，少则几十万，多则上千万，一夜暴富并非童话，而是现实中马上就会发生的事实。

假如一切都和预想中一样的话。

一切都按部就班，只等时间静静过去。可偏偏就在这不该发生任何事情的时候，一道晴天霹雳划破了原本风平浪静的天空，足以震动到整个房地产行业，甚至惊动了股市新股市场的发行。

本该在二十多天后上市的原科地产，在一夜之间，遭遇了铺天盖地的、证据确凿的媒体曝光和大肆攻击！

一条条消息犹如重磅的炸弹，不仅炸懵了正在热情等待原科上市的股民，也炸痛了所有财经媒体敏锐的神经，更炸急了原氏内部所有毫无准备的大小股东！

从当天晚上得到隐晦消息，说是有大量不利原科地产的报道即将面世，到第二天真的全面开始见诸报端，不过是隔了一晚，来不及做任何应对。这背后，明显是有人特意而来，而且来势汹汹！是的，最糟糕的不是来势凶猛，而是这些报道和证据，大多是有理有据，足够狠狠扼住原科地产的七寸。

丁零零……

K城原科地产办公的写字楼里，各处电话铃声响个不停。总裁办公室外面的秘书台前，美丽精干的女秘书脸上带着快要僵硬的笑容，再次接起了电话："您好，是的，这里是原科地产……抱歉，原总裁目前没有时间接受专访，请留下您的联系方式，我们会主动联络您。"

刚刚放下电话，刺耳的铃声几乎毫不停歇又打了进来，她苦笑着再次接起来，机械地回应着："您好，原科地产。对不起，目前对于这些谣言我们先不做回应。当然，我们会在合适的时间，主动召开发布会来澄清……时间？尚未定夺。"

一墙之隔的总裁办公室里，原芮风的脸色冷峻而阴沉。手中的手机和座前的固定电话同样响个不停，他不时地冷冷倾听，面沉似水。

"尽快去查，搞清楚背后是什么人在搞鬼。花多少钱都无所谓。"他挂上固定电话，紧接着抓起了一直在鸣响的手机，"父亲？我知道的，正在处理。"

"你打算怎么处理？"电话里，原氏刚刚卸任的老总裁、原芮风原芮海兄弟的父亲原江涛声音严肃，有少见的焦虑，"这件事来者不善，光是动用普通的手段去公关怕是不行！"

"我明白的。"原芮风沉声点头，"已经联系了徐伯伯那边，证监会那边，应该不会对原科的上市有什么动作。"

原江涛忧虑更甚，"不能掉以轻心啊，据我得到的消息，你们K城的检察机关和纪委，都收到了一些材料，那里面，怕是有不轻的证据。芮风，我问你，原科地产这几年的运作我没有太多过问，你到底有没有做得很过火？"

原芮风苦笑着揉了揉太阳穴，"父亲您也不是不了解整个大环境的规则。"

原江涛沉吟一下，心里也明白儿子的苦衷。

"关于原科地产这几年负责报建的人，可靠吗？"

原芮风的眉头同样锁得极紧，"父亲，公司人员流动你是知道的。"他苦笑地开了句玩笑，"除非爆料人拿到了我的电脑，找到了我最原始的账本。"

原父轻轻叹了口气，"你还有心情开玩笑。你大伯已经开始走动了，但是很多事也不好亲自出面，你这边的事自己千万盯紧，小股东那边，也要多加安抚。"

原芮风点点头，"明白的父亲，这个时候，我拿捏得住分寸。"

原父这才稍微平复了一点心情，沉吟一下，他又道："你小妈刚刚问了我这件事……她很担心。"

原芮风沉默了，心里明白父亲的意思。弟弟原芮海一来对做生意毫无兴趣，二来尚未从学校毕业，原科地产这些年都是在他这个哥哥的运作下，才有了今日的良好前景，所以外面的人全都知道原氏集团是他这个长子在掌握实权。

可是只有原家自己的人才知道，原科地产的法人是原芮海。

是的，考虑到原芮海不擅经商，整个原氏的庞大产业最终也都会由原芮风这个长子打理，所以出于最简单的公平考虑，原氏有极少数的产业是挂在了弟弟原芮海的名下。两年前原江涛正式放权退位，虽然一向温顺不争的妻子并没有提出任何要求，他考虑到妻子的心情，主动把一些产业转给了原芮海。

而原科地产，恰恰就是原芮海做法人。

平日里，虽然是原芮风这个哥哥一力承担了所有日常管理，可是真要遇到重要的文书或者非法人签字不可的场合，原芮海还是需要亲自前来，署下自己的名字。

原氏家大业大，这本来也是极正常的举措。只是今天……原江涛心里忽然浮起一些不好的感觉。放下电话，他无力地坐在沙发上。

身边，依旧显得风韵犹存的妻子愁眉轻蹙，眼巴巴地看着他，眼里全是强忍不住的泪水。

无言地拍了拍妻子的肩头，原江涛安慰地笑了笑，"别这样，有大哥帮忙，哪里会有事呢？"

前妻因病去世后，这个续弦的妻子为人安分，对于家产也从未有过非分的肖想。眼看着非她亲生的长子成人后独揽了家族事业，她也从来没有说过什么，更没为原芮海争夺过。也正是如此，原江涛感其忍让，特意主动给幼子名下转了几家资质不错的公司。

原科地产两年前尚且没赶上房地产蓬勃发展期，正是到了这两年才忽然遇上好时机，甚至遇上了上市机遇。家里两个儿子相处很好，没有出现任何兄弟阋墙的趋势，就连原芮风，一直辛苦为了一个并不属于自己名下的产业在辛苦打拼，也从没有过任何怨言。

可偏偏，现在是原科出了事情。

"我、我也不想这样……可是 K 城到底怎么说？"四十来岁的妻子过惯了养尊处优的日子，依旧显得美貌而年轻，可现在，美丽的眼睛里却是一片泪眼婆娑，自从退休后，他们就一直居住在京城，现在听说了 K 城发生的事，却一时间知之不详。一想到是儿子名下的公司出了这么大的事，再加上隐约听闻竟然涉及到行贿受贿，牵扯到一些官员的传闻，怎么不叫她心急如焚？

身在这种家族，她虽然竭力不问世事，可是耳濡目染，她也清楚知道，这种事，安然便罢，若遇上不好的时机，会闹到怎样，也都有可能！她那不谙世事的、根本完全无辜的小儿子芮海，现在恐怕还完全蒙在鼓里。

"放心吧佩琦。我保证，不会让芮海受到牵累。"原江涛温和地道，"他一个上学的学生，根本就是什么都不知情，不是吗？"

看着妻子那依旧惶恐的眼神，他在心里叹了口气。拿起电话，他冲着妻子安抚地笑了笑，当着她的面，拨响了电话，"老徐啊，很久不见。有点事想麻烦你。对对，就是我家那不成器的儿子闹出来的动静，你也听说了？是这样，我听说……我就是这个意思，不知道能不能相邀他出来吃顿饭？"

啪！

把秘书小姐刚刚送进来的厚厚一摞复印件扔在了桌上，千里之外的原芮风心中头一次有了震惊。初时只以为是些恶意的诋毁，可是当草草浏览完今天的各种财经报章后，他的心底竟似有冷水泼上。

有证据。每一份指控，几乎都有证据。有的模糊，有的很清晰。而最可怕的是，《K城导报》这家本地发行量第一的财经版，竟然敢于言之凿凿地表示，据他们得到的可靠消息，原科地产牵涉进行贿事件中。

事关固丰市的地皮拍卖，还有上市运作等等。身为报道极其严谨的财经版块，又不是专攻娱乐新闻的八卦版，敢于这样指名道姓，就说明媒体手中，掌握着材料。

"原总！"门口有人急匆匆推门而进，甚至忘记了敲门，正是公关部的经理叶春。擦着头上的汗，他急急道，"查得差不多了，这些消息都是一匿名邮箱在昨天上午发到各大媒体的，您看，这是邮件的原件。"

把一份长长的打印文档递给原芮风，他接着道："我第一时间请人查了这封邮件和随后的电话，基本上可以确定，是绿风园地产在背后捣鬼。"

原芮风脸色阴沉，飞快地扫了一眼那份文件，在最短的时间内看完，心中震惊更甚。绿风园出手搅局他不意外，稍微想想就能知道，这背后真正得益的企业也就那么几家，恨不得他们出问题、自己取而代之的更是容易排除。

他惊讶的是，为什么绿风园能拿到这么多他们原本绝无理由拿到的机密证据！是的……太可怕了，那些东西，是确确实实的证据。虽然几乎人人都会做的事，是无法摆在台面上的，一旦摆在了台面上，就足以拖他们陷入泥沼和深渊！

尤其在这个敏感的、决不能出错的时候。原科地产新股配发在即，证交所相关手续都已经走完，此刻假如爆出严重的问题，发售如何进行？万一牵扯到司法调查，证监会就有可能紧急叫停新股发售，这并不是没有先例。

这次的危机，竟然不是如他想象的简单新闻抹黑，却像是精心布置和设计，就等着临门一脚时，给予原科地产的致命一击。

绿风园，真的就是背后的那只黑手吗？有这样的动机，可是，他们哪里来的这些证据！一瞬间，原芮风迷惘而震动，奇怪的感觉在心头浮起。

目光落到面前最上面的那张报纸上，他看着那行标题：《为谋一地逼死一人，原科地产高级公寓下，埋葬一缕冤魂》。

疲惫地闭上了眼睛，他休息了片刻，过去一直害怕出现的场景，终于还是出现了。

伸手拿起电话，他看着熟悉的、排在首位的那个号码，按了下去，他等待着林馨的接听。悦耳的铃声在声声不停，可是却一直没人接。

她已经看到了这些新闻吗？接一下，就接听一下，而不是拒而不接！他需要向她解释，这个时候，他需要她肯倾听一下，给他谅解，而不是和全世界一起质疑他。

半分钟后，机械的提示音响起来，机主无人应答。第一时间再次按响，他焦躁地抻了抻领带，依旧无人接听。

"原总，临时董事会马上就要召开了，各位董事已经赶来，我安排他们在会议厅就座了。您看……"门口，美丽的秘书小姐眉宇间掩饰不住一丝不安，自从到原科上班以来，她几乎从来没有遇见过如此巨大的风波，一时之间，竟是如履薄冰，战战兢兢。

原芮风凝视着冷漠的手机屏幕，终于焦躁地放了下去。他点点头，起身向会议室走去。

走进原科的豪华会议厅，看见的是黑压压坐满的二十多位人头。和过去的家族企业不同，为了成功上市，原科现在的股权结构已经很多元化，大到他们原氏独占百分之五十五的股权，小到刚刚突击入股的中小股东，此刻全都济济一堂，神色不安。

他面色冷静，首先在主席台上坐定，看着底下急急赶来的股东们，沉声开了口："诸位，请少安毋躁。"虽然面容年轻，但是一直以来，原科地产都是他在出面谋事，简单的一句话下来，很多股东倒也安静了，都抬头看着他。

"发生的事我们都看到了，我知道大家很焦急，但是原科可以保证的是，请大家一定相信，事态在控制中。"原芮风神态镇定，刚刚还阴沉似水的脸上已经是温和如春，唇角甚至有丝笑意，"不过是一些媒体捕风捉影，而且我们也已经找到消息来源，主要是来自于上市竞争对手的恶意诋毁，这并不意外。"

隔了几排座位的一位中小股东看了看四周，首先提问："原老弟，我们很相信你的年少有为，不然也不敢把投资放到你这个篮子里——可是今天的事，我们瞧着有点来势汹汹。我们只想知道一件事，那就是，原科地产的上市，会不会受到影响？"

原芮风淡淡地摇头，"当然不会。上市这么重要的事，哪里会为这点小风浪就终止？更何况是毫无根据的诋毁，相信谣言止于智者，诸位多虑了。"

"可是……"另一位小股东迟疑地道，"世侄，我就不客气地提醒一句了——以往不是没有过先例，鑫德矿业在最后关头爆出重大环保问题，可不就被证监会紧急叫停了上市？"

原芮风自信满满地微笑着，"原科地产并没有类似的问题授人以柄，这一点，请一定放心。"

"那么，我也想问一句，关于原科地产违规拿地的那些消息，到底有多少属实？"一位白发苍苍六十来岁的老者温和地道，"我们都知道这种事是难免的，但是总得有个底线。我们不想被过多的瞒在鼓里。"

原芮风心里泛起无比的厌恶。从没有对公司出过力，不需要承担真正的风险，却可以在上市前临时突击入股，现在居然也有脸跟他说什么做事的底限。

强忍下心里的不适和反感，他淡淡一笑，"吴老，我怕您说的底线，和我理解的不一样。您也许不知道，底线这种东西，从来不是由我们来确定，而是来自于上面的管理层。"

那位吴老微微一愣，神色有点尴尬。下面的窃窃私语响了一会，看到原芮风那淡定的神情，一大早就被惊得六神无主的股东们，也都渐渐安定了些。终于有人笑着打起了哈哈，"原少总裁能力卓越，我们是一直信得过你，也信得过原氏背后的实力的。"

就在会场上气氛渐渐融洽时，会议厅的门，忽然被推开了！

秘书小姐脸色无比糟糕，几乎是小跑着奔到主席台前，俯下身对着原芮风低语："原总！有 K 城检察院的人来了，说有些情况要和您谈一下！"

一动不动地在座位上停了几秒，在外人看来依旧是风度翩翩，气度优雅，可是只有原芮风心里自己才知道，听到这句话的震惊。慢慢地扫视了一下毫不知情的会场，他心中微微苦笑：再想隐瞒，检察院来人要求协助调查的事，怕是也藏不过一时三刻了。

"请他们去我办公室，我这就来。"他极低地回应。

"好的！"秘书小姐急匆匆地离开了会场，差点带翻了主席台边的水杯。

深深吸了口气，原芮风让自己的声音听上去毫无二致，"还想请各位董事们谅解一下，鉴于这几天可能会很忙，所以这个临时董事会，是否先开到这里么？"

没等在座的董事会成员做出反应，他已经笑着站起身来，"大家知道的，我还得应付那些捕风捉影的媒体们，恳请大家给我点时间，先去招呼一下——对了，不用我们原氏拜托，既然都是同一条战线的人，还请诸位在这个时刻有人脉出人脉，有力气出力气，多多帮忙辟谣，向身边的人解释一下。这里，芮风代表原氏集团多多感谢了！"

"好说好说，大家都是一条船上的嘛。"不少小股东吃了相对定心的丸药，心情也轻松起来，纷纷站起身和他开着玩笑。

四下里稍稍颔首表示谢意，原芮风匆匆离开了董事会现场，站在自己的办公室门前，他已经隐约见到了里面几位穿着检察院制服的工作人员。稍微吸了口气，他推开门，走了进去。

"陶经理，您好，这是我的辞职信。"林磬毕恭毕敬地，把一封淡黄色信封递到一直的主管桌子上。

正在埋头紧张观看网页新闻的陶经理讶然抬头，一眼看到林磬的憔悴脸色，不由一怔。推了推鼻梁上的淡色玳瑁镜架，她立刻想到了今天发生的这些大事。想了想，她犹豫着试探道："是因为原科的事？"

男朋友的公司出了这么天大的问题，所以想第一时间陪在他身边？

林磬淡淡笑了一下，没有否认。

陶经理心里恍然，自以为找到了真相，她沉吟一下，"我知道你现在担心原科那边，可是其实留在这里，也是一样在帮助原科。出了这么大的事，我们这边会有不少事要做。你业务能力现在已经相当不错，何不留下来在这边出一份力气？"

林磬苦笑着，坚定地摇摇头，"谢谢您的建议，不过我有另外一些重要的事要做。而且这些事，以 KJD 事务所的员工身份去做，不太合适。"

陶经理有点困惑，再度试探道："辞职还是没有必要嘛，要不这样吧，我放你几天假？"

"不，不用了。"林磬由衷地鞠了一个躬，"陶经理，谢谢您这一段时间对我的关心和帮助。"

终于向同事们完成了离职的交接，她抱着不大的纸盒，装着简单的私人物品，离开了 KJD 事务所在 K 城的分部写字楼。

大楼外，天色正是阴霾渐起。独自站在人流川行不息的马路边，她抬起头，看着远处山雨欲来般的黑沉天空。就在这时，一道惊人的闪电忽然划过天空，随即沉闷却清晰的雷声响起，似在耳边。

豆大的雨点忽然落了下来，无情地击打在钢筋水泥的丛林，落在灰扑扑的地面——这雨，终于下了。怔怔看着雨帘，林磬慢慢地走了进去。雨水很快打湿了她的头发，接着淋透了她的身体，不时有出租车驶过身边，试探地向者雨中不撑伞的单身女人招揽生意，可是她恍如不觉，依旧保持着机械而匀速的步伐在雨中前行。

口袋中的手机响了又停，停了又响，她一直没有接听。既然已经决定了想好投身雨中，就算前面方向不明，就算是凄风苦雨，她也得按照原先的想法走下去，一直地走下去。

再次按断了妹妹那无人接听的电话，林笛在浩大却空旷的别墅中，心中陷入巨大的惶恐。面前是一大堆她特意买来的报纸，房间里的新式电脑页面上，搜索到的新闻每次一刷新，都会爆发式地增多。

"原科地产违规拿地，政府变为开发商的保护伞！"

"低价强征居民住宅，逼死七十岁老人，背后有何利益动机？"

……

一条条触目惊心的标题，就像是藏锋良久的利剑，终于在某一时刻忽然亮出正面，一剑刺来。

不是不痛快的，看到这些东西忽然爆出的一刻，她只觉得天道循环，终于是报应来临。只是这些标题后直指的隐约事实，就连她也觉得惊惧。

原科地产，那个最早来征地后无功而返的公司，真的是外公意外死亡的推手？不，这不是事实吧？

微微打了个冷战，她想起妹妹和那位翩翩世家公子间相处时，让人羡慕不已的甜蜜。此刻想来，竟是无比地叫人心惊。小磬现在在哪里，她看到这些新闻，怎么受得了这样的打击？

妹妹的电话一直没人接听，而最近的这次，竟然已经关机，这让她心中越来越惊慌，想着妹妹可能的心情，想着她那疾恶如仇的脾气，她实在是无法忍受这无边的空寂。

挣扎良久，她终于颤抖着手，拨响了那个本以为永远不会主动拨响的电话。

就像是在等待着这个电话似的，电话飞快地接通了，黎奉天那听上去冷静的声音里，有一丝罕见的激动，"小笛？是你？"

张了张嘴，林笛忽然无法开口。从没有想过主动和这个男人谈话，一时之间，她拿着话筒，手指握得发白。

"黎奉天，我……"她卡住了。

电话那边稍有嘈杂，男人不知道是不是做了个什么手势，四周忽然变得极为安静，很快，他似乎换了地方，主动开口，声音柔和，"我在。"

林笛竭力让自己的声音听上去淡定些，低声问道："我想问问，你有没有看到今天的报纸？关于我外公，还有我们家的那件事……"

电话中，黎奉天脱口而出，"你和你妹妹谈过了吧，她都告诉你了？"按照林笛的性格，遇见这样的大事，她肯定是第一时间找妹妹询问，而不会找他。

林笛心头一窒，"你说什么？小磬需要告诉我什么？"听不到立刻的回答，她声音变大了，带着颤抖，"黎奉天，你知道什么？有什么事情，是你和小磬都知道，我却蒙在鼓里的？"

电话中，黎奉天沉默片刻："你稍等，我这就回来，有些话要对你说。"到了今天这一步，林笛是瞒不住的，而且也没有理由将她排斥在真相之外。原先瞒着她，也不过是怕她白白担心。

担心林笛胡思乱想，他很快补充地安慰了一句："放心，你妹妹不会有事的，她为了今天，做了充足的准备。"

从走廊里返回议事厅，他站立着，草草吩咐下去，"就是按照刚才说的做，对海青帮的挑衅，你们尽管去回击。"

"可是，最近几次冲突，海青帮明显背后有人在撑腰啊。"K城南区的一位管事的手下紧皱眉头，"明明是他们派人来我们的歌厅挑事，我们看场子的保安报警，可是……"

黎奉天淡淡扫他一眼："没错，你说的我都知道。"

大家面面相觑，既然黎奉天不说原因，他们自然也不会不识趣地追问，但是心里都是一阵担心。

黎哥到底是为了什么，得罪了不该得罪的人？

坐在前座的司机位上，小马哥从后视镜里看了看黎奉天。后座上的男人、他一直忠心耿耿跟随的老大，此刻脸上的表情有点和平时不同。一直盯着手里的手机，他不时地举起又放下，有点坐立不安似的。

小马在心里长长叹了口气。身为黎奉天身边最亲近的手下，他比一般人都更加知道所有正在发生的事。

为了那个根本对他毫无好感、甚至充满怨恨和害怕的女人，他们的老大究竟还有要做出多少原本不会去做的事？

若是过去的黎奉天，绝不会下这样的决定，犯这样的错误。

是的，在他看来，这就是错误。为了一个女人，而且是一个根本不爱黎哥的女人，下这样的血本，真是鬼迷了心窍……

只是这样的质疑和评价，他自然不敢当面直陈，只是默默地在心里叹息着。

"你究竟瞒着我，撺掇我妹妹做了些什么？上次她知道了这些，不是明明答应不再追究了吗？你也说过会帮着我一起劝她，怎么现在又……"

一踏进家门，焦急等待的林笛已经急冲过来，对着黎奉天急切质问。过度的焦虑和担心已经逼得她快要崩溃，一想到今天这些新闻背后代表的意义，她就觉得浑身发冷。

那不是普通人能办到的事，虽然她对这些财经和政治上的事完全不懂，但是也能看出来背后藏着的波涛汹涌。妹妹在里面做了些什么，黎奉天又扮演了什么角色？

黎奉天挥了挥手，小马无声地退了下去，临走前，他深深地看了林笛一眼，心里的不平和愤怒涌起来——这个不知道好歹的女人！

看着林笛那单薄的身子上只披着一件淡青色的睡衣，嘴唇也不知是气还是被冻到，正显出瑟瑟的苍白，黎奉天没有立刻回答她，而是随手从沙发上拿起一件薄薄的珊瑚绒小毯子，给她搭在了肩头，"你穿得太少了……"

林笛忍无可忍地一把掀开毯子，直直地看着他，"求求你，跟我说实话，你利用我妹妹做了什么？她只是个不谙世事的女孩子，求你不要利用她，来达成你的什么目的！"

黎奉天静静地看着她，眼中有一抹冷冽闪过。这就是她的判断，在她眼里，他就是这样一个十恶不赦的卑劣恶棍。

慢慢地走过去，他不再看林笛焦急的脸，而是自己从一边的酒柜中拿出一瓶红酒，可是不知为什么，他却停了下来，把酒放了回去。

他眼角的余光里，忽然瞥见了林笛那苍白的脸色，一瞬间，他想到了他们相见那一晚，一切的糟糕和不可控制。好像也就是因为面前这一杯酒而已。

他回头，讥诮地看着林笛，"何必自己问问林磬，问她想做什么，问她对我又做了什么？"

林笛看到了他眼里少见的讥诮，不由得一窒，"小磬她不接电话，我……我只有来问你。"

"可是我说什么，你都不会信不是吗？"黎奉天冷淡地，甚至有点疲倦地摇了摇头，"我不是个善于解释和开解的人，假如你想在我身上找证据来支持你的愤怒质疑，我劝你不如等。"

"等……等什么？"林笛怔怔发问。

黎奉天漠然道："等你妹妹自己回来，等她打赢她想打的这场仗，到时候，你自然会知道一切。"

林笛的心，像是沉入海底。黎奉天的话就像一支箭，不但没有拨开云雾，却在她眼前指出了一道更加黝黑遥远的道理。而她仅剩的亲人，那个从小就撞了南墙都不懂得回头的倔妹妹，果然没有能接受妥协，而是独自在那条道路上，倔强地前行。

"你其实已经猜到了，不是吗？"黎奉天没有感情地反问着，"你原先想做的事，她想做得更大，更彻底。我得承认，她比你厉害且聪明。看上去，她想做的事情现在起码成功了一半。"

林笛颓然地跌坐在柔软的沙发上，痛苦地掩住了脸。

她一直担心的事还是发生了，在亲身经历了那些可怕的阻力和折磨后，她选择了妥协和痛苦的后退，也用尽全力想要把妹妹保护在这些黑暗的东西之外，可是，还是失败地这么彻底。

"她什么时候开始谋划这些的……你为什么要帮她？"她绝望地喃喃道，清澈的泪水一滴滴落下来，"为什么现在要这样害她呢……她一个无权无势的女孩子，万一出了什么事，该怎么办？还有，你不是一直很喜欢威胁我，民不与官斗吗？现在你却和她一起胡来，又到底在想什么？"

"她逼我帮她。她说假如我帮助她给外公报仇，那么她就不坚决反对我和你的事。"黎奉天淡淡道。

林笛愕然抬头，不敢相信自己听到的话。可看着黎奉天那淡然的眼神，她却不得不相信，那是真的。不愿意去深究黎奉天是为了什么才愿意趟这趟浑水，她的心越来越慌乱。

"小磬现在，到底在做什么？你知道她下一步的目标，对不对？"她颤声问。

黎奉天沉默了半晌，才点头叹息，"她很厉害。你看到的这些报道，几乎都有真凭实据。她在原家那位大少爷的书房电脑里，直接拿到了不少致命的证据。"

林笛呆呆地听着，呼吸快要停滞，"小磬她……她要原氏集团付出代价？"

"是的。"

林笛怔然想了半天，"为什么不是你那几个亲自去骚扰的小弟来负责任？"

"我那几个蠢材兄弟，不过是拿了点小钱，无心伤人而已。"黎奉天沉声道，"你妹妹是要找到真正该负责的人。没有原科地产做的那些事，你们的外公，就绝不会面临后来的困境。"

林笛只觉得自己的头有点昏。似乎总是觉得有哪里不对，可是又不知道具体是哪里。

"可是……可是她想怎样？"

"她要原科受到重挫，要原芮风脱下虚伪的外衣，最终，她要有人为你外公的死负责。"黎奉天诚实作答，他清楚记得，自己也曾这样在某个晚上问过那个倔强而愤怒的女子：而她当时就是这样回答的。幽冷而坚定。

林笛轻轻地吸了口冷气。这些事，她不是没有想过，在最初的悲痛中，她也曾这样悲愤地想着。可是很快，她就看到了无助，接着在黎奉天这里收获了更深的绝望。

"她不会成功的。那些人的力量，比她大太多，不是吗？"她喃喃地道。

"所以她来求我。"黎奉天道，"而我也决定答应她。"

"你疯了吗，你……"

黎奉天几乎是极快地回答，不给她任何反应的时间，"是的，连我自己都非常讨厌现在的我，像个让人怜悯的蠢材一样，做着原本不该做的事。而且做这些事的理由，更像一个疯子。"

冷漠地盯着林笛，他幽深的眸子里有古怪的火焰在燃烧，"林笛，我真希望没有那个晚上，我没有遇见你。这样，或许我现在还是一个正常人。"

转身向楼上走去，他没有再继续交流的意思。方才因为听到她一声主动电话的欣喜和激动早已消失，那时的心情更像是一个笑话，让他忽然觉得对自己充满厌弃。

"黎奉天……"他身后，林笛忽然叫了一声。

慢慢停下脚步，黎奉天心里还是无法自控地一动，屏息听着身后那女孩的声音。

林笛沉默了片刻，不知怎么，看着他那沉默的背影，头一次觉得有点茫然和不忍。可是依旧无法说出什么柔软和温情的话来，她呢喃地轻声问："小磬她现在……安全吗？"

黎奉天讥讽地笑了笑，没有回头，"她在一个最安全的地方，放心吧。"

是的，在这个城市里，还有什么地方，能比检察院更安全呢？

只不过最安全的地方，却不会是最舒服的所在。

所以当林磬终于从那座有着庄严国徽的建筑中走了出来的时候，只觉得无比疲惫。不过一天时间，却像是度过了几个世纪，而且她知道，这并不是尽头。

这里，她必将还要来很多次。

掏出口袋里的手机，她短暂地开了一下，一大堆密集的来电通知瞬间跳了出来，伴随着急促的提示音。她机械地一一翻看着，除了姐姐，就只有一个人。

是的，这世界上，她本来也没有太多的朋友，就连亲人也只剩下了一个。

而那个男人，曾经如此亲密，又算是什么样的存在呢？漠然地看着那无数未接来电，她没有回复，转而看向了短信。

应该是发觉电话永远无法打通，那个人终于开始发送一条一条的短信，从简单到复杂，字数也越来越多。

"小磬，请回来听我解释。"

"不要相信那些报纸，原科没有做过那些事，见信请回复。"

"你外公的死我很抱歉，可是那真的和原科无关。我可以向你保证，原科没有授意做那些事，更不可能是幕后黑手……你在哪里，我需要见你！"

"我承认，这件事我后来是知道的，但是我不知道怎么样面对你。我不杀伯仁，伯仁却因我而死，所以我选择了沉默。我现在很忙，面对的事有点多，也有点累。小馨你给我一个电话，我想见你。"

"你不愿意见我，是吗？好，我等你。我给你点时间冷静，我这边的事处理完，再去找你。"

静静地看着那些短信，林馨闭了闭眼睛，一条条地删了下去。她的眼圈很黑，淡青的血管几乎在一夜间浮上了眼睑下方，原本明亮的眼睛也像是蒙上了一层阴霾。

可是她的手很坚定。删除那些短信的时候，就像是拿着锋利的小刀，划开了和过去的界限。

S大一年一度的毕业典礼，人头攒动，嘉宾无数。学士生和硕士生的授予学位仪式刚刚完成，学校的各处著名景点里，到处都是穿着学士服、戴着硕士帽的年轻学生们，正兴致勃勃地拍照留影。

又是一年分别季，还没有踏上最后的各自行程，今天这种场景，虽然有少许的伤感，但是更多的是高兴。各自实习后再次重回校园，为了参加最后的毕业典礼，重聚的欣喜压倒了别离的悲伤，年轻的学子们大多在一起笑语盈盈，聊天热烈。

"原学长！"建筑系的现任学生会会长夏天天眼睛一亮，从几位正在笑盈盈做着"茄子"嘴型的室友中跑出来，冲着不远处出现的男生跑去，"你还在怕，没有走吗？"

已经很少在学院出现的本届优秀硕士毕业生代表原芮风笑着点头，"当然，好些同学都许久不见了，正要叙叙话呢。"

"还怕你今天不到场呢，留下了就好！"夏天天兴奋地道，"答应过我的事，可要兑现哦！"

身材高挑，气质温雅的男生好脾气地被她拉着，不由失笑，"我哪里有答应你？夏会长你饶了我吧……"

City of strangers
陌路倾城 045

"不管，我向班里的姐妹们打过包票的，一定要你这位偶像校草出现在大家的毕业照里，快点快点！"夏天天得意地把他安到一堆如花似玉的室友中，毫不客气地揪住了身边的一个男生，"来，帮我们拍照！"

　　"哇，真的是原学长欸！"几位女生芳心乱跳，原本开朗活泼的笑意瞬间就变得羞涩而忐忑。

　　就在上个月，系里宣传栏上张灯结彩贴出的，不就是原芮海学长再获一项国内设计大奖的喜报？虽然是系里的研究生，但是早已经出去自创设计公司，做的风生水起的这位帅哥学长，早已经是众多师弟师妹心中的偶像级人物，就算是那些颇有傲气的男生们，大多也是对这位屡获奖项的前辈学长心存敬佩。

　　在自己的毕业学士照里，有帅哥学长的出镜，怎么看，都是让人激动而开心极了啊！

　　刚刚从这几位女生的包围中脱身，很快又有另一个寝室的女孩子羞涩地上前："原师兄，能不能也和我们一起合一个影？我们寝室里的同学，都……"为首的那个女生鼓起勇气，小声却清晰地道，"我们都好喜欢你！"

　　原芮海看着满脸通红的女孩子，自己也有点羞窘，连忙微笑着走过去，开着玩笑，"拒绝和美女们拍照，会遭天谴的，这是我的荣幸。"

　　站在笑靥如花的女孩子们中，他礼貌地的微笑凝视镜头，明亮的眸子温润黝黑。

　　美丽的湖滨塘边，垂柳轻扬，惜别依依。就在一片温馨和感伤弥漫着年轻的学生们之际，忽然地，一度小小的骚动出现，而且越来越大。

　　一辆带着公检法标志的警车，竟然就这样长驱直入，直接驶进了平时不太开放的校园大道，直接向着这边而来！

　　惊诧地看着那由远而近的警车，正在兴高采烈拍毕业照的学生们，呆呆地看着那辆车飞快驶近，戛然而停。

　　三位身穿检察院制服的工作人员跳下车后，随着下来的，是建筑系的党委书记，脸色极为难看。看了看面前黑压压的学生们，他很快招来了身边最近的几位学生会干部，低声问了一句。

　　很快，那两名学生会干部诧异地向某处指了指。顺着他们的手指，原芮海所在的那群女孩子正呆呆地迎着他们的目光。

　　无边的静寂中，那几名检察院制服的工作人员满脸严肃地迈步走了过来，一直走到了那群穿着漂亮学士服的女孩面前。

完全没有看着她们，为首的制服男子径直走到一身硕士袍的原芮海面前，严肃发问："请问你是不是原芮海先生？"

脸上带着明朗微笑的原芮海，切切实实地愣住了，疑惑地看着他们，他点头，"是我，有什么事？"

"请和我们走一趟吧，有关原科地产行贿一案，需要作为法人代表的你配合调查——请。"

一片震惊的吸气声，从原芮海身边的那群女学生们口中响起。四周的人几乎都听清楚了这些话，一个个都面面相觑，惊吓不已。脑筋转弯快的一些同学更加是震动地长大了嘴巴：原科地产？假如他们没有听错，这些人说的的确是原科地产？！

人群中，原芮海的脸色从惊愕转成思索，再到平静，也不过是数秒的事情。没有惊慌失措，也没有过多询问，他礼貌地点点头，"好的，我可以配合调查。不过，能否等我几分钟？今天是我的毕业典礼，我想和几位老师再打个招呼，合影留念。"

为首的制服男人神色威严，微微摇头，"很抱歉，请这就跟我们走吧。"

表情温和、身材玉立的男孩子神情微黯，沉默了片刻，开始随着他，向不远处的警车走去。他身后，夏天天忽然带着哭腔追了上去，喊了一声："原师兄！"

回过头，原芮海无奈又好笑地等她跑近，对她摇摇头，"我配合调查接受问话而已，你这是干什么？"

"嗯……"赶紧不好意思地擦了擦眼泪，夏天天胡乱点头，"那你早点回来，下午还有系部的散伙饭，我还跟大家保证了你也会来的哦！"

原芮海看了看身边的检察院来人，心中微微不安，摸了摸夏天天的头，他温言道："傻丫头，别等我了，你和同学们先吃。"

看着他沉默又显得孤单的背影消失在警车里，看着那警车呼啸着扬长而去，夏天天又忍不住哽咽起来。她身边，S大建筑系的党委书记和几名老师神色难看，挥手驱散了不安的学生们，"好了好了，拍照还是聚餐，你们继续。原同学的事，是他家族的事，不要再猜测和传谣了！"

一边的学生们，全都互相看看，忍不住心里的惊疑。原科地产，全国有几个原科地产？在学校这么久，几乎从没有人听到原芮海流露过自己的身份，平日里，虽然也看得出他教养良好颇有清贵之气，可是如今这个消息，简直堪称重量级炸弹啊！

　　最让人惊叹的，是这位俊美的高材生学长今天被带走的方式。警车直接带走，就连最后一点和老师告别的时间也不允许。行贿案？那是什么？对于他们这些尚未步入社会的学生来说，简直像是另一个世界的事！

Chapter 13
第十三章

同一时间，原科地产那高耸的办公大楼里，也同样迎来了前来的办案人员。原科地产的职员们惊惧地看着那些沉默而入的办案人员，纷纷屏气宁声。这是短短三天内的第二次了，报纸上的报道不仅没有偃旗息鼓，甚至还开始甚嚣尘上，越发尖锐。

而不好的流言，也开始在公司和集团内部开始蔓延。不仅检察院那边真的可能对原科立案，而且……就连证监会也开始正式把目光看向了这里。假如真的无法从这些漩涡里脱身，那么，原本铁板钉钉的上市步伐，就真的有可能就此停滞，功亏一篑。

所有员工原先有可能享受到的、那些切切实实的上市好处，也完全可能顷刻间化为乌有。

总裁办公室的门打开了，原芮风的身影出现在那里。看着迎面走来的办案人员，他神色不变，依旧保持着良好的气质风度，可是那些对他心存爱慕的女职员，却都心酸地隐约发现一向风度翩然、年轻英俊的总裁，腮边也有了隐约的青色胡荐——一向对外表极为在意的他，不知何时也开始，已经无暇顾及这些了呢。

而同一时间，K城一家卡拉OK歌厅中，同样有警车呼啸而来。飞快地亮出警察证件，几名警员急扑向保安办公室。

"不许动！警察办案！"厉声制止住走廊上那些蠢蠢欲动的保安，他们踢门而入，冲了进去。稍微打量了一下，为首的警察一眼就看见了室内一名保安脸上明显的标志：一道醒目的刀疤横贯了他的面孔，极为狰狞。

毫不客气地扑过去，他们瞬间制服了毫不抵抗的两个保安。

"刀疤张，王大祥？现在怀疑你们和半年前的一桩误伤人命案件有关，跟我们走一趟吧！"

　　两个人对望了一眼，没有反驳，默默地任凭手铐锁上了手腕。没什么值得惊讶的，早在几天前，黎奉天已经认真地和他们长谈过，许诺了足以让他们动心的价格。只要如实说出半年前是受何人委托，为什么深夜要去骚扰老人导致发生意外，就会有足够丰厚的报酬打入他们的账户。

　　出来混的，只要价格适合，没有什么不能接受的，更何况，要他们做的，既不是污蔑，也不是陷害，只要坦白真相就好。

　　看似和平常一样的 K 城天空下，不同的地方，不同的办案人员，不约而同地开始行动，一直到数个小时后，圆满带回了涉案人员的数辆警车，几乎同时开回了检察院的大门。

　　一先一后，从警车上走下了两拨人——原芮风、原芮海踏上检察院土地的那一刻，同时看到了对方。

　　片刻的错愕后，一直表现得风度翩翩、心平气和的原家长子原芮风的脸上，终于出现了隐约的怒容。

　　"为什么带他来？他只是个学生！"他冷冷地盯着对面的检察院官员，眉宇间全是冷意，"假如你们稍加调查，也该知道原科地产一直是我主事。"

　　"哥哥！"原芮海匆匆打断了他的话，欲言又止，"你别急，我们都不会有事的，我们……"

　　"够了，不准私下交谈串供。有什么话，等一下慢慢对办案人员说。"有人肃然制止了他们的谈话，正要把他们分别带走的时候，对面的办公大楼的电梯门，叮咚一声开了。

　　一个高挑而显得消瘦的女孩身影，沉默地出现在电梯门口。老旧电梯间因灯源坏了几个，显得有点幽暗，更衬托得那女孩像是来自黑暗中的使者。

　　一眼看到她，原芮风的眸子，忽然亮了。不顾身后的办案人员，他快步迎上，惊喜交加，"小磬！是你？！"

　　静静抬头，在他的视线中失踪了好几天的女孩子望着他，不发一言。

　　"小磬，你等我！我配合调查后，立刻出来找你，你别走！"原芮风急急地道，眼中的疲倦变成了瞬间的放松，声音温柔，"听我解释，好不好？"

　　原芮海也想上前，可是看着哥哥和林磬之间那亲近的距离，心中一黯，还是无言地留在了原地。

　　就那么安静、无言地看着原芮风，林磬眼中有幽幽的光芒在跳动。

良久之后，她略带沙哑的声音幽幽响起："不，不用了。我出去之后，还有不少事要做，以后吧。"

原芮风忍耐地低声道："以后，什么以后？你一消失就是几天，电话不开，短信不回，你哪里给我什么以后了？"

用一种很奇异的眼光看着他，林磬轻声道："会有以后的，我们还会很快见面。"

"好，你在哪里等我？你先回家，好不好？"原芮风心中大喜，松了口气。可林磬接下来的一句话，却像是一道小小的惊雷，瞬间撕开了他俩之间那薄薄的亲昵空气。

"我会在法庭上等你。"清冷的声音响起，林磬漠然地看着他，"证人席，或者是原告席。"

怔怔地看着她，原芮风的眉头，轻轻锁了起来。有那么一点无法理解听到的信息，他默默地看着眼前那似乎完全陌生起来的女孩子。

是的，完全陌生了起来。冷淡而疲倦的神态，坚持而不退缩的眼神。而她刚才说的是什么？

原告席，他或许还能勉强理解，可是什么叫做……证人席？

心里似乎有什么浅浅的阴影悄然浮现，他就那样怔怔地凝视着林磬，却没有再发问，似乎是怕再多问几句，就会听见什么让他无法接受的事情似的。

可是该来的，终究还是会来，就算心存逃避，也不过是推迟片刻而已。所以林磬不打算给他这个逃遁的机会，更不愿意让他保持着现在眼中这种虚伪的、温柔的表情。

"我外公的死，既然从没有人愿意主动给他一个公道，那么，就由我们这些亲人来给。"她看着原丙风，消瘦的脸颊上比平时苍白了很多，却语声清晰，"原科地产做过的那些事，既然从没有人觉得那是罪恶和错误，那么，我来帮忙找出证据。"

静静地听着，原芮风毫无表情的脸上，眼眸中神色变幻了几遭。茫然、不解、醒悟……再到震惊，也不过是瞬息之间的事。微微眯起眼睛，他凝视着林磬，似乎想要把面前这曾经倾心过的女孩死死地印在眼里，刻在心里。

"你说什么？"他终于开口，俊挺深刻的脸如同雕像，看向林磬的眼神像是携裹着渐渐而起的冰雪。

迎着那似乎可以把人冻成冰雕的目光，林磬却没有退缩和躲闪。

"原芮风，你这么聪明，到了现在，还不明白吗？"

原芮风终于闭上了嘴巴，再也没有说任何一个字。他就那样看着林磬轻轻抬步，从他身边走了过去。

经过原芮海身边时，林磬终究还是微微一停。看着原芮海那茫然之极的眼神，她勉强地笑了笑，用尽了力气，"对不起，学长……很抱歉连累到你和你的家族事业。"

原芮海看着她，想要说什么，可是毕竟不知道缘由，只是张了张嘴巴，却不知道该说什么。

终于，在他们擦肩而过时，原芮海低声道："没事的，不管出了什么事，我相信你没有恶意。"

林磬停下了脚步，看着原芮风那俊朗温柔的眉目，心里有一些已经淡然褪色的画面浮上来，让她蓦然难过起来。眼中有了微微的雾气，她摇了摇头，"不，不是的，原学长。我的确是用了最大的恶意，想要打击原科地产，很抱歉。"

财经报刊关于原科地产的新闻报道，再一次达到了高潮！原本只是揭发和爆料，可是就在最新的报道中，令人震惊的事实是，K城检察院收到了针对原科地产的实名举报，并且已经正式立案！

各大媒体同一时间陷入了兴奋和激动的漩涡。

那不是普通的案子，那是在行业内足可以排上前三名的地产巨头，那是隶属庞大的原氏集团下的最赚钱的子公司，那是已经成功闯过融资关卡，就差临门一脚的准上市公司！

据确切的消息，这次导致原科地产陷入巨大危机的起因，涉及到比较敏感的强拆，原本就容易引发舆论不满，再加上竟然牵涉到人命？而有些消息灵通的媒体，甚至已经不知从哪里打听出来，检察院立案的缘由，不是所谓的强拆，而是巨额的商业行贿。

假如不是有了足够的证据，检察机关也不可能那样直接上门，在众目睽睽下直接约谈和带走了原科的执行总裁、原家长子不是吗？

雪片般的报道，长篇累牍的专题，从原科职员惶恐难过的采访，到同行业对手意味深长的发言，一时间，整个国内房地产业的目光，都聚焦在国内中部大城市——K城。

而就在这满城风雨中，在这巨大的舆论压力下，一直保持缄默的证监会，也终于发出了声音，在这原本已经汹涌的波涛中投下了一块巨石——为了对广大股民负责，暂缓原科地产上市，等待检察机关案件结果公布。原先已经成功申购原科股票的申购款项，即刻退回广大股民账户，并结算同期银行存款活期利息。

媒体及同行，再一次被这则重磅炸弹震动了神经。这在证券市场上不是没有先例，但是只发生少数几个小公司上，时间点也更加靠前。像原科地产这种融资金额高达数十亿的大型公司，在上市的最后一刻被叫停，还是有史以来的第一次！

K城郊外的一座小洋楼，原家的某处产业别墅里，五十多岁的原江涛坐在客厅沙发上，端起佣人刚刚泡好的顶级碧螺春，虽然依旧显得冷静沉稳，可是不时抬头看向大门的动作，还是泄漏出他内心的焦灼。

在他身边，一身优雅套裙的妻子眼睛红肿，怔怔盯着大门。

终于，隐约的汽车声由远而近，一个高挑清瘦的身影随着车辆停下，出现在大厅门口。

"小海！"女主人立刻哽咽着扑了过去，紧紧地抱住了脸色疲惫的儿子，一眼看到他那微微发青的眼圈，眼泪就像断了线的珠子，"天啊！他们对你做了什么，你怎么样，有没有吃什么苦！"

"妈，你来了？"原芮海急忙露出一个笑容，夸张地挺了挺胸膛，"完全没有事，就是被叫去问了一些问题，我都如实说了，放心吧，没什么问题。"

见他说得笃定，他妈妈这才将信将疑，稍微松开了抱得死紧的臂弯，不好意思地擦了擦眼泪，说道："对对，你就是个学生，法人代表就是个挂名的头衔……"

回头看了看原江涛，事关唯一儿子的安全，她声音虽柔软，却头一次难得地显出了坚持，"整个原科地产谁不知道这个事实？"

原江涛走了过来，无言地拍了拍小儿子的肩头，"辛苦了。"

原芮海摇了摇头，"我真的还好，就怕哥哥……"出来后，第一时间就得知了大哥依旧被留在检察院的事情。虽然家族御用的律师四人团队已经火速赶了过去，可是似乎情况并不乐观。

"你先出来就好，你妈妈快要急死了。"原江涛心里虽然依旧因为原芮风而焦急，可是看到小儿子终于出来，总算稍稍松了口气。

"爸，能不能去书房一下，我……有话跟你说。"原芮海忽然道。

他妈妈一愣，"什么话非要瞒着我？"这特殊关头，她是草木皆兵。

原芮海微笑着搂了她一下，半开玩笑，"妈，我在里面快要被饿死了。好想喝你做的竹荪鸭汤了，今晚有没有？"

"有，有！"他妈妈果然被这一句迷惑住了，慌忙穿着优雅的套裙就往精致豪华的厨房奔，原芮海看着妈妈的背影消失，这才跟着父亲原江涛一起，上了二楼的书房。

随手关上门，他按下了里面的门锁。

"爸爸，这一次，大哥的事情搞不定的话，被判刑的几率有多大？"他开门见山，静静地看着父亲。

回来的路上，是原科地产的董事会秘书专门去接了他。就像他预感的那样，他听到的消息极为不妙。关于原科地产在固丰市开发用地涉及灰色行贿的指控，检察机关已经拿到了有力证据。

沉重地叹了口气，原江涛点了点头，也不打算瞒着小儿子，"是的，情况不妙。假如真的证据确凿，判刑是一定的。"

虽然早已有了准备，可是当父亲也亲口确认的时候，原芮海还是大大地吃了一惊。他虽然很少过问家族的生意，可是他并不缺乏起码的常识。犹豫地望着父亲，他轻声试探道："大伯父那边？"

原江涛摇头摇头，"该做的都做了，这个风口浪尖，很多事反而不便。"

大哥毕竟是身在京城，远在K城的事多少有点有心无力，再加上国内刚出了几起恶性强拆事件，舆论正有发酵的迹象，而原科地产的事，竟然恰逢其会，被翻了出来……

其实真要算起来，这件事，真的和原科地产牵扯不多，毕竟原科地产早早就宣布放弃该块用地的商业谈判了。若在过去，就算报道出来，也很难引起深大的关注，更别提在全国范围被盯住了。

但是原科地产正逢上市的关键点，一举一动都会受到股民的关注，简直就像是赤裸裸的被放在了水银灯下以供观看。各大纸媒、财经网站当然是不遗余力地跟踪和渲染。这样一来，什么事情都不好办了。

原芮海沉默了片刻，忽然道："爸，我在里面接受询问时，没有把话说死。"

原江涛愕然抬头，看着小儿子那平静的眼神，"你……什么意思？"

原芮海低下头，没有回答这个问题，却道："总集团这边，除了原科地产这几年是大哥在倾心打理，还有好几个子公司也都是他在实际经营。离开他，估计不少事务就得立刻停转·对吧？"

原江涛沉沉地点了点头，有点苦涩，"说不得，到时候，我这把老骨头也得重新出山，你恐怕也得赶紧停下原先的打算，赶紧来帮帮我了……万一你大哥真的迈不过去这个坎，原氏接下来，你不想接手，也得接啊。"

原芮海摇了摇头，眼神清醒，"爸爸，你正是因为心脏不好才提前退休，现在再重新回到集团掌权，根本不是长久之计。而且你知道的，不是我不愿意分担家里的事务，而是我一句缺乏商业天分。"

"不会可以学，你陪着我一起撑撑看吧……先度过眼前的危机再说。"原江涛叹息。

"不行的，就算我们撑上几年，等哥哥出来，可是我听李秘书说，按照法律规定，因为商业犯罪而入狱的话，将来是不能再担任某些职务的，例如上市公司的董事长或者总经理？"原芮海苦笑问。

原江涛点头，心里也是黯然焦虑。这么一来，任何家族集团中有上市可能的重要职务，长子原芮风接任就有一定的阻力，这才是最可怕的事情。

"所以，我刚才说，我没有把话说死。"原芮海低声道，一向显得温顺和孩子气的脸庞上有点成熟的气质，"我没有说我对原科的事务全不知情，我说……有些的确经过了我的手，由我授意和批准。"

"什么！"原江涛猛然站起身，震惊无比地看着小儿子，"你……你疯了？"

疾速地在原地踱了几步，他神色严厉，"和你没有关系的事，你不要自作主张，你大哥也不需要你替他来背这个黑锅。跟我走，现在就去检察院再说清楚！"

忽然停了下来，他思索着，"不用去了，除非你大哥也跟着把事情推到你身上，不然稍微一调查，你的话根本就无法自圆其说。"

既然这么快把原芮海放出来，可见人家根本也没打算采信他的话，更没有把他当成真正的攻坚对象。

可是原芮海的眼神，却很坚定。"爸，所以你得帮我劝服大哥，我们俩说法一致的话，才有可能让我扛过这件事。"

"你……"原江涛有点无法继续。看着面前长身玉立的小儿子，他忽然恍然发觉，原来这个一向乖巧温和、学业优秀的孩子，也已经真的长大成人。心痛于原配妻子早逝，他一直把更多的关爱放在了幼年失母的原芮风身上，而这个从小就锦衣玉食的小儿子，不得不说，他给予的关注是要少很多。

由于原芮海早在大学时就表示出想在建筑业深造，虽然原江涛再三和他商量，希望他能分担一部分家族商业，可是被他坚决地拒绝了。在考量中，他也觉得只要给幼子留下足够丰厚的家产，又有原芮风肯继承家族事业，便也没在过多强迫。

可是现在，难道要这个从没插手过家族商业的小儿子，为他那异母的哥哥，背上和他完全无关的罪名？不不，这不公平。

原江涛摇了摇头，心里又是欣慰，又是难过，"别说了，我不同意。"

原芮海终于有点着急了。直直地看着父亲，他坚持道："爸，老实说，家里没有我，并不是问题。可是假如缺少了大哥，无论是拖着病体的您，还是完全不懂集团运作的我，只会让整个集团陷入巨大的困境。最重要的是，大哥不能留下案底。"

"傻孩子……难道你留下案底，就没有关系了？"原江涛哑了嗓子。

原芮海微笑了起来，道："做一名建筑师，真的没有人在意你是不是坐过牢。"

隔着书房的房门，季佩琦站在那里，只觉得冷汗淋淋，心里一阵冰冷。楼下的厨房里炖着砂锅，忘记了关门，那扑鼻的香气甚至可以直飘到二楼，可是闻在她鼻中，却已经毫无意义。

不放心儿子那神秘兮兮的举动，她跟着父子俩来到了书房外，虽然门已经从里面关起来，可是刻意把耳朵贴上去，依旧能听见里面若隐若现的声音。这已经足够让她听见某些对话，和一些正在发生的妥协和约定。

巨大的伤悲和心痛袭上心头，她再也无法忍受那里面即将变成定局的商量结果，猛然地，她举起手，用力地在书房门上敲打起来！

门被打开的那一瞬，她用尽全身的力气，不看儿子，只径直盯死了丈夫，"原江涛，这么多年我没有反对过你，更没有为芮海做过任何争取。可是这一次，我不同意！"就像是一只凶狠的母兽，她冲过去把原芮海护在了身后，泪水疯狂地流淌着，"芮风是你的儿子，芮海他也是！你休想……休想把他送进监狱，去换你前妻的孩子！"

"佩琦……"原江涛猝不及防，听着妻子那悲伤到近乎凄厉的声音，一时间也是内疚无比。

"妈！"原芮海惊呆地望着泪眼婆娑的母亲，一时间手足无措，"不是的，不是你说的这样，爸爸没有那样的意思。是我自己……"

"你闭嘴！"一向柔弱的女人厉声呵斥，痛心疾首道，"你这个愚蠢的孩子，我绝不会同意你用自己的前途开玩笑，更绝不会同意你去背和你无关的黑锅！你要去坐牢，先把我给杀了再说！"

"妈妈，您别着急。这不只是以防万一，假如可以顺利度过，就不会有这些选择。"原芮海赶紧安慰着妈妈，顽皮地用手臂圈着她，笑吟吟地摇晃着，"我们原家吉人天相，一定没事的！"

被他亲昵地摇晃着，季佩琦依旧流泪不止，"没事最好，有事也轮不到你来扛！你是家里最小的孩子，不说疼着小的，倒要让你来受罪，天底下也没有这个道理！"

"我不同意！"猛然站起身，原芮风看着坐在对面的律师团队首席律师，同样地震惊，"这不行，完全没有道理，芮海也……"

对面的章大律师不动声色地咳嗽了一声，用眼色制止住了原芮风的话，"原先生，请少安毋躁。"

原芮风焦躁地重新坐了下来，"这是谁的意思？父亲他真是糊涂，怎么能做这样的决定？！"

章律师小声地道："实际上，这是你弟弟主动提出来的，并不是你父亲的意思。原芮海先生托我带句话给你，他说，你们父亲的身体，并不能承受繁重的工作，而他接手原氏的话，恐怕撑不到你出狱，就会把庞大的原氏弄成千疮百孔。"

他顿了顿，语重心长地劝说着："还有一件事，原科地产已经被叫停了上市，前一阵突击入股的中小股东们，正在人心浮动。假如你真的坐了牢，恐怕——"

他没有再明说，可是原芮风却已经完全听明白了他的暗示。假如他真的没法逃脱牢狱之灾，原科地产无人主事一定会元气大伤。那些股东们若要撤资，原氏纵然势大，怕也不好得罪这些深有来头的资本，只能哑忍。

各地的地产开发已经把这些资金投了进去，忽然大片撤资，资金链断裂的危险就迫在眉睫。原氏集团不是没有资金可以周转，可最怕的是这个敏感时刻，银行对他们的信誉心存疑虑，极有可能叫停已经通过的贷款……

牵一发而动全身，不外如是。

"原科地产已经正式接到了证监会通知，暂缓IPO。绿风园地产可能是取而代之的公司。"

"原氏集团正在建行接洽的高额贷款，看上去也有缩减的趋势。"

"我来的时候，你的秘书请我告诉你一声，原丝纺织那边的进口原材料，对方忽然要求预付款，不再接受商业汇票。"

章大律师一条条地轻声慢语，并不客气。看着原芮风的脸色越来越苍白，他坐直了身体。"你一天不出去，这些事就会一天天恶化下去。所以，你父亲和你弟弟想请你认真地考虑。"

原芮风的目光，看着他面前的那份资料，和上面一条条列举的公司业务数据。慢慢地向后靠去，他神情冷漠而僵硬。

"当然，我的专业意见，也是希望你能接受。"章大律师轻声建议。

"有没有别的法子？例如……假如固丰市那件案子的原告方撤诉？"原芮风低声道，眼神中有种奇异的神色。他径直地看着章大律师，冷酷地道："私下去找林磐，把芮海的决定说出去，然后再告诉她，假如她坚持有人要付出代价，那么将会是芮海来承担。"

K城凤凰楼大酒店的丽语厅中，章大律师端着热气腾腾的一杯瓜片，心神不宁地喝了一口，差点被烫了舌头。皱着眉，他忙不迭地放下了细瓷茶杯，思索着原氏的案子。

常年担任原家的私人律师，同时也是原士集团律师团的首席，这一次原科地产遇见的事，堪称他历年所未见的麻烦。

按照原芮风的授意，他开始找寻那个叫林磐的女孩子。既是原科地产在固丰市那桩违规拿地导致人命案的苦主，也是原家长子原芮风的恋人，而且有相当多的迹象表明，她似乎也是原科地产行贿案的证据提供者。

章大律师暗自摇了摇头，要为这离奇又荒谬的关系咋舌不已。不出所料，林磐已经从KJD会计师事务所主动离职，所有的东西也从原芮风家里一夜搬走，现在完全找不到行踪。

好在原芮风提供的另一个重要线索，帮助他找到了该找的人。她的姐姐林笛居住的地方，很容易找到，那里面的男主人就连章大律师也不陌生。K城最近声名显赫，无人不知晓的男人——黎奉天。手里掌握着近几十家歌舞厅、餐饮连锁店以及整个K城东部的地下生意，错综复杂的关系网下，就连K城上原来有点身份的人，也会给予一定的默许和妥协，而不是真的要将他们除之而后快。

更别说他们这些和各种乐讼有着千丝万缕关系的律师们。

所以当那个三十来岁，精干的男人推门而入时，章大律师第一时间在脸上堆出了谦和的笑容，积极地站起了身，"黎先生，久仰久仰！"

面无表情地伸手和他互握了一下，黎奉天微微欠身，"抱歉有点事在处理，来晚了。"

"没关系没关系，K城这种吃饭的点儿，哪里不堵车呢，我也是刚刚到的。"章律师热情地笑着，主动抢在黎奉天身边的小弟伸手前，帮他拉开了座椅，"来来，黎先生快请坐。我已经擅自做主，先点了几道菜……"

黎奉天伸手摆了摆，"章律师您好，就不多叨扰了，我来代替林小姐听一下您的想法，听完就走。"

章大律师稍微有点尴尬，倒也爽快，点头道："好，既然黎先生忙，我就开门见山了。"他看了看门外，确定黎奉天果真是单身前来，他想要见到的林磬根本没有露面，只得苦笑，"是这样的，关于林家姐妹外公的命案，警方已经有了定论，虽然这次成功抓到了嫌犯，但是毕竟是意外无疑。我想代表我的当事人，和林家姐妹谋求一个庭外和解的可能……"

"不用说了。"黎奉天淡淡道，锐光四射的眸子里是漠然的光芒，"这一点没得谈，她们姐妹俩要背后真正主谋唆使的人付出代价，原家出再多的钱，都没有用。"

章大律师看着他那漠然的脸，心里叹息。见惯了案件中的人间百态，什么样的人能被钱打动，有的人则一定要一个公正，他自认分得出来。

放弃了继续劝说的意思，他小心翼翼地换了话题，"那么，我上次托黎先生转达给林磬小姐的话，不知道……她有何回应？"

黎奉天几乎是讥讽地笑了笑，锐利的目光盯紧了他，"章大律师，别说林小姐不太理解你们的意思，就连我这个外人都看不懂。那位原芮风先生的意思是威胁说：假如林小姐坚持要毁掉原科地产，那么倒霉的是他弟弟，和他无关。我们有没有理解错误？"

章律师硬着头皮，"话不是这样说，原先生的意思只是，请林小姐不要伤及无辜……"

黎奉天冷笑一声，"明白了，既然这样，林小姐的回复也很简单——事情总要有人去负责，错误也要有人买单，至于你们想让谁出去替罪，只要法院最终认同，她无话可说。"端起手边的茶，悠悠地抿了一口，"但是有一条：假如伤及无辜，那么也是你们把无辜的人推了出去，而不是她。"

没再给章大律师开口的机会，他站起身披上外衣，"不奉陪了，章律师也不用再动用人力物力去找林家姐妹。K城有我黎奉天一天在，他们原氏的人就别想在出庭前见到她们。"

章律师大急，正要起身去追，黎奉天身后的小马已经默默上前，冷冷挡住了他的去路。一直到黎奉天的身影消失在门外，他才无声无息退后一步，把章律师留在了门内。

完全失败。不仅没有说服她们庭外和解，而且也没能打消那位林小姐出庭作证的念头。章律师苦笑着看着黎奉天一行人的车在楼下嚣张离去，开始迅速盘算起接下来的应对。

在各大媒体的连续密切跟踪报道下，原科地产终于迎来了第一宗涉案的官司。林家外公的意外身亡案件，在终于抓到了当事嫌疑犯的背景下，低调开庭。被告方是三名当晚去骚扰的小混混，当然，还有他们供认出来的背后唆使人：固丰市公安局的某名派出所所长，还有他上面的局长刘占涛。

出面的原告，是林笛。

案件没有太多的疑点，也很容易定性。几名小混混对于当晚的事供认不讳，法庭在再三的取证后，也最终采信了过失伤人导致被害人意外坠楼的说法，而涉嫌买通歹徒深夜骚扰，达到赶走住户目的的涉案被告，也都一一定罪。

而原科地产，由于没有实质性的证据表明与此有关，仅仅被列为了连带捎上的被告，无关痛痒，最终也成功脱身。

这桩民事案件的宣判，由于没有牵连原科，更没有令其伤筋动骨，所以并没有带来过多的关注，媒体和公众的焦点，始终还是聚集在了不久后就要正式开庭的原科集团涉嫌违规拿地、行贿官员等这桩大案上，早早地就开始了密集而无孔不入的关注！

这一天，K城上空隐隐风雷，阴云密布，而K城第一人民法院的门前，更是早早守候着一大堆媒体的记者们。小到本地报纸的财经版块，大到港媒的驻

K城记者，几乎都在得知开庭时间时，作出了来旁听的决定。

据各路神通广大的同行们这片刻的交流，基本上可以确认的是，原家少总裁原芮风这一次绝对很难轻易抽身。检控方掌握的证据中，据说有一项来自内部人士的举证，而这位神秘的证人，似乎还是一个女人。

女性商业间谍？还是被竞争对手用金钱买通、从而决定偷窃证据的普通公司职员？

一时间，就算是见惯各种离奇事件的媒体记者们，也不禁燃烧起熊熊八卦之心。假如传言真的属实，那么，"神秘女子出庭力扳上市公司"这种耸动的标题，可就有无限发挥的可能！

法庭的大门，准时在九点打开。无数记者扛着长枪短炮，第一时间冲进了允许旁听的法庭内，架好了三脚架，摆好了机器。

办案人员、检察官、公诉人和法官纷纷落座，肃然无声地紧张整理案宗，片刻之后，法庭一侧的小门打开了，一名年轻男人被狱警带进来出现在被告席。

举目看了看，他年轻而温润的脸孔上也有那么片刻的犹豫和踌躇。毕竟在人们艳羡和喜爱的目光中待得久了，乍一面对这满庭探照灯般灼灼逼人的目光，让人极不适应。没等这小小的志忑被压下，刺目的闪光灯已经不管不顾地闪烁了起来，他迅速地闭上了眼睛。

不是原芮风？！

很快，所有的媒体记者都发现了这个叫人惊讶无比的事实。是的，被带到被告席上的那位男子，明显比原芮风年轻，柔软的黑发，明朗而温和的表情，清澈的目光……

那是谁？本该站在那里的原家少总裁原芮风，又在哪里？

不少记者已经飞快地调出手边的资料，几番比对之后，面面相觑地得出了一个震惊的结论——原家幼子原芮海，他怎么站在了这里？

按照他们初步搜集到的资料，这个原家的小儿子，并没参与到原氏的运作中，更别说原科地产从来都是原家的长子原芮风在独揽大权，亲力亲为吧？一时间，大家都困惑无比，脑海中关于这场案件的报道初稿，也已经开始飞快更新——笑话，主角换了人，原先的所有推想可不都要推翻重来？

"全体起立，开庭！"随着一声威严的声音，全国瞩目的一场庭审，终于正式开始。

冗长的公诉词，一页页漫长的证据，己方律师团的激烈辩护，还有旁听席上黑压压的人群。原芮海就那么笔直地站在那里，静静地等待着。偶然有需要他回答的地方，他也就那么认真倾听，然后极为慎重地回答上几句。

就像是过去，他在S大二食堂的小包厢里，也是这样认真地看着她，听她笑嘻嘻地讲述着打工时遇见的有趣事情。远远地从法庭侧门的门缝里看进去，林磬觉得时光忽然倒流，无数以前并没刻意珍藏的画面，此刻却像潮水般席卷而来，让她呼吸快要停顿。

快要轮到她出庭作证了。证人席虚位以待，远远看去，法庭那宽大的明亮玻璃窗外透进来金色的阳光，一片璀璨光明，映着不远处那些公检法人员肩上的徽章，相映生辉。

那是她一直想看到的景象——光明，正义，公平。

可是现在那片光明的威压下，笼罩着的，却是完全无辜的人。她怔怔地看着一脸温和的原芮海，只觉得身上越来越冰冷。他在点头，他在低声回答问题，他在揽过根本和他无关的责任。

猛然的，她身边的手机急速地响起！她茫然地低头看去，眸子却在这一瞬悄然缩紧！

原芮风，那是他的来电。

自从上次一见后，他再也没有给她来过一次电话，那个原本熟悉的号码像是忽然哑掉，像是知道两人之间再也没有任何回转余地。

而现在，在这最后的时刻，他的来电却倏忽响起，固执地连续不停。

死死地盯着那号码，林磬慢慢地伸出手，终于轻轻按下接听。

没有说话，没有招呼，她静静地听着。

电话那边，似乎也没有料到这个电话最终会被接起来。片刻的静默后，原芮风清冷而沙哑的声音终于在暌违多天后，在她耳边响起，"接下来，你要上庭？"

林磬的脸色，惨白得惊人。很久之后，她才淡淡道："你们的律师应该知道程序。"

法庭内，公诉人员的发言已经快要到了尾声，洪亮而冰冷的声音回荡在大厅里。忽然地，林磬在对方的手机里听到了稍有延迟的法庭公诉人员的声音。

他虽然不在现场，可是现场有人打开了实时录音设备，供他倾听——林磬忽然明白了这一点。

"你不仅不敢面对你该承担的责任，甚至连到现场也不敢。"她强抑住心中的挫败，忽然觉得浑身无力，愤怒像是海浪一般涌上来。

电话那边，一片静默。呼吸似乎有越来越急促，原芮风的声音携带着无边的阴沉，却也有最后一丝隐忍的恳求，"芮海是无辜的，我希望，你能想清楚关于他的事。"

"对，他是无辜的。原来你也知道！"林磐的手指几乎要将电话捏碎，愤怒让她微微颤抖。"你们原氏集团的罪恶，要他一个从不参与家族事务的人来背——原芮风，你不仅怯懦，而且卑鄙。"

"好，就算我卑鄙。"原芮风的声音平静而忍耐，"你看不到我入狱的，假如你一定需要原家有人付出代价，那就一定是芮海。"

"原芮风，我没有听错？"林磐冷笑，"你是在用你弟弟来威胁我？"

原芮风的语声，变得稍微急速了点，"是的，你已经看到了，我会卑鄙到底。我只是在赌，赌你是不是愿意接受一个无辜的原家人来成全你所要的公平。"

林磐猛然地挂断了电话！几乎是无法忍受那种激愤，她痛苦地半蹲下去，半晌后，眼泪终于无声流下，奔流不停。她想看到那个人站在被告席上，为原科的巧取豪夺、为他的刻意隐瞒和欺骗附上责任，为外公的死求一个公平，仅此而已。

可是，在她费尽心思，斩断一切后，依然无法真正如愿。那个人无耻而卑劣地缩在后面，让她最不愿意伤害的人来直面她的全力出击。

原芮海这个笨蛋、滥好人，刚刚已经在法庭上承认了很多集团业务是他授意，却否认了最严重的几项控罪。而如果她坚持出庭指证，那么他就极有可能被定上重罪，甚至面临很长刑期。

原芮风和他背后的原氏家族，到底是狠心无情，宁愿舍弃幼子来保全原芮风，还是胆大豪赌，赌她不会指证一个无辜的替罪羊呢？

可是无论是哪样，她已经被逼到了不得不选择的绝境。是的，假如她坚持出庭，那么原芮海面临的，就将是她一手打造和推动的真正陷阱。

可这个陷阱里，没有原本该在那里的凶残野兽，只有一只无端落入的野兔。

痴痴地流着泪，她看着不远处那个长身玉立的原芮海。和两年前初次在校园里遇见的那个男生没有任何变化，依旧是亮亮的眸子，含笑的嘴唇。和气地接过她推销的矿泉水，一口气买下一整箱；在校园舞会中含笑向她伸出手，邀请尴尬的她共舞一曲；站在凤凰城酒店外的阶梯上，等着用自行车载她收工；

在 S 大的校园里，终于鼓起勇气对她说出那声"我喜欢你"……

和她那短暂的、青涩而没有结果的懵懂相处中，他一直在友好而善意地付出，给出一片真心。而今天，她却要亲手送他进监狱？

无声地痛哭着，她感觉到身边有人在拍打着她的肩膀，泪眼婆娑地抬起头，她看着面前警员那刺眼的警徽，忽然开始大力地摇头。泪水疯狂而落，她只知道自己在不停地、近似崩溃地摇头。

法庭内的旁听席上，记者们开始隐约骚动，不停地看着本该有证人走出来的侧门。公诉人员的神色越来越难看，终于有人急匆匆走到他们身边，小声汇报着什么，而法官的神情，也开始变得严肃。

发生了什么事？公诉方提到的该出场的女证人在哪里？假如没有意外，接下来不是该那位原 KJD 事务所的员工出庭，指证原科地产恶意篡改上市报表，欺骗股民，还有两桩行贿的事实吗？嗅觉敏锐的记者们已经从久等不至的沉默中猜到了什么，激动不已。

检方最重要证人临阵脱逃，消失无踪？是受到了收买，还是被威胁了呢？无论是哪一种，又或者什么都不是，这背后的猜测都足以写上一大篇分析！

"鉴于证人忽然表示无法出庭，所以检方暂时无法提供直接证据。"公诉人员僵硬地站起身，极不情愿地宣布了这一消息。

举座哗然！

被告席上的原芮海，也赫然抬起了头。凝视着空荡荡的证人席，他神色复杂，有点茫然，有点放松，也有一闪而过的内疚和难过。

终于，他们原家赌对了，那只是一个单纯而疾恶如仇的女孩子，并且没有到达恶毒和偏激的地步。只要原芮海坚持把一切都揽上身，那么最大的可能，就是她会放弃报复。

现在，一切正如他们希望的那样发生了，按照律师团的分析，他最多面临一到两年的刑期，原氏集团的危机会基本解除，原科地产也会在大哥的带领下起死回生。

可是为什么，他的心里并没有多少欣慰和轻松，只有难过呢？一想到记忆中那双明亮爽朗的眸子，他只觉得心底犹如重铅压下。

他们原氏，毕竟是欠了她外公一条命。虽然未杀伯仁，伯仁却的确因此而死，这是永远也绕不过去的事实。而现在，原氏终于成功脱罪——只需利用她对他的不忍。

"全体起立！本庭现在宣判，原科地产法人代表原芮海涉嫌授意伪造财务报表、骗取上市资格一案，罪名成立，涉嫌对数位官员行贿罪，罪名不成立……"几个小时的拉锯庭审后，终于，到了法官宣判的时刻。静静地听着宣判，当林磐听到那个"有期徒刑三年"的最终结果时，还是痛苦地闭上了眼睛。

比他们想象得重。或许是对证人临时不能出席、改变主意也有所怀疑和不满，法院最后的判刑显然比想象中的稍重。

"章大律师，请问您对这次宣判的结果是否满意？三年刑期是长了，还是已经比较宽松？"

"章律师，对于控方关键证人并未出现，您是否知道什么内幕？"

"有传言说原氏私下和证人有过接触，请问有没有这回事？"

记者们团团围住了刚从审判庭走出来的原氏律师团的成员，开始毫不客气地提问。虽然没指望能得到正面回复，可是就算是只字片语，也足够他们借题发挥了！

实在被追堵得无处可去，胖乎乎的章大律师无奈地停下脚步，正色答复："判决结果确实不如预期，我们不排除继续上诉的可能。"

顿了顿，他胖乎乎的脸上显出极为认真的神情，"至于控方证人的问题，我必须地反驳刚才那位记者同志：第一，她是否出庭，绝对和我们原氏无关；第二，任何捕风捉影的污蔑报道，我们都将保留控告的权利。"

"那么，对于很多人质疑的'原芮海先生其实只是替罪羊'的说法，请问原家有没有什么回应？"一名记者急忙抛出了这个最犀利的问题。

"对啊，据我们的调查，原科地产真正的主事人是原家长子原芮风，这几乎是众所周知的事情，现在却是弟弟出来顶罪……"

章律师立刻正色反驳："请不要随便信口开河，原芮风先生只是受聘的总经理，原芮海先生才是真正的法人。这一点，法院已经采信！"

看着还有源源不断的记者往这边涌来，他感到十分头疼，在同事的帮助下，奋力向人群外挤去。"抱歉，请让一下，其他问题我不方便回答。"

"欸欸，章律师不要走嘛　请再回答我们几个问题！"众位记者紧随着他一直跟到车边，实在没办法再拦住，值得悻悻地收兵回营，心里开始盘算着接下来的报道该如何撰笔。

就在众人的喧哗中，不远处，有一辆车安静地停在附近。一直看着章律师走开，看着记者们散去，深茶色的玻璃窗内一直都静默无声。

原芮风一动不动地坐在那里，冷峻而阴沉的面孔就像是一座冰山，阴霾地盯着法院大门。这座冰山在看到一个女孩子的身影出现时，开始迅速升温，如同一座快要爆发熔岩的山峰。

车辆缓缓前行，在看到旁边也有一辆车迎向林磬时，忽然加速。

抢在黎奉天和林笛的车辆靠近之前，原芮风的司机已经果断拦在了前头，车窗快速落下，原芮风那久违的脸庞出现在怔忪低头的林磬面前。

猛然抬头，林磬从恍惚中清醒过来，一眼迎上了原芮风的眸子。呼吸骤然停顿，她迅速挺直了自己的脊梁，脸色苍白得像是严重缺乏营养的病人。

一边，林笛大急，隔着车窗就想张口疾呼，可是身边的黎奉天却一把掩住了她的嘴巴。

"少安毋躁。这朗朗乾坤、光天化日下，你难道还怕他对你妹妹不利不成？"黎奉天低声道，"给他们一个说话的机会。原家吃了这么大的亏，你总不能指望他们毫无怒气。"

"他们吃亏？他们有怒气？"林笛凄然道，"只是他们家里的无辜子侄付出了三年牢狱之灾的代价，他们便已经受不了，那么我们外公无辜身亡，倒成了理所应当的事？这天底下，到底有没有道理？"

黎奉天默默听着她的话，缓缓道："现在你们也算给了外公一个公道，也该就此放下了。"

"你怕我们接着给你带来麻烦？"林笛冷笑。

淡淡地瞥了她一眼，黎奉天轻声道："不，我只担心你永远活在不甘和执念里。"

林笛微微一愣。看着黎奉天那深沉而锐利的眸子，她忽然觉得有点心神微动。虽然一直对面前的这个男人抱着敌意和警惕，可是这一刻，她还是能够分辨出来：这个男人说的话，是真心的。他想她活得开心一点，是的——这就是他的心意。

怔怔低下头，她没有再看黎奉天那专注的眼神，心中却有涟漪莫名荡开，让她心乱如麻。

不远处，倔强站立着一动不动的林磬，和车窗内同样静默如山的原芮风，就像两道同样固执的雕塑，谁也没有先开口的意思。

终于，林磬耐不住这诡异而压抑的气氛，身形微动，打算绕开拦路的豪车，向前来接她的黎奉天和姐姐那边走去。可原芮风的声音也在这一刻阴冷响起。

"林磬……我想问你一句话。"

默默停住，林磬回首看着他。午后灿烂的阳光里，那个男人的脸隐藏在车窗后，金色的阳光洒在了他们之间的空地上，灰尘在光线中不甘寂寞地起舞，而他们之间，似乎就隔了这满世间无声舞动的红尘微末。

她在等他发问。

"从一开始你就一直躲着我，到后来，更是处心积虑想要报复。"原芮风的声音冷静而讥讽，带着如刀的恶意，"你从来没有试过真的爱一个人，你爱的，一直就是那所谓的廉价正义，对不对？"

林磬穿着一件他熟悉的浅色丝绸衬衣，顺滑飘逸的下摆被皮带束在了清瘦的腰间，站在那里，她一向明亮的眼睛里有原芮风看不懂的东西。似乎有遗憾和哀伤，也有痛楚和愤怒。

"正义就是正义，从来都没有廉价和尊贵之分。"她清晰地道，"像你这样的人，永远都不懂得敬畏它，又何尝不是很悲哀的事。"

原芮风的脸色，更加阴郁。他俊美的唇角掠过浓浓的讥讽，"对啊，我忘记了，你一向喜欢自诩正义化身。"

"是啊，可惜我还曾真的想过，为了你而把翅膀染黑。"林磬恍惚地笑了笑，想起了那些他们之间过去的种种。只是都是过去，都是过眼云烟而已。

快步走到黎奉天的专车前，她拉开车门，跳了上去，只留给原芮风一个决绝的背影。

原芮风死死地盯着那个苗条清瘦的背影消失在视线中，一动不动。只是他并没有想到，这个背影，一旦消失，就是许久许久。

久到他的怒气一再发酵，终于忍不住开始再度寻找时，却已经彻底消失。是的，就算是掘地三尺，也再也没有任何影踪。

人潮熙熙攘攘，K城新建的西区火车站的候车大厅里，人头攒动。和每个周末一样，往返于各个城市间的出行者都较平日更多。

检票口前，一对眼眶发红的年轻女孩相拥着，已经在那里依依不舍地相对流泪了很久。她们身边不远处，四五个打扮类似、眼神不善的男人站在周围，警惕地看着四周行色匆匆的旅客们。

"小磬，一定要走吗？"林笛的眼泪啪嗒啪嗒往下掉，难过地拉着妹妹的手，"留在K城又如何呢？我不信原氏敢公然对你不利。事情已经得到这么多关注了，他们自顾尚且不暇，绝对不敢对你怎样的吧……"

林磬摇了摇头，伸手擦去了姐姐腮边的泪花："不是怕他们，而是……我自己不想再看到那个人了。"留在 K 城的话，那个人生平第一次遇到这样严重的算计和背叛，怎么能心平气和？而整个原氏凭白折进去一个儿子入狱，又怎么会善罢甘休？

而她……真的也不想再面对那个人了，无论是他那冰冷的眸子，还是充满讥讽和愤怒的表情，每每看到，都会觉得整个世界都是阴霾密布，沉郁无望。

"可是你一个女孩子，从小到大也没有离开过 K 城，现在到底要到哪里去呢？"林笛又是难过，又是焦心，泪眼迷离地看着妹妹，"留下来吧，有黎奉天在，那个人也不敢来骚扰你的。"

林磬看着她，神色有点奇怪。"姐姐……我不能指望他来保护我吧。"看了看身边不远处几位黎奉天手下的保镖，她皱起了眉头，"姐，你告诉我一句实话，你到底怎么样看他？假如真的被他胁迫的话，你要做好打算。"

林笛怔了一怔。垂下眼帘，她低声道："打算？我能有什么打算呢？"

林磬咬了咬牙，"姐姐，只要你想摆脱他，就一定可以。你等我在别的地方站稳了脚跟，就把你接过来！我不信他能日日夜夜防备着你，只要你偷偷做好准备！"

"不不……"林笛摇了摇头，心里忽然浮起清晰的念头，不知道为什么，她完全可以断定，在那个男人主动说厌倦之前，假如她敢真的一走了之，那个人就真的会动用一切力量，把她找出来！到时候……只怕会连累好不容易安定下来的妹妹。

违心地笑了笑，她怅然地看着妹妹，"他对我……也算不错，不管怎样，他也算在这次帮了我们的大忙，不是吗？"

林磬沉默了。是的，无论是联系媒体，阻止原家的骚扰，又或者是亲自说服那几个涉案的小混混说出真相……黎奉天都起了决定性的作用。

"可是姐姐，你真的要这样不明不白地，被他强行留在身边吗？"她犹豫地道，"我是说真的，只要你想摆脱，我们就一定可以找到办法。"

林笛淡淡地摇摇头，"不用了，倒是你自己，一定要保重啊。到底去哪里，接着做什么，你有没有想清楚？"

候车大厅里，最后一遍催促的广播响了起来，检票口的女乘警也不停地看向她们。林磬拎起了不大的双肩背包，最后一次抱了抱姐姐。"我会照顾好自己的，你知道我一向有这方面的能力。至于接下来到底做什么，我也要想一想。正好在 KJD 事务所做的太累了，或者我想歇一歇。"

红着眼睛，林笛望着妹妹的身影消失在检票口，忽然纵声叫："小磬，找到落脚的地方，记得给我电话！"

远远地回头挥了挥手，林磬头上的乌黑发丝被风吹得飘动起来，遮住了她微红的眼睛。跳上即将出发的列车，她的背影消失在了滚滚人流中。

"走吧，她生存能力很强，别为她太担心。"林笛的身后，一个低沉的声音响起来，黎奉天不知何时站在了那里。

Chapter 14
第十四章

痴痴地望着早已经不见踪迹的火车去处,林笛默默地转过身,意兴阑珊地独自向车站外走去。黎奉天不即不离地跟着,他们身后,小马和几位手下不远不近地跟着,神情一直很警惕。

最近他们实在是不太平。

黎奉天最近一直小心谨慎。而今天坚持出来送行的举动,在小马看来,就是很不明智。林笛不过是出来送妹妹出行,哪里就需要他们的老大寸步不离地保护和跟随了呢!

一直到黎奉天和林笛双双坐上了来时的汽车,小马才在心里暗暗松了口气。快步坐上后面的那辆SUV,他自己开着车,带着两名兄弟紧紧跟在后面。

一路无事,一直到车辆快要行驶上通往郊外别墅的偏僻林荫大道时,在相隔十几米的位置,小马在一个岔路口,差点撞上了斜下里猛冲过来的一辆商务车!

岔路口有点窄,视线并不开阔,原本车辆极少的道路上忽然冒出来这么一辆冒冒失失的车,小马差点一头撞了上去。心里火气腾地冒上来,对着那辆车的驾驶员怒斥:"眼睛哪里去了?有你这样开车的?"

话音未落,他的瞳孔已经猛然收缩!对面的车上,那几名满脸杀气的劲装男人身上,和他自己一样,有着不加掩饰的戾气。电光石火间,就在那群人纷纷狂跳下车的同时,小马对着身后的兄弟狂吼一声:"有埋伏!"

等小马的几名弟兄从惊讶中醒过神来时,挥舞着砍刀和铁棒的人已经冲到了近前,对着车玻璃就是一通狂砸!

四五辆同样的小型商务车紧接着也从岔路上飞驰而到,跳下来足足几十名汉子,满脸戾气,凶暴地加入了围殴的战团。小马一看之下,心中狂怒的同时,也有了不好的预感。前面不远处，黎奉天和司机的车也同样被迫停了下来，有一部分人狂扑了过去，开始疯狂地砸车！

小马一眼已经认出这群人、疯了，这些家伙想趁机除掉他们！为了保护黎哥，情况再不妙也只能咬牙拼了！想到这里，小马眼里充满了血丝，对身边的人叫道："来者不善，大家坚持住，我们的人很快就到了！"

"我数到三，一起开门杀出去，和黎哥那边会和。那边只有他和司机，顶不住，懂不懂？！"

"听见了，小马哥！一起冲！"

小马死死地盯着黎奉天那边快要被砸破的车门和车窗，嘶哑了嗓子："一、二、三！"

猛地一脚踹开了车门，他狂吼着，挥动铁扳手，身先士卒地冲了出去。没走几步，就陷入了围殴和不公平的群斗。拳来脚往，血花开始四溅，夹杂着不停有人惨呼的声音，分不清是黎奉天的手下，还是埋伏者的人。

冷冷地坐在车里，黎奉天鹰一般的眼神看着越来越不堪重负的车玻璃。经过一定改装的这辆车耐冲撞能力极强，来自外部的冲击一时半刻还不能奈何于他。可是当他的目光望向几十米外的战团时，终于，神色变得阴郁而狂怒。

冷静地从车厢后座翻上一柄短而尖锐的东西，他对着前座脸色惨白的司机冷声道："等我出去后，他们见到我这个正主出现，应该不会再对这辆车有兴趣。你趁乱开走，抱着压死人的劲头，他们就不敢来拦你。"

"老大，你不能下去！"司机小刘脸色惨白，急了，"小马哥他们撑着，就是要护住你，你现在露面，万一有个闪失，我们这群人怎么办！？"

"小马他们在那里。"黎奉天简单地道，没解释过多，可是小刘的眼睛却刷地红了，听明白了自家老大的意思。是啊，他们的兄弟就在那里被人围殴，被人砍得鲜血淋漓！

"那我也不走！"小刘死死咬住牙，"我等你，老大！不回车上，我就不开车！"

"你敢不听我的话？"黎奉天面色骤冷，瞬间的压迫感在这小小空间里充斥着，"叫你带她走，还要我再说一次！"

积威之下，小刘打了个哆嗦，终于红着眼睛，定了点头。

"我走了，别怕，你先回去。"黎奉天的手，搭在了车门的把手处，就要下车的瞬间，他忽然回头，对着脸色惨白、目光迷离的林笛说了一声。

呆呆地看向了他，林笛没有回答，不知道是被吓得无法言语，还是不知道要说什么。

轻轻抚摸了一下她的脸，黎奉天忽然笑了笑，"假如我死了，你就自由了。"

没再犹豫，他悄然拧开了车门，就像一只猎豹一样，迅猛而矫捷地猛然蹿了出去。用最快的速度死死带上了车门，他厉声对着小刘喝："还不快滚！"

果然，他刚一露面，一直在狂砸玻璃的那些人很快的反应过来，他们齐齐地扑了上来！

林笛呆呆地望着咫尺之外的车窗玻璃，就在她的面前，黎奉天的胳膊被狠狠砸了一下，林笛的身子几乎僵硬得无以复加，心惊胆战地看着这近距离的、被一层防爆玻璃隔着的。

忽然地，另一边的车窗上，早已露出皲裂纹的防爆玻璃上终于塌陷，露出了一个不大不小的洞口。那人大喜，一把从破开的玻璃窗外伸手进来，就要从里面打开车门。

林笛尖叫了一声，情急之下，居然一脚伸出去，用力地踹在了那刚刚伸进来的手上！嗷地叫了一嗓子，那个企图开门的男人怒吼："臭女人！敢踢你大爷！"

缩回了手，他挥舞着大棒子接着冲着车窗的破损处猛砸。林笛忍不住呜咽地哭泣起来，一把拼命向旁边躲去，一边四下找寻着能防身的东西。

眼角的余光一直关注着车内，黎奉天一眼看到这情形，脸上杀气陡然变得逼人不顾一切地冲了过去，一脚把那人踹翻。猛地，黎奉天表情一变，咬住了唇。林笛看着他，却见他忽然大吼："快滚！"虽然隔着车窗，黎奉天的嘶吼依旧清晰可闻。身子猛地一颤，小刘终于红着眼睛发动了车辆，发动马力，他的车横冲直撞了好几次，终于冲出包围圈。

很快，叫嚣的埋伏者就被抛到了他们身后。林笛转过头，远远地看着那群渐渐变小的人群，心乱如麻。

咬紧了嘴唇，她的目光看向了侧边的车门。一片模糊的血迹迸溅在茶色的玻璃上，涂抹出一大片暗色的污痕，触目惊心。

林笛大惊，想起黎奉天方才那不自然的表情，难道……

残破的车辆在司机小刘的一路狂踩油门下，风驰电掣地冲回了郊外的别墅。不知道是收到了什么吩咐，早早的，刚临近的时候就有清海帮的人来接应，很快把他们迎进了大厅。

"怎么样?"一进门,小刘就急吼吼地问。一边,林笛也默默地倾听着,紧张地盯着那人的嘴巴。

"不知道!"那人也急得在厅里团团乱转,"三哥他们带着所有能出动的人都赶去了,只要来得及,就一定没事,就怕……"

小刘忽然猛地咳嗽了一声,看着林笛,"嫂子,您去楼上休息吧。我们在这里等消息。"

林笛怔了怔,没有说话,沉默着走上了楼梯,回到了二楼的主卧里。楼下的声音听不见了,一个人扛开电视,她百无聊赖地看着,却完全记不得自己看到了什么。

一直到了晚上,有仆人送来了精致的晚餐,可是却没有带来任何消息。"黎先生?还没有回来呢。"

心不在焉地坐在床头,林笛默默地翻看着电视。声音已经被她调成了静音,她一直情不自禁地留意着来自楼下的动静。

可是一直没有。从楼上的窗户望下去,别墅的前门一直没有车辆开进来,夜色渐渐笼罩四野,硕大的别墅里像是空了一样,明明知道楼下有好几个人在同样等待,可是偏偏却是静默一片。

抱着膝盖,林笛望着不知何时变成了一片雪花点的电视屏幕,眼前浮现出那个人在一群人中浴血奋战的情形,他冲过来护住车窗,不让敌人惊扰她的模样……不知道在床头坐了多久,终于,无边的焦灼和困倦袭了过来,终于把她拖进了浅睡之中。

睡梦中,不停有各种纷乱而惊恐的画面。一会儿是黎奉天满身都是血,在一大堆奇形怪状的僵尸里昏战,猛一回头,他的脸也变成了呆板的表情;一会儿是他面无表情地靠近自己,胸口是一把尖刀插在上面,忽然咧嘴冷淡地笑:"我死了,你就自由了……"

猛然惊醒,她喘息着坐了起来!就几乎在同时,虚掩的房门外传来了一阵嘈杂声,"嫂子,能进来吗?黎哥在外面!"

林笛呆呆地坐着,片刻迷惘后,急急地跳下床,"进来吧,我没睡!"根本就没有衣衫不整,她一直是和衣而卧。

门很快被推开了,小刘和几名帮会里的兄弟抬着担架走了进来,上面一个人赤裸上身,密密匝匝的绷带缠绕满了身体。

林笛虽然心里有了准备，但是乍一看到那一向强势的男人此刻生死不明地躺在那里一动不动，还是呼吸悄然一室。

他死了吗？忽然之间，这种认知像是挥之不去，死死绕上了她的心。不知不觉的，她竟然喃喃地问了出来："他……他死了吗？"

为首的那位小帮派头目的脸色，就不太好看了。冷着脸没有搭理，他指挥着几名手下把黎奉天轻手轻脚地转移到了床上，硬邦邦地回了一句："黎哥命大福大！"

很快地，门外跟进来了一名身着医生白袍的男子，身边还跟着一名护士。手脚极其麻利，他们一起在床边竖起了输液用的支架，放上了一袋暗红色的血浆，开始给黎奉天的手背扎针输血。

殷红的血液一滴滴地，从针管里滴落，流进了紧闭双眼的黎奉天的手背。躺在那里的人完全昏迷着，就算是被针管扎着，也是没有反应。那医生和护士又在床边忙碌了一阵子，拿着药方认真地叮嘱着小刘和跟进来的佣人，最后才看向了林笛。

"黎先生一时半会醒不来，你们要有人在一边看着。隔一个钟头就量一下体温，一旦开始发烧，就立刻服用我留下的药——万一还有什么别的异状，就第一时间通知我，我今晚不走，会留在这里的。"

林笛站在数米之外，忽然低声道："我不会照顾人，你们派别人守着他吧。"

室内的气氛忽然变得有点怪异。司机小刘猛然抬头，另几个人也都怒目而视，齐齐地看着她。

被这些眼光看得浑身不适，林笛心中忽然涌起愤怒。在这些人眼里，她原本就是一个被强掳来的女人，还敢不主动鞍前马后地服侍他们的老大？

漠然地迎着他们的目光，她并不退缩。"有医生在，有护士。还有佣人，我在这里能干什么？"她淡淡地问，"我只怕我困了睡过去，压到了他的输血管，这才搞笑。"

"你！"那名为首的人忍不住气结，狠狠地握住了拳头，"黎哥真是瞎了眼，才会为你这个女人……"

林笛讥讽地笑了笑，没有说话。

一边的司机小刘，伸手拉了拉那位兄弟的袖子，示意他们几个先出去。

"我去隔壁看小马他们。"家庭医生交代了一句，也退了出去。

很快，室内只剩下了小刘和林笛，还有昏迷不醒的黎奉天。一向安静不喜多话的小刘，此刻脸上的神色也极为难看。

他直直地看着林笛："嫂子，不是我多话，我只想说一句，黎哥这么喜欢你，你现在这样……实在让人心寒。"

"喜欢？"林笛漠然地看着他，"我是被他强迫的……接着囚禁在这里，你们都知道的。这假如也可以算是喜欢，那么你们眼中的喜欢可真廉价。"

"我不管这些。"小刘寒着脸，"我只知道黎哥要什么样的美女都不难，我只知道他从来没有对任何女人这样上心和妥协。我还知道，假如不是为了你，他今天不会这样浑身是伤躺在这张床上！"

什么意思？林笛看着他，一时有点不懂他的话。

"黎哥不喜欢我们对你说这些，甚至希望知道的人越少越好。"小刘的拳头一下子砸在了墙上，"可我是他的司机，什么事不知道？若不是为了你们姐妹报仇的事，他不会冒着最大的风险，去得罪不该得罪的人！"

"你以为，这些天我们为什么危机四伏？还不是因为我们做了不该做的事，所以遭到了点名打压？"小刘冷冷地嗤笑，"你以为，不是黎哥亲自出面说动我们那两名兄弟，他们会愿意指证幕后的指使者？为了摆平他们，黎哥私下不知道许诺了多少钱！"

林笛呆呆地听着，就像是听到了什么很难理解的笑话。

"还有今天，你难道没长眼睛，看不到他宁可死了，也要护着你吗？！"小刘低声吼叫，"就算大哥以前有对不起你的地方，看在他现在要死不活的分上，你也不能这样！"

房门何时被关上，小刘何时终于离开，林笛都有点记不得了。只知道自己浑浑噩噩地终于坐到了床边，她开始看着那昏迷不醒，继续输血的男人。

平时麦色的脸庞现在显得有点苍白了，锐气逼人的眸子也终于合上。额头上有汗，颧骨边有一道微微外翻的小伤口，涂了简单的药膏，看上去狼狈而凄惨。上身全是一层层的绷带，不知道具体有多少伤口掩藏在下面。

雪白的纱布刚才似乎还是干净的，这一刻，却开始有不少地方慢慢洇出血迹来。不够汹涌，却以肉眼可见的速度，在一点点悄然扩大。

忽然惊跳起来，她颤抖着手，伸向那毫无生气的男人鼻子下面。还好，有微弱的热气呼出来。

没有死吗……是的，他活着。眼前忽然现出他跳下车去对自己说的那句话："我死了，你就自由了。"

不，虽然很想要自由，可是从来没有希望你死啊。林笛低下了头，眼泪默默低落了下来。

目不转睛地，她就那样茫然地盯着一滴滴从血袋中输进针管的血液。终于，那血袋渐渐的空了，她恍然惊醒，急忙走到门外叫人，很快，先前的医生再次跑来，这一次，他没有再继续输血，委实换上了一瓶透明的药剂。

他顺便量了量黎奉天的体温，眉头却皱了起来。"把备好的冰袋拿来。"他吩咐着一边的护士。

当着林笛的面，他将专用的物理降温冰袋放在了黎奉天的额头，转脸叮嘱道："过一会就翻一下，始终要保持病人接触到低温，明白吗？"

看着林笛那恍惚的神情，他提高了声音，有点不满，却严厉："不能做到的话，我叫护士留下来，你想清楚，不要耽误病人的治疗！"

林笛沉默了片刻，终于低声道："我可以。"

"还要时刻注意着，万一体温还在上升，就拿更多的冰袋放在胸口和四肢！"他指了指房间一角的透明冰柜，"里面欧文刚刚放了不少冰袋，随时可以取用。实在不行，就再叫我，懂不懂？"看到林笛点头，他才绷着脸走了出去。

室内重新恢复了平静，林笛怔怔地坐在床边，看着一直昏迷中的男人。不一会儿，她犹豫着伸出了手，轻轻触碰了一下他的额头。果然，依旧滚烫。轻轻地把冰袋翻了个面，她的心中像是有纷乱的海藻在肆意丛生。

墙上的时钟无声行走，她就那么不停地，机械地重复着翻转冰袋的动作。不知道过了多久，她终于感觉到了冰袋已经变得恢复了室温。从冰柜中换了一只，她忍着困倦，也刻意地忽视着心里的纷乱。

护士进来过一次，取下了黎奉天手背上的枕头，似乎还测了测体温，没有说什么，就走了出去。许是身体素质太好，黎奉天并没有出现持续高烧的情形，邻近午夜，他的温度在昏睡中似乎渐渐降低了下去。

坐在床边，林笛不知不觉地，伏在一侧，睡着了。

天光渐亮，窗外有鸟鸣响起，第一缕晨光从郊外的树枝间照耀进来的时候，黎奉天迷迷糊糊地睁开了眼睛。

浑身都在痛，骨头有几处也在隐约裂痛。想动一动身子，似乎特别的沉。脑海中终于浮起昨天的事，他微微苦笑了一下。有多久没有受过这么重的伤了？十年前，还是八年？不过既然醒了，既然还活着，就是最好的事。

目光微转，他怔然地看到了床边的那个女子。埋着头，她斜斜地靠在那里，低头趴着。雪白的脖颈露了出来，旁边是乌黑而柔软的发丝，而隐约露出来的小半边侧脸上，犹自有依稀的泪痕。

就像记忆中那个早晨一样，他独自从宿醉中醒来，看到身边那张陌生的、柔弱而美丽的脸。刚刚被他残忍对待，那张精疲力竭睡着的脸上，也是这样脆弱无依、布满泪痕。

那一刻，他默默地的看着她很久，不知道接下来该怎样面对。和以往习惯了杀伐决断不同，他忽然觉得，那是一件异常难以解决的难题。好在那个时候他想了很久，终于下定了一个决心。可惜现在看来，那个决定似乎并不够聪明。

不仅没能抹掉她脸上的泪，甚至更添了一丝难解的恨。

在晨光中默默地凝视了林笛很久，他终于极轻地悠悠叹了口气。慢慢地伸出手，他想要微微触碰一下那张脸，想要拭去那眼角的残余泪痕。

可是这似乎也不被命运允许，就在他的手指刚刚要碰到的那一刻，浅睡的女孩子似乎不知道被什么惊醒，就那么忽然地、紧皱眉头动了一动！

猛然把手缩了回来，黎奉天如同被电猛地击中。就在这时，林笛已经半睁开了蒙眬的眼睛，抬起了头。

正对上黎奉天那业已清醒的眼睛，她微微一怔，迅速地坐正了身体。

"你……你醒了？"她低声问，被黎奉天那专注的眼光盯着，她很快变得狼狈，"你等等，我去叫医生！"

刚刚站起身，她的手腕，却忽然被身后的人拉住了。虽然力气不大，却固执而坚定，像是不肯放手心爱玩具的孩子。

"你守着我一夜吗？是不是？"黎奉天的声音有点暗哑，高烧虽然退去，可是嗓子却沙哑依旧。

林笛背对着他，没有说话，也根本不知道该怎么应答。

"别叫医生，我好得很。"男人沙哑的语气中带着难得的软弱和希冀，"你留下来，陪陪我就成。"

僵硬着身体半天，林笛终于沉默地回过了身子，定定地看着他。

"你昨晚……看上去快要死了，我只是想看看，你这样作恶多端的人，老天爷会不会开眼惩罚你。"

黎奉天凝视着她，半晌忽然淡淡地笑了，"我没死，你是不是很失望？"

林笛闭上了嘴巴，不再开口。

　　"你可以走了。"黎奉天轻声说，柔和的声音里有种奇怪的东西。

　　疑惑地看着他，林笛漆黑的一双妙目里全是疑问。很快，她以为听懂了他的意思，"好，你先休息，我出去。"

　　"不，我是说，你自由了。"她身后，黎奉天淡淡地道，不知是伤病使然还是真的心中累极，他的声音听上去极为疲倦，看着林笛身子轻轻一抖，回头惊愕地望着他，他点点头肯定，"是的，我放你走。"

　　半靠在床头，他有点费力地立起身体，努力让自己保持着最后的自尊，"昨天那些人来偷袭的时候，我忽然觉得，很后悔把你留在身边。我以为可以保护你，让你觉得富足、安逸和开心，可是很显然，我一条都没有办到。"

　　他凝视着林笛那黑如点漆的眸子，似乎想在里面找到一点自己的倒影，可是大约是隔得太远，他失望了。

　　"既然这样，我还有什么脸把自己想保护的女人留在身边？"他自嘲地笑了笑，心里有无穷的挫败和后怕。是的，他差点累得她也丧命，这样的强留，还有什么意义？更何况，她本身就深恶痛绝，并不愿意。

　　"你……你说放我走？"林笛声音轻颤，不敢相信自己的耳朵。在冷酷而无法无天地强行囚禁她大半年之后，忽然就这样法外施恩，完全改变了心意？！

　　"趁我还没改变主意之前，你走吧。"黎奉天轻声道，"把小刘叫来，我吩咐他几句，叫他送你走。那些生活必需品，例如银行卡，我会叫他拿给你，不准拒绝，不然我就收回我的话。"

　　脚像是生了根，林笛无法稍动。半晌后，她忽然嘶哑着嗓子，清冷而倔强地道："不，我不走。"

　　这一下，轮到黎奉天愕然无言，不敢相信自己的耳朵。"为什么？"他喃喃问，"这难道不是你一直想要的？"

　　"等你伤好了，我立刻走。而不是现在。"林笛站在那里，苍白的脸上不知道是为了什么，泛起奇异的红，定定地看着黎奉天，她口齿清晰，"你被人逼到这样，甚至拦路追杀，是为了我家的事，对不对？我不想欠你了……你让我留下伺候你，直到你伤好，我们就一刀两断，再无瓜葛。"

　　斜倚在床榻上的黎奉天沉默地看着她，眼睛微微地眯起来，似乎是因为失血后的疲倦，又似乎是在努力想把她看清楚。半晌后，他点了点头，轻声道：

"好。"

就这么简简单单的一个字，他便没有再说任何多余的话。可是林笛却忽然有种突如其来的慌乱：是不是……又做错了什么决定？为什么黎奉天那看似淡然的表情里，却有一丝让她感觉不安的慌乱的东西？

看着她那像小鹿一样忽然警惕起来的神情，受伤的男人用尽全力，控制住快要满溢出来的雀跃和激动。他往后缩了缩，把身体重新躺在了床上，故意放低了声音，示弱般地道："我有点渴……头有点昏。"

林笛犹豫了一下，"我去叫医生。"

"不不。"床上的男人飞快地阻止，虚弱的眼神中露出一丝希冀，"帮我倒点水……谢谢了。"

就着林笛的手，他勉强地喝下了一杯温热的牛奶。欠起身时压痛了肘部的伤口，身边的女孩也根本不懂得要伸手扶住他，可是看着近在咫尺的那张脸庞，看着那微微颤抖的眼睫，黎奉天却忽然觉得从没有过的安定和开心。

他错了。假如说就在刚才，他还想过放她走，那么在听到她说现在不想离开后，他已经改变了心意。是的，不会再放弃了，绝不。

司机小刘推门进来的时候，正看见自家的老大微微翘起嘴角，满足地从准嫂子手中的杯子中喝水的情形。微微一愣，他赶紧悄然退了出去。

立在门前，他摸了摸板寸头，裂开嘴无声地笑了起来。准嫂子的脸色，好像没有以前那么冰冷而绝情了，而他们的黎哥，看上去精神气也很不错，压根儿不像是昨夜还重伤昏迷，需要输血来维持生机的人。

果然，爱情这种奇怪的玩意，足够让人晕头转向、丧失理智，就连他们那杀伐果断、号令四方的大哥，也概莫能外呢。

日子一天天过去，清海帮在老大受伤的背景下，选择了少有的隐忍和退让。原先的固有地盘被一点点侵蚀，部分生意也开始萎缩。可是就像集体被注射了令人颓废的催眠剂一样，清海帮的人却一再沉默，任由本地的几伙人马开始试探着耀武扬威。

而面对白道上的敲打，他们更加忍耐。

"黎奉天重伤快要不治"的消息不胫而走，在整个 K 城的道上越传越盛。可不是？假如黎奉天那个狠角色没事，怎么可能任由自家生意这般被侵吞，怎么能容忍手下的小弟这样憋屈？又怎么会完全对前一阵的血海深仇不做报复？

一直小心谨慎防范着清海帮疯狂报复的两伙人马，渐渐松了口气。

这种看似风平浪静，一直延续了整整四个月。就在所有人都开始觉得 K 城已经不再是清海帮天的时候，K 城也在一个闷热的夏季雨天里，重新风气云涌，重新变了天。

喧嚣的艾思丽舞厅里，震耳的鼓点中，悄然闯进来几位打扮普通、身手矫健的年轻人。径直找到在某间包厢里狂喝着美酒的一个大汉，为首的人一刀下去，那名大汉瞪着从自己手指间没入沙发坐垫的刀身，吓得屁滚尿流。

"冯黑子，既然敢对我们大哥挥刀，还敢惊吓我们嫂子，就该有被砍掉手的自觉。"那为首的年轻人冷冰冰地警告。

在差不多的时间里几乎 K 城道上的头目们都遭到了相差无异的警告。这些想趁机吞掉黎奉天生意的混混头目被这出其不意的打击吓白了脸，同时明白到黎奉天之前的隐忍只是不屑与他们计较……

而同一刻，K 城郊外那套别墅里，黎奉天正坐在庭院里的草地上。硕大的遮阳伞外面，是渐渐沥沥的夏日阵雨。好在夏天的雨来得急，去得也快，片刻之后，雨势就小了，天边的乌云也开始迅速隐去，露出一丝金边来。

有人从渐小的雨帘里小跑过来，走到他身边，小声地汇报，黎奉天听罢，只是轻轻吩咐了几句。

"好，明白。"那人恭敬地退下了。

黎奉天随意地目送着他远去，却似乎感应到了什么，忽然抬眼准确地望向不远处的二楼。没有人吗？望着那空荡荡的窗边，望着那无风而动的窗帘，他若有所思地看了一会儿，才转过头。

心里怦怦直跳，林笛躲在绣着精美花纹的窗帘后边，不敢再往那边望去。应该没有被他看见吧，是的，应该没有。

就在那里呆呆发愣的时候，忽然，身后响起一声温和的、平静的声音。

"刚才……你在看我？"

猛地惊跳起来，林笛张口结舌地看着身后那忽然冒出来的男人。似乎是刚从雨帘中没有打伞便跑了回来，他乌黑的头发湿漉漉的，脸上也有少许水渍。

不由自主把身子往窗帘后躲去，林笛用力地摇头，慌乱无比，"没有……没有看你。"

"有的，我看到你了。"黎奉天定定地看着她，明明离她很远，声音也足够耐心和温柔，却让林笛无端地感到了奇怪的危险和压力。

不敢再说话，她低下头，想要从藏身的窗帘堆里逃出来，却被黎奉天手疾眼快迎上一步，堵在了原地。

慢慢地举起手，在林笛惊慌的注视下，黎奉天伸手抓住了厚重的窗帘，温柔地把她禁锢在柔软的布料里。虽然让她无法稍动，却因为隔绝和包裹而没有太大的逼迫性。

俯下头，他难得地接近，再一次把两人间的距离坚定地拉近。不顾林笛左右的躲闪，他伸手固定住她的下颌，"等一等，别动。我只想说几句话就好，给我一点点时间。"

仿佛是对他接下来的话感到不安，林笛猝然地截住了他，"不不，我先，我有话对你说。"

低头看着她略显慌乱却强作镇静的表情，黎奉天微笑："好，你先。"

林笛鼓足了勇气，正视着他，清澈的眼睛里黑白分明，"你的伤也算好得差不多了，我想……离开这里。你上次说过的，会放我走。"

温和的表情渐渐冷凝，黎奉天直直地看着她，不言不语。

"你……你答应过的。"林笛攥紧了手心，只觉得那上面渐渐有汗水渗出，"你是言出必行的人，对不对？"

"不是的。我不是那样的人。"黎奉天淡淡道，"在外面的世界里，我的确一言九鼎，决不食言。可是对你的话……我承认总会时刻改变主意。"

"你是什么意思？"林笛的苍白脸庞上燃烧起一点气急，话语也开始结结巴巴，"你、你不能这样……"

冷峻的神色渐渐软化下来，黎奉天深深地看着她，终于，他沉吟着松开了按紧窗帘的手，把林笛从那里面解放出来。涨红了脸，林笛跟跄着扯去身上的包裹，想要退开得更远。可是黎奉天显然不打算给她这样的机会。

轻轻捉住她的手腕，仕克制着忽然涌起的焦急。"听我说，我想了很多天的话，你首先给我一个机会说完！"

躲开他紧迫而充满压力的视线，林笛微微瑟缩了一下。

黎奉天困难地、一句句地开始说着："我知道我们之间没有一个像样的开端，甚至堪称糟糕而恶劣，我也知道我不是一般女孩子心中的佳偶良伴。"

他男性化的脸上有了一丝窘迫和挫败，却坚持说了下去："我也曾问过自己，为什么一定要这样逼迫你？若在以前，看到我的手下这样对女人，我甚至会不快、愤怒。可是我没有办法，无论是那次酒后糊涂，还是后来的胁迫，我承认，我都像是鬼迷心窍。"

"我控制不住自己，就算在心里再对自己的做法犹豫和矛盾，我还是忍不住。我想了很久，这是为什么？最后我没有更好的解释，只能归咎于唯一的理由……"他沉默了片刻，终于低声道，"我喜欢你，想和你在一起。"

林笛僵硬着脊梁，似乎没有听明白他的话，又或者是无法接受似的。手指痉挛地绞住了衣襟，她轻颤着嘴唇，像是两瓣风雨中瑟瑟发抖的花瓣。

"一想到你会离开我的视线，我就焦躁而不安。"黎奉天深深吸了口气，"我试过离开你远一点，可是不行，我居然做不到。"

是的，他不是没有试过戒除这种近似上瘾的感觉，他不想再时刻想着一个女人，不想眼前总出现她的脸，更不想常常莫名为妙地陷入一些无聊的肖想。他强迫自己去找别的女人，强迫自己不要去管她的憔悴和眼泪，可是没有用。

远离只会带来更强烈的念想，刻意的无视只会带来更紧的视线交缠。每晚上，他看似平静地和她共处一室，而心里，却像一个青涩的毛头小伙子一样，想把她狠狠地搂在怀里，占有她，疼爱她，又或者弄哭她！

无论怎样，只要她属于他就好，而不是这样冷冰冰的疏远，还有防范！

"林笛，我黎奉天今天想要你一句话，请你认真想一想，再作答。"他的声音依旧充满上位者的冷静，可是林笛盯着他的手，却看到它紧紧地攥了起来，然后又紧张的松开，反复几次。

"我可以保证，假如你愿意接受我的话，我会一辈子对你好，绝不再看任何女人一眼。我会尽我最大的努力，保护你一生富足平安。"他竭力控制着自己的语调，让声音听上去更加可靠和强大，"我会做一个好父亲，假如你……愿意为我生孩子的话。"

听不到身前那个柔弱女孩子的回答，他心里越来越不安。"这是我能做到的最大保证了，我知道我怕是没有什么信用可供你信任，可是还是想请你认真地……考虑一下。"

默默地低着头，林笛黑黑的大眼睛里，忽然渐渐漫上了晶莹的泪水。一滴滴的无声落了下来。她的肩膀在颤抖，无声的抽泣来得猝不及防。

黎奉天愕然地看着她，慌乱袭来，不好的预感让心忽然下沉。"你别哭。"他涩然道，"这一次，我真的不会强迫你了，你不要怕！"

林笛的哭泣，却更加厉害。捂着脸，她跟跄着后退，向着窗边缩去。退无可退时，她慢慢弯下身子，滑倒在浅褐色的地板上。

"我恨你，我恨你啊……"她喃喃道。

默默地看着她，听着这犹如宣判般的呓语，黎奉天的脸色终于变了。他点了点头，声音嘶哑了："我明白了。"

迈步走过来，他蹲下身，认真地、笨拙地擦去了林笛脸上不停滴落的泪痕，"别哭，别哭了。我想对你好，想用一辈子弥补做过的混账事，假如你不同意，也别这样。我会让你走的，你可以过任何想过的生活。"

他伸出手，把林笛拉了起来。

"我叫小马准备了一套房子，写的是你的名字，离这里很远。假如你愿意，可以随时搬进去，假如不愿意，也可以随时变现。"他从口袋里掏出一张早已准摆好的银行卡，"这张卡，你必须带着。用不用里面的钱，是你的事，可是不准退回来。"

"我不知道你妹妹在哪里，想必你们私下有联系。假如你想离开这里和她一起生活，我觉得也很好。"他深深地凝视着林笛，像是想把她的容颜好好印刻在眼中，"无论在哪里，有什么困难，只要你愿意开口，我黎奉天上天入地，也会赶过去的。"

林笛眼中的泪水，滴落得更快。

"黎奉天，你这个混蛋……混蛋……"她忽然狠狠地，重重地一拳砸在了黎奉天的胸前，完全不顾那些刚刚拆线的伤口，竟似有着极大的痛苦和愤恨，"我恨死你了，我原先甚至恨不得你这真的去死，你知道不知道？！"

忍耐地任凭她用力捶打着自己的胸膛，黎奉天眉头也没有皱一下，"我知道，我知道的。"他低声回应。

林笛哇地哭出了声，更加用力地拳打脚踢起来，虽然力气不大，可是打在那些刚刚收口的伤处，毕竟也足够造成撕裂。很快，黎奉天前胸的浅色衬衣上，开始有隐约的血迹渗透出来。

看到那血迹的时候，林笛愣了一下。可是很快，她就像是发了疯一样，更加用力地冲着那血迹渗出来的地方，重复打了下去！

一直到黎奉天的脸色越来越苍白，一直到他的身子终于晃了一下，她才颤抖着手，停止了这单方面的、足够造成不小伤害的厮打。

黎奉天踉跄着脚步，走到衣橱前，披上了一件深色的外套。在那里歇息了片刻，他转身对着林笛微微一笑，"好了，我送你出去。"

站在那里的林笛，没有动弹。被泪水侵染的眸子被冲刷地更加晶莹，她定定地看着那脚步有点虚浮的男人。

"黎奉天，打完这一顿，我们就算两清了。"她道。

黎奉天苦笑，"我知道。"

"所以，以前的事，我都不记得了。"林笛站在那里，身形挺直，眼神清亮，不再像刚才那样瑟缩和绝望，却像是映射着微弱的星光，"假如想追求我的话……就从头开始吧。"

微微皱了一下眉头，黎奉天有点迷糊地思索着刚刚听到的话。一时间，有点不太能够理解。

可是很快，他就反应了过来。猛然地大步向前，他几步来到林笛面前，冷峻的脸上似乎有春风忽然掠过，瞬间春暖花开。

"你说什么？你再说一遍！"看着林笛那慢慢浮起红霞的脸，他忽然大叫了一声，猛然把她一把抱了起来，使劲地在房间里转起了圆圈！

"啊！"林笛猝不及防地被他抱住，又开始大力的旋转，不由得尖叫了一声，随着越来越快的旋转，她头晕目眩，又急又慌乱，用力拍打着黎奉天的肩头，"够了，放我下来！"

胸前的男人笑吟吟的，终于停止了这狂喜的旋转，却更加用力地把她拥在胸前，如此大力，像是抱着最昂贵的珠宝一般。

轻轻嗅着她的发丝，黎奉天沉默着，林笛一开始无声地被他抱着，也没有想要说什么的欲望，可是很快，她就感到了异样。

用力从黎奉天的臂弯中挣脱，她的目光看到了那还在继续渗血出来的地方，脸色泛白："对不起，我、我……"

四下里到处寻找着，她焦急地快要重新哭出来，"伤口都裂开了吧，快叫人打电话给医生啊……会不会有大问题，要不要输血？"

还在喃喃的时候，身子从背后被人轻轻抱住了。把团团乱转的她锁在自己的胸前臂弯，黎奉天低声道："不要紧的，并不疼，真的。"把她的脸扳过来，他看着那满脸的泪，唇边充满笑意，半是埋怨半是得意，"后悔了吧，下手这么狠。"

林笛抿着嘴唇，抬头看着他。声音有点嘶哑，她倔强地道："没有。"

"嗯？"

"没有后悔。"林笛认真地回答，"这样我才能对我自己说，你受过惩罚了。而且是我自己动的手。"

黎奉天长长地吐了口气，低头吻住了她，温热的双唇索求着，把两人间的距离无线缩短。这个长长的吻温存而辗转，夹杂着欣喜和难过，夹杂着乞求和占有，也夹杂着最简单的怜惜……

明明在这张床上同床很久，但是黎奉天坚决地遵守了承诺，绝没有再欺负过林笛一次，而这一刻，久违的身体接触就像在滚热的油锅中滴入了一滴水，瞬间理智就被蒸发。

猛然把林笛抱上了床，黎奉天的眼睛已经微微充血。沉默地脱去自己的外套，他完全不顾自己上身那血迹斑斑的伤口，却如同出笼的猛虎，坚决而狂野地扑了上去！

惊叫声刚刚响起，就被堵住了。

"不要了，不要啊……"她虚弱地哭喊着，不堪的记忆瞬间淹没过来，极度的舒适没有立刻俘虏她，却引发了一阵阵的震颤。

没有被她的叫喊打击到，黎奉天温柔而又坚定地继续着。不能停，就算心里再不忍，也不能停下，假如这一次不能彻底扭转她的抵触和排斥，这道死结一般的心防该如何消除呢？

林笛只觉得自己在一片汪洋中飘荡，极度的刺激，极度的陌生，却也极度的舒爽。初始的惊怕终于渐渐消失，替代的，是从没体验过的甜美和震撼。

她好像被他带进了一个从未体验过的天堂……

又是一年春节。

各大商场和卖场里，买年货的人们熙熙攘攘，鲜艳的气球和彩带飘扬在各处，到处是喜庆的笑脸和繁忙的人流。花鸟市场里，更是花团锦簇，温室里培育出来的鲜花开得正艳，洁白的水仙、鲜红的山茶，优雅的兰花，还有各色的昂贵蝴蝶兰和红掌，纷纷在临街的门脸处含香吐蕊。

靠近花市里面的一处古色古香的门店里，客人明显比外面少了很多。大红的宫灯喜庆地悬挂在门廊下，绢面上的花鸟图案竟然不是印刷的，却是精致的绣花，显得婉约而奢华。

阳光从硕大的玻璃窗中照进来，照在货架上那些郁郁葱葱的名贵花木上，花红叶绿，分外生机勃勃。很明显，这里的品种大多稀少而名贵，培育得也比寻常植株更加苗壮而精心。

一名伙计穿着应景的大红唐装，正殷勤地跟在两名客人身后，给他们介绍着花木，"您看，这种金橘虽然品种普通，可是难得的是不大的植株上果实累累，树形也修剪得极好，放在书桌或者餐厅的案头，是最漂亮不过的。"

客人中那名男子看着身边的女子，"怎么样，喜欢吗？"

穿着一身浅粉色的羊绒大衣，林笛清秀的瓜子脸藏在了缀着晶亮水钻的真丝围巾里，眼睛晶亮亮的："挺好的，这么多金橘，就像天上的星星。"

"好，我们要了。"黎奉天点点头，大手一挥。

店员心里一阵高兴，价也不讲，进店看的第一盆就买下，这明显是个大金主啊！眼尖地看到黎奉天的眼光总是围着身边的女子转，他聪明地开始观察着女客的视线。

刚看到林笛走到一株山茶花前面，他眼睛一亮，赶紧跟过去，"客人您好眼光，这盆山茶，那就是少有的稀罕物了——您看看这紫红色多正，可是刚刚从云南空运过来的'朱砂紫袍'呢！"

果然，那棵山茶花高达一米，枝叶繁盛，花朵含苞，已经怒放的几朵花朵色泽艳丽，花型饱满，碧绿的叶子犹如墨玉，在阳光下彰显着健康的生机。

"好漂亮啊。"林笛微笑着看着那花树，把鼻子凑上去嗅了嗅。

黎奉天走了过来，也点点头，"是不错，我们卧室的阳台上正缺一盆开花的树。"转头对店员示意，"这盆也要了。"

店员大喜，可是还是不忘忐忑地提醒了一句："好的好的，这一盆是刚刚从云南的著名园艺博览会上转来的，报价是八万八千元。"

"什么？"林笛傻了眼，脸色红了，"这……这有点贵了，不就是一盆花吗？"

店员赶紧赔着笑脸："是这样的，茶花这两年行情飙涨，这种稀有品种的确是这么贵的，听闻今年的昆明园艺博览会上，这种品种的一株'朱砂紫袍'花王，拍卖到了十八万元的高价呢……"

林笛急急忙忙地摇头，"不要了不要了，别的花也好的，这种……"

身边，黎奉天截断了她的话，"喜欢的话，有什么要紧的？"温和地握了握林笛的手心，他转头笑道，"别觉得心疼了，买回去你负责好好养它，要是能分出几株来，我们还赚了不是？"

他的目光又落在了附近一株等高的白色茶花上，"这棵白色的和红色的倒是相映成趣，一起要了吧？"

店员赶紧笑道："是的是的，两株放在一起，既漂亮又方便照顾，这株叫

'雪姣'，品种不那么稀罕，就便宜多了，只要六千元。"

林笛急得脸都红了，实在忍不住拉了拉黎奉天的衣袖，小声地嘀咕："我们去别家看看吧，说不定有一样好看，又便宜的……"

黎奉天看了看她主动拉住自己的手，心里莫名一荡：这可是她少见的举动。"好了好了，我们讲讲价嘛。"他宠溺地搂住了林笛的肩头，忽然轻轻地亲了她额头一口，"我知道你是想帮我省钱，心领了就是。"

咳嗽了一声，他冲着那店员正色道："一盆金橘，两株茶花，一共四万八吧，再多我们就不要了。"

店员哭哈哈地正要拒绝，却看见黎奉天奇怪地飞快对他使了个明显的眼色，不由一愣。毕竟是见惯事情的人精，他试探着看着黎奉天，小心翼翼地，"嗯，价格好说的……不过您怎么付款？"

"当然是刷卡，这里没有POS机吧？"黎奉天满意地知道这机灵小伙子明白了他的意思。

店员心里有了数："是的，里面请！"带着黎奉天踏进里面的一间小偏厅，他满脸堆笑，"这位先生，实话说，那株'朱砂紫袍实在是进价太高，恐怕让不了太多。不过那盆金橘和'雪姣'都能算添头，白送了您……"

"行了，我明白。"黎奉天笑了笑，掏出银行卡道，"就按照八万八吧，出去你可得记得跟我老婆说 一共才四万八，省得她心疼。"

店员心花怒放，连连点头，"明白明白，先生真是疼老婆的人！"飞快地拿过POS几终端看着黎奉天刷卡，他接着递过来一张精美的花笺纸，"请留下您的地址，我们这就派人给您府上送去这几盆花。"

黎奉天收起银行卡，随意地摆摆手，"不用了，待会儿有人来搬。"

店员恍然大悟，想起了在店门外跟随着的气势冷厉的大汉，连忙点头。

黎奉天回到前面的花店展示厅，正看到林笛规规矩矩地站在大厅里，眼睛根本没再往别的花木上看，知道她是怕再看上什么昂贵的东西，心里不由得好笑又心疼。

"差不多了，不买花了。我们去看看观赏鱼，好不好？"他拉着林笛的手向外面走，出了门，对着一名守候的手下吩咐一声，"刚刚买下的东西，搬到你们车上吧。回去记得对园丁老王交代一声，金橘放在餐厅，茶花放我二楼阳台上。"

林笛犹豫着想要停步，可是黎奉天又笑着劝说道："客厅的水族箱那种

'红绿灯'小鱼你不是很喜欢吗？咱们多买些放在里面，花花绿绿的才热闹嘛。放心吧，我记得这种鱼超级便宜。"

"是吗？"林笛眼睛微微发亮，终于羞涩地点头，"好，我们去挑一点吧，我也觉得数量有点少了，游来游去的好孤单。"

两个人肩并着肩，流连在不远的鱼市柜台前，看着各色的观赏鱼，开心地低声说笑着，他们身后，几名保镖警惕地跟着，不时打量着四周。幸好，这些日子随着清海帮重振雄威，以雷霆手段再次压下了蠢蠢欲动的对手们，再也没有别人敢来挑衅，他们的日子好过了不少。

Chapter 15
第十五章

　　一直在花市里流连了一个多小时，他们才回到了车上。而就在地下车库里，离他们的车不远，一辆低调的大众车里，有人小声地向着电话汇报着："老板，没啥异常。就是去花市买了点年货，也没有和什么人见面。"

　　"知道了，你们注意隐藏，接着盯。"

　　跟踪的人苦笑着回答："老板，目标可是本城大名鼎鼎的老大，手下哪个人不是警惕得要命啊？这活可真难！"

　　电话那头，他的老板哼了哼："好了，这票活，算你双倍加班。"

　　放下电话，查天私家侦探社的老板无奈地摇摇头，拨响了一位主顾的电话，"您好，是我，查天的总经理叶小天。这个星期的跟踪很抱歉，还是没有什么进展。他们应该没有和您说的目标有过联系，无论是私下，还是电话。"

　　电话那头，一个低沉的男中音响了起来："已经快过年了，他们没有理由不联系她。"

　　"或许是时间没到，等除夕和大年初一的时候，我想也许会露出踪迹来。"叶小天抱歉地苦笑，"不过我们真的尽力了，我觉得应该没有遗漏什么。"

　　那个男中音沉默了半晌，才淡淡道："知道了，接着跟踪吧。有消息再打我电话。"

　　咔嚓挂断了电话，K城最繁华的金融街的某座写字楼里，原科地产的总裁办公室外的秘书小姐，忽然听到了一声沉闷的摔打。

　　微微吓了一跳，她慌忙站起身，悄悄走到总裁办公室门前，看着那微敞的门缝，正在犹豫要不要推门询问，却眼尖地看见了地摊上那摔掉了杯把的青花瓷茶杯，心里一颤。

是总裁大人心情不好，自己摔了杯子？自从原科地产经历了年中那次惊涛骇浪后，总裁大人的脾气可真是阴晴不定，难以捉摸啊。虽然最终也算大事化小，可是毕竟牺牲了原总裁的亲弟弟坐牢顶罪，任凭是谁，怕也难以释怀吧？

说到顶罪，原氏内部，谁不知道那位原家的幼子根本就是个摆设，何尝该为这场风浪买单呢？

正要悄然退走，总裁办公室里，却有声音冷冷传来，"进来。"

漠然地看着忐忑不安的秘书小姐，原芮风阴霾密布的眼中有丝沮丧的愤怒。咬着牙，他阴郁地冲着地上残破的茶杯示意："清理一下。"

看着秘书小姐战战兢兢地弯腰收拾好破裂的茶杯，又躬身退了出去，他疲倦地揉了揉太阳穴。在硕大而冰冷的办公室里独自处理着整堆的文件，每一份文件的右下角，签上的名字都已经是他自己，再也不会等待着弟弟芮海。

中午时分，秘书小姐推门送来了特订的外卖午餐，他一个人慢条斯理地用完，几乎没有做什么休息，便又开始投入了工作。临近年底，除了他重点坐镇的原科地产，整个原氏集团各处的事意也都陆续开始集中做年终总结，身为原氏唯一的掌门人，他已经习惯了每年这种时候的忙碌。

只是以往年底地忙碌都伴随着充实，今年却是无端的焦躁。

到了下班时分，他叫进来行政助理，"明天我会飞北京过年，公司提前放假吧。"想了想，他道，"年会你们操办吧，我就不参加了。"

行政助理微微一愣，想了想还是委婉地劝说道："总裁，这一年来……士气有点低落，假如能看到您在年会上发表一下致辞，我想大伙儿一定很鼓舞呢。"

"不用了。"原芮风漠然地道，"通知财务处，在原先的年终奖基础上，再多发两个月基本薪金。有这个，不比我的任何致辞更加激励人？"

行政助理心里暗暗咋舌，原科今年的业绩本来就遭受重创，在现金流紧张的这种关头，愿意豪阔地拿出这么大手笔来奖励整个公司，不得不说，的确是最有效安抚人心的办法。

只不过，代价也不可谓不大。

"明白了，我这就去通知和安排。"行政助理恭敬地退出，紧接着，秘书小姐敲门进来，把几张机票放了他桌上，"原总裁，今晚回北京的机票已经拿来，您点名要买的礼物，也已经拿给您的私人助理了，他刚刚到机场办好了托运。"

原芮风拿起机票，最后简单收拾了一下桌上的东西，披上外衣走出了门。

坐在前来接他的专车上，很快就抵达了机场。轰隆的飞机起降声中，他坐在头等舱的前排，默默地闭目养神着。一个多小时的旅程很快，小憩后，飞机已经落在了北京机场。

早早的，就有家里的司机带着车迎在机场外。私人助理办好了行李取件手续，和原芮风一起坐上了车。一路沿着熟悉的京城街道前行，不久后，车辆来到了一处巷陌中。沿着不宽的胡同开了进去，如今这寸土寸金的北京城里，地道京味的老胡同已经不多，这里尤其显得安静而从容。

车辆开到胡同尽头，才无声驶入了一座幽静的四合院，一进门，里面豁然开阔，丛生的花草盆景把整个四合院的门厅点缀得幽雅健康，春夏秋冬的双面刺绣屏风影影绰绰地遮在厅前，大红的灯笼已经早早挂在了门口。

原芮风的私人助理也是头一次跟来，眼看着这古色古香，雅致朴拙的北京四合院，心知这种独门的院落在京城已经是天价难求，心里不由暗暗咂舌。赶紧帮着总裁把他的行李从后车厢里取下来搬到院子里，他冲着原芮风一鞠躬，"原总，东西都在这里了。"

"留下来吃个饭吧，你辛苦了。"原芮风礼貌地邀请着，助理当然不会这么没有眼色，慌忙笑着谢绝，"不了不了，原总您和家人团聚吧，我也正好有几个老同学要拜会。"

原芮风点点头，随手从怀里掏出一个厚厚的红包，"小王，这一年来辛苦你了，这是利是，图个好兆头。"

"多谢原总！"私人助理小王心里感动，也没多推辞，赶紧收了下来，转身告辞。

就在这时，家里的老佣人何妈已经笑着迎了出来，"大少爷，到啦？快快，你爹已经在书房等了你半天了，你大伯他们也在。"

"何妈，一年多没见了。"原芮风一直微锁着的剑眉舒展了些，从地上的行李包里翻找出贴好标签的两个礼品盒，他微笑着递给了从小看着他和原芮海一起长大的老佣人，"一个是我的，一个是芮海托我买的。"

结果两盒礼物，老佣人的眼眶红了，"芮海这孩子，这么有心。就是不知道他在里面过得好不好，这大过年的……"

原芮海神色微黯，勉强笑了笑，迈步向着西边辟为书房的厢房走去。在明黄色的柚木门上叩了叩，门里传来父亲原江涛的声音，"进来吧。"

书房里，雕花的窗棂透出来斑驳的光影，案头的青瓷浅盆里是刚刚盛放的重瓣水仙，翠绿叶片欲滴，鹅黄花蕊吐着芬芳。书房里大多数器物都是中式，可是房内两位长者坐的却是舒适的美式条纹小沙发，中间配着原木的小几，却是意外地协调。

　　"大伯，父亲。"原芮风先是向年纪稍大的伯父打了招呼，才向父亲原江涛点头示意。

　　"小风快点坐吧，刚下飞机一定有点累。"原家身在京城从政的原碧海年纪接近六十，面容反倒比商场浮尘的弟弟原江涛显得从容平和些，看着原芮风的眼神也颇是和善心疼。

　　原芮风恭敬地在一边的小沙发上坐下来，摇了摇头，"并不累的，谢谢大伯。大伯这一年来身体还好吧，我也一直没时间回北京，好久时间没问候您了。"

　　"挺好挺好。"原碧海呵呵地笑起来，"你二堂哥刚给我添了个小孙女，天天含饴弄孙，不知道多快活。倒是你，这么青年才俊的，也早到了婚配的年纪，怎么，还要叫你父亲亲口逼你不成？"

　　"是啊，你年纪也真不小了，也该赶紧定定心。芮海年纪还小，我也没指望他近期就……"忽然住了口，原江涛怔怔地，脸上忽然有了点苍老之色。

　　两位老人沉默下来，半晌后，原碧海才轻声叹了口气，"小海他……现在在里面过得如何？"

　　原芮风心里一阵难忍的刺痛，竭力打起精神低声道："有拜托了得力的关系，在里面照顾。不过，少许的苦头还是要吃的，毕竟是要干活。上个月我去探望时，觉得他有点没精神，不过身体倒像是强壮一点点。"

　　"欸，这孩子，从小也是身娇体贵的。这次是我无能，都怪我没能帮上什么忙……"

　　原江涛苦笑着截住了他的话，"怎么能怪你呢大哥？都是芮风年轻不懂事，做事激进了些。正好遇见这种事，也是意料之中。"

　　原碧海苦笑，"也不怪芮风了，说起来，他做事一向还算公道干净，这次的事我都有详细关注，无论是拿地程序，还是他的行为，都实在是再司空见惯的事——只是流年不利，遇见较真的人了。"

　　微微凝眉，他一向和善的脸上露出少见的怒意，看着原芮风，"说起来，为什么原科一下子会遭受到那么多攻击，看上去像是有人精心策划的？"

原芮风心里一个激灵，心知这手腕滔天的大伯若要真的震怒起来，后果却是无法预计，连忙掩饰地苦笑，"倒也没有了，是我做事太过激进又不谨慎。偏偏又遇见几件事一起爆发而已。"

看着大伯依旧疑惑的眼神，他微笑着转移话题，"对了，大伯、父亲，你们放心吧，我刚刚请了一位著名的风水大师来帮忙，他说啊，去年一年我们原家已经走完了霉运，接下来就会柳暗花明，重新振作的。"

原江涛笑了，"天下哪有白吃的午餐，要想原家走出困境，还得你自己多多打拼。"

"我会的。"原芮风恭敬地点头，前几年还显得微有傲气的气质，如今终于蜕变成彻底的沉稳内敛，"原科地产这边的业务已经摆脱了负面影响，下半年我们原氏在酒店连锁上的利润明显回升，还有就是，在深圳的风能发电业务投资也全部完成了。"

"我看过报表了。"原江涛欣慰地点点头，"风能发电项目现在前期投入大，但是最多过三年，就差不多能稳定盈利，是极好的新能源项目。不过它批下来，还得多多谢你大伯。"

"一家人，说什么见外话。"原碧海摆摆手。

两老一少又接着聊了一会，原芮风这才告辞出去。看着他挺拔的背影，原碧海感叹一声，"原先我只觉得芮海这孩子可惜，现在看来，倒是唯一可行的法子。真的换芮风坐牢，我瞧啊……我们原氏整个家业都朝不保夕。"

原江涛沉沉地叹了口气，"是啊，芮风的确是商业奇才，就算是放在整个职业经理人圈子里，他也能排上名号。若因为那事真的临时换帅，我怕原氏撑不过去。"

"只是苦了芮海。"原碧海低声道，两位老人坐在书房的夕阳里，一时无语。

独自沿着小回廊走着，原芮风在一间偏房格局的卧室前停住了脚，似乎犹豫了很久，才终于扬声轻叫："妈？"

门内静静的，似乎里面的人也被这声叫喊惊呆住了。过了一小会，门才吱呀而开，原家的女主人季佩琦那憔悴而不施粉黛的脸出现在那里。

"你……"她迟疑地看着这位由原江涛幅前妻留下的儿子，恍惚地觉得自己好像听见了什么奇怪的叫声。

可是接下来原芮风的话，却证实了她不是幻听。

这个从来只是用"阿姨"称呼她的原家长子，恭敬而清晰地再次轻声叫道："妈，我回来了。"

季佩琪几乎吓了一跳，愣愣地看着他。和自己的亲生儿子芮海不同，这个从小就沉稳而优秀的男孩子，对她总是礼貌而疏远，丈夫也并没有逼着他对自己亲近。可是如今这声陌生的"妈"，又是怎么回事？

慌乱地把他让进屋中，季佩琪默然地给他泡了杯茶，强打精神，"刚下飞机吧？去见过你父亲了？"

"是的，刚刚去了书房。"原芮风正襟危坐，神色恭顺。从随身的小包里掏出了一个丝绒的精美首饰盒，他有点局促的双手奉上前，"回来的匆忙，只来得及到首饰店订了一个这个，希望妈您喜欢。"

季佩琪简直有点手足无措，收下继子送的新年礼物当然不是什么大事，只是这一声声的"妈"，却是冲击着她的神经。

慌忙地伸手接过来，她强颜笑着，"一定喜欢的，谢谢你有心。"看着原芮风那期待的眼神，她也只得打开了那首饰盒，却微微一怔。

一只镶工精致的蜻蜓胸针静静地躺在黑色丝绒盒子里，身上的翅膀是透明的天然水晶，而身子是翠绿明艳的翡翠，雕工传神，色泽喜人。两只眼睛却镶着两颗艳红色的宝石，衬在黑色绒布上，显得流光溢彩，一看就是价值不菲。

不知怎么，她的眼泪就忽然毫无征兆地流了出来，捂住了嘴巴哽咽着。她认了出来，那是原芮海入狱前不久，陪她逛街时看到的一款首饰。那是五一节日，他孝顺地陪着她逛街，虽然她坚决不要，原芮海见她喜欢，却想要孝顺地买下给她，可是掏出银行卡，却发现刷卡的额度竟然不够。

十几万元的一只胸针，虽然不算过昂贵，可是原芮海毕竟是在上学，家里给他的信用卡额度也只有十万而已。"妈妈，等我工作了，我用工资买给你。"那时候，儿子不好意思地向她这样说着，乖巧的脸上满是遗憾。

"是芮海……叫我买的，他说上次陪你去逛珠宝店，瞧您挺喜欢这个，可是嫌贵，就没有买。"原芮风低低道，心里涌起难言的酸涩。就算家里从来没有限制过他们的用度，他也会把足够的数额从公司划到他们的账号上，可是回想起来，这些年，弟弟和小妈都从没有过什么奢侈的过度消费。

而他，也没有想过主动过问过什么。

不说倒罢了，这一说，季佩琪已经完全无法控制住悲泣，转身就往卫生间里奔去，很快，哗啦啦的水龙头水流声响起，显然在遮掩着女人的痛哭。一想到上次探监时看到的儿子，她就忍不住心痛如绞，难过得几乎夜夜失眠——剪得短到快要看到头皮的板寸，一身肥大的囚服，还有那明显有点发青的眼圈……

那是从小娇生惯养的小海啊，父母宠爱，同学羡慕，何曾受过那样的苦？一想到那刺眼的镣铐，她就恨不得嚎啕大哭，她那善良而娇贵的儿子，又为何要受这样的屈辱！

进去时才刚刚二十五岁，整整三年的刑期后，出来已经快三十岁了。男人人生中最美好、最健康、精力最旺盛的五年时光，她的儿子就要在高墙内蹉跎吗？

原芮风僵硬地坐在原地，一动不动，好半天，季佩琪才从里面出来，红肿的眼睛里已经有着晶莹。

"你这几天又去看小海了？"她凄然道，"我上个月飞去K城探过监，他好像瘦了不少。怎么样，他现在有没有长胖一点？"

静静地坐着，原芮风低着头，没有立刻回答。

季佩琪恍然感觉到了什么，讷讷的低语着："没事，我……我就是随便问问。"

"妈，对不起。"原芮风突然极其突兀地开了口，看似平静的眼神里，终于露出一丝痛苦，"该在那里面的人，是我。芮海帮我挡了这次灾。我没有脸面说什么感谢，可是对您，我必须说一声，对不起。"

他刀刻一样的侧脸上肌肉微微抽搐，沙哑着声音："以前我不懂事，一直不肯叫您一声妈。从今天起，小海不在您面前承欢膝下的时候，我来替他侍奉您。"

季佩琪呆呆地看着他，半晌苦笑一下，"你的心意我领了。只是原先小海向你父亲提出这个建议的时候，我也是竭力反对的。"

她凄然地呆望着自己的手："母亲总是偏心自己的孩子的，我也没有像你以为的那样……无私到愿意牺牲小海。"

原芮风低声道："我知道的。可是我还是想请您原谅我的懦弱，我最终接受了他的提议。我知道这不公平，而且懦弱。"

季佩琪茫然地看着他，苦涩摇头："我知道你们是对的，瞧，假如换了小海在外面，现在原家的事业一定垮掉了……从小他就不是个能干的孩子，比不上你。"

原芮风的脸色，变得羞惭而痛苦。

"不不，不是的。小海他只是在经商上没有兴趣，实际上，他别的天分极高。"再也无法再说下去，他赫然起身，难过而仓促地道，"妈，请您放心一件事。以后只要有我在，我就会护着小海一生衣食丰足，生活无虞。我们原家只有我们两个孩子，有我原芮风什么，小海就有什么——公司股份，分红，经营权利，就算他不要，我也会保留完整的一半给他的。"

"啊？"季佩琪被他这突如其来的一翻话语震得有点理不清思绪，只有茫然地点了点头，"好，好……我知道你是个好哥哥。"

原芮风深深地鞠了一躬，落荒而逃。

站在四合院的庭院里，他无力地依靠在那株雪松上，默默望着灰蒙蒙的天空。

北方的天气比K城冷了很多，他呼出的气瞬间变成了一团白色。四周开始飘雪，不一会，浅浅的白色雪花开始覆盖在身边的花草树木上。不高的围墙外，传来隐约的孩子们的嬉闹，似乎有人开始打雪仗和玩雪。

脑海中有什么画面忽然鲜明地跳出来，让人心生恍惚。也是这种严寒的天气，也是四周皑皑白雪，在欧洲的山峦中，他和谁一起，微笑迎着风雪，一起风驰电掣地乘坐着雪橇，从高高山顶冲向原野的怀抱？

那些画面里，谁的笑靥明丽如花，谁的眼眸清亮有神？谁在漫天风雪中和他一起紧紧依偎，回眸时顽皮而灵动如山林间的精灵？

不不，不是美丽俏皮的精灵，她根本是个邪恶而无情的女巫。正是那张午夜梦回时依旧清晰的脸，那张脸的主人，竟然可以宛若无事地在他面前演出了一场场戏，堪称最伟大的演员！

是的！事后所有的证据都指向她，是她利用工作之便，窃取了KJD事务所所有关于原科地产的第一手数据资料；是她不知何时从他电脑中窃取了那些最最见不得光的账本，就连那些官场上的"礼尚往来"的证据都最终掌握在了她手里！

假如不是芮海最终挺身而出，假如不是令她顾忌伤及无辜，那么他相信，面对自己她绝不会收手——她要的就是他来坐牢而已！

不仅仅是要他坐牢，她甚至要整个偌大的原科地产一起和他陪葬。何其狠心，何其狡狯！他从来只看到了她的聪慧和勇敢独立，却没有想到她性格中也会有这样的决绝和无情。

他痛苦地闭上了眼睛，忽然狠狠一拳砸向了粗壮的树干！树干扑簌簌一阵乱颤，有松针不堪打击，纷纷掉落，很快又恢复了宁静。埋着头，他一个人在纷飞的雪花中默默站着，一直到变成了一个身披雪衣的雪人。

又是一年春节到，时光容易把人抛。

时间是一种极为奇怪的东西，有时候，它是任何伤痛和仇恨的良药；可有的时候，它却会坚持不懈让某些情绪在阴冷中发酵。

在这三年中，原芮风常常陷入迷惘。在那场把弟弟拖入灾难的审判过后，他并没有想过会再也看不到林磬。还没有来得及理清他的情绪，她就那么消失在人潮中，不给他任何机会发泄愤怒或者选择淡忘。

是的，就算是最终选择淡忘，就此相忘江湖，也应该由他作出决定，不是吗？而不是像这样忽然就被丢在原处，任凭他一个人陷身在回忆里，不能自拔，越来越愤怒。

就连动用了私家侦探，暗中从她姐姐身边的蛛丝马迹来打探和监视，竟然也没有丝毫线索，她就像是夏日的一滴水珠，洒在了炙热的户外地上，瞬间便蒸发在空气里，连一丝痕迹都无从找寻。

整整三年，原氏集团的业务从最初的泥沼中渐渐恢复，子公司原科地产的上市却终究没能再重启，房地产开发也缩减了不少。

在监狱中默默坐牢的原芮海，也终于提前得到减刑，走出了那扇冰冷的铁门。只不过，进去时是一个正要硕士毕业的天之骄子，现在是一个二十八岁、一无所成的囚犯。

而这一切的罪魁祸首，却能这样潇洒悠哉地跑到什么山村去做乡村教师，要不是这次的意外事件，她是要准备在那种地方待一辈子，不出来见人，不也面对以前的一切吗？

阴郁的目光盯着车厢里沉沉睡去的女孩，原芮风忽然涌起一种难以抑制的冲动，想要猛烈地摇醒她，想要恨恨地问一句：你怎么能睡得着！

可这终究只是臆想。看着那久违的恬静睡颜，看着那蜷缩在车厢一角的防卫姿态，他也就只是那么默默地独自坐着，一直到晨光洒进车窗。

前座的司机安静地把车停了下来，驶入了原芮风早已指定好的地方。联排的小型别墅群彼此并不独立，却胜在环境优雅，绿化繁盛。许是刚刚交房不久入住率很低，又或者和很多地方一样，购买者是投资为主，并不拿来居住。

司机把车开进这栋联排别墅的最后面一座，停好在负一层的车库里，识趣地自行跳下了车离去。四周极为安静，晨曦如同温柔的薄纱，覆盖在车后座的两人身上，原芮风静静地坐在那里，偶尔转眼看向身边还在睡熟的女孩，面无表情，眼神却阴郁，不知在想些什么。

半晌后，他下了车，从另一边打开了车门，犹豫了一下，这才伸手把林磬从座位上抱了下来。显然，这样的动作不可能不惊动人，很快地，被他横抱在臂弯的林磬就醒了过来，迷迷糊糊地睁开了眼睛。

微眯着眼睛，她怔怔地看着近在咫尺的那张脸。不但没有表露出昨天那样的警惕防范，更没有愤怒和厌恶，在原芮风冷冷地对望中，她竟然迷迷糊糊地伸出手，似乎想轻轻摸一摸那熟悉又陌生的脸庞。

凌厉而挺直的鼻翼，薄而优美的唇形，深沉却冷漠的眼眸，凝望着她的时候，像是隔着崇山峻岭，隔着处处漩涡的深海洋流。

原芮风有那么片刻的僵硬，看着林磬的手抬起来，看着它就快要温柔地碰上自己的脸，他忽然不知道自己是想厌恶地躲开，还是想冲动地迎上去！

幸好，这个抉择并不需要他来做，那短暂的温情就像是三月枝头的春风，只一瞬，便已消失无踪。林磬的手忽然停在了半空，而她恍惚的眼神，也渐渐恢复了清明。

垂下眼帘，她放下了自己的手，这才从梦境中完全醒来，她惊讶地看着自己被原芮风抱着的尴尬处境。而原芮风的臂弯，却忽然在这时变得更加收紧！

没有说一句话一个字，他大踏步地向着别墅的大门走去！门是开着的，他单脚顶开门，就这么抱着林磬，走进了布置精美的客厅。没有在这里停留，他继续跨上楼梯，径直地踏上了二楼。

重重地把她抛在了床上，他一言不发，转身从衣柜里找出早已备好的置换西服和衬衣，并不避嫌，就这么沉默地在林磬面前换下昨天一天穿过的内衣和外套，自顾自地打好领带，然后独自走向门口。

"原芮风！"他身后，一直默默看着他这些行为的林磬终于提声叫，"你站住。"

依言转过身，原芮风漠然地看着她。

"这是哪里？你把我带过来，想怎么样？"她站在床边，同样冷冷地看着他，神色中没有惊惧，只有质疑。

原芮风漠然地看着她黝黑的眼睛，似乎像要看到最深处，"我没有想好。"

"那真可惜，你这样聪明的人，理应知道该谋定而后动。"林磬讥讽地笑了笑，明亮的眸子里有火焰跳动，"不如我提醒你一下，你的行为看上去很不符合你的身份，要知道，无论是囚禁女性，还是报复当年案件的事主，都足够把你拖下水。"

她直视着他，吐出犀利而尖锐的话语："不知道好不容易才摆脱负面新闻中的原氏集团，还禁不禁得起再来一次丑闻？还有……不知道你还有没有另一个弟弟，再帮你顶下罪名？"

"够了。"原芮风冷冷看着她，一直平静的他，忽然被激怒，"不要再提芮海！"

原来这是他的软肋，他的七寸。原来他终究没有无耻到可以安然地面对他那无辜的弟弟。一瞬间，林馨虽然没有把讥诮诉之于口，可是眼睛里的神色却出卖了她的内心。

看着她流露出来的微微歉意，原芮风渐渐冷静。

"有一件事我想告诉你，这几年我想了很久，有点懊悔自己不够胆大妄为。"他淡淡地道，"既然喜欢游走在灰色的地带，那么就别想彻底从黑色里脱身。"

林馨微微皱起眉，没有听太明白他的意思。

"所以其实我并不介意你说的那些。"原芮风看着他，眼中果然有着和过去不太一样的阴郁和狠厉，"在我没有想清楚要对你做什么之前，你得留在这里。"

"留在这里？我没有误会的话，这应该叫非法限制人身自由？"

"你喜欢叫它什么都行。"

再也没有看林馨，也没有和她再交谈，他转身出门，咔嗒一声，一声清晰的落锁声传来。迈步走到楼下，他坐在沙发上，静静地等待着。

没有出现他臆测中的砸门或者叫喊，楼上一片安静。半晌后，他冷冷站起身，走出了客厅。

站在二楼的窗边，林馨看着车库的卷闸门打开，看着昨天那辆路虎揽胜SUV吼叫着飞快，驶出了别墅的门。虽然隔了十多米，可是她依然看得见那半敞开的车窗里，驾驶座上原芮风那雕像一般的脸。

别墅的门很快落下，有一个身着黑衣的男人走到那边，熟练地检查了什么，然后四下看了看，这才消失在她的视线里，林馨恍惚地想起来，那人的侧脸有点熟悉，正是昨天在高速公路上拦截她和吴景天的保镖头目。

居然，真的想把她囚禁在这里？林磐完全无法兴起任何惊恐，甚至都没有太大的愤怒，只觉得格外的荒谬。他到底想做什么呢？他和她之间，既然分不清到底是谁更加过分，既然辨不明是谁欠了谁，那么难道不该就此再也不见，互相遗忘么？

而不是这样，忽然就以这么强硬的姿态，一声招呼也不打，也不给对方任何拒绝的权利，就重新闯进彼此的生命。

怔然地坐在窗前的休闲椅上，她看着外面的环境。这里到底是在哪呢？昨夜在车上睡着了，并没有看清来到这里的沿途路径。是K城原芮风的物业住宅，还是？

忽然，她站起了身。看着远处那座形状特殊的烟囱，她的身子有点轻微的颤抖。她认了出来，忽然知道了这是在哪里！虽然周遭的环境变得如何巨大，虽然附近已经完全没有过去的痕迹，可是那从小看到大的远处化工厂的大烟囱，她依旧能够辨认。

固丰，她的家乡。这里是在农机所的家属楼拆迁建起来的高档地产小区。

原芮风！

她一阵头晕目眩，牙齿几乎要把嘴唇咬出血来。这算什么？他为什么要把她带到这片伤心的土地。

相隔数百公里之外的K城，金融街的金鑫大厦A座顶层，原氏集团的办公楼层里。

原芮海神情凝肃，望着电脑上的屏幕。那上面，关于乡村女教师的热炒报道已经比前几天冷了一些，看着林磐那熟悉的脸，他矛盾地长长叹了口气。笑得还是那么爽朗，但是也似乎有那么一点改变。

改变在哪里呢？明明还是扎着马尾的模样，和三年前刚踏上工作岗位没有什么两样。可是眉目间还是有了点若有若无的沧桑。

他的手机，在这时响了起来。他看着号码，没有立刻去接，而是先起身把办公室的房门关上。

"原先生，我是《财经要闻周刊》的摄影记者吴景天。我收到了您助理打来的电话。"电话里，一个年轻的声音开口道，"您找我是想？"

"你好，我是看到你们的山区扶贫报道，才想要联络你的。"原芮海微微踌躇一下，礼貌地道，"不知道你有没有空，我想请你喝个咖啡，有点事情想当面询问一下。"

吴景天显然愣了愣，小心翼翼地问："是关于林老师吗？"

"是的，我想知道……她现在过得好不好。"原芮海按捺下莫名加快的心跳，"假如方便的话，可否面谈？"

"过得好不好？不是你原家已经把她……"吴景天忽然住了口，沉默半晌后，他似乎意识到了什么，急促地道，"好的好的，我随时有空，半小时之后能赶到你们金鑫大厦，我们当面谈吧、"

"好的，我在金鑫一楼西边的流年咖啡厅等你。"原芮海坐在办公室里，心不在焉地等了一会，这才推开门下楼。

电梯叮咚开启，原芮风笔直地立在电梯外。原芮海一愣，心中莫名发虚，窘迫地道："大哥？您刚回来？"

思绪似乎飘荡在不知名的空间，原芮风低头看着脚下，被他这一叫，才抬起头来。那一瞬间，原芮海忽然觉得有点奇怪，大哥脸上的神色，似乎在看到他时，也有那么一丝错愕和古怪。

"啊……是啊。"他仓促地点点头，随口道，"你要出去？"

原芮海比他还要心虚，尴尬地笑了笑，"嗯，有点事，很快就回来。"大哥他应该没有看到那则新闻吧，希望他日理万机，没空管这些网上的闲事。

原芮风完全没有注意到他的神情，这才点了点头，进入了电梯。

吴景天坐在出租车上，心里怦怦直跳。怎么回事，原家的二少爷，居然也和那个女教师有交情和瓜葛？那天在回城的道上林磬被原家那位掌门人亲自劫走的事，已经给了他足够大的冲击，回去后，左思右想也只能自己隐忍在心中。一没有证据，二来原芮风看上去和那位林老师认识的样子，说是劫持，怕是不妥啊！

只是可以判断的是，两个人之间的气氛绝对不算友好就是了。那么他的弟弟原芮海，又是怎么回事？看上去，他似乎完全不知道自家大哥的所作所为？

这里面，绝对有料！吴景天虽然是摄影记者，可是耳濡目染，对于新闻内幕的敏感也绝对不差。

很快，他就找到了大厦一层的休闲咖啡厅。还是工作时间，咖啡厅里客人不多，优雅的沙哑女声轻吟着爵士乐，音量开的不大，安静地流淌在室内。

走进那间流年，吴景天一眼就在不多的客人中找到了原芮海，不得不说，他那比常人都短得多的头发，在人群中比较显眼。

在他面前坐下，吴景天微笑着挠挠头，"你好，我是《财经第一周刊》的吴景天。"

有女侍应生走了过来，笑盈盈地递上饮品单，吴景天低头点了一杯咖啡，一抬头，却看见软芮海看着那女侍应的神情有点奇怪。

这也太没品位了吧，好歹也是原氏集团的钻石小开，对着个普通的咖啡厅招待员也能看得目不转睛？一时间，吴景天在心里暗暗腹诽。

原芮海目光微怔，脑海里忽然浮现出好几年前和林磬在校园舞会后的那个夜晚，他和她一起骑着单车，来到S大校园外的那间COS主题咖啡厅里，递上一杯冰咖啡的，就是刚刚换上女仆侍应装的林磬。和刚才的这个女孩一样，笑语盈盈，明眸善睐。

半晌才从回忆中收回思绪，他看着面前眼神探究的吴景天，不好意思地笑了起来，"抱歉，刚才有点走神。"

"没事没事。"吴景天咧嘴笑。

"我看到了网上的新闻，也知道是你拍了那张照片。我想问一下，照片中的那个女孩，现在……过得还好吗？你见到她的时候，她在那个山村待了多久？"原芮海一口气地问道，温和的脸上稍稍有点急切，"那里看上去环境很糟糕，是吗？"

吴景天没有立刻答话，心里飞快地盘算。"假如方便的话，我可以不可以知道你和她的关系呢？"他小心翼翼地道，看着面前长相俊美温润的男人，"你看，我是新闻从业人员，上次的意外已经给当事人带来不少麻烦。所以不得不谨慎一点……"

原芮海理解地点点头，温和地道："我明白。是这样的，我和她是S大的校友，以前就认识，也算是很不错的朋友。"

"哦……"吴景天拖长了声音，看似无意地随口问，"朋友的话，你这些年都没有和她联系吗？"

"是的，我一直在坐牢。"原芮海神情坦荡，黑亮的眼睛迎向吴景天时，没有什么不安羞惭，"假如你稍微查一下我的新闻，就可以知道我刚刚出狱呢。"

吴景天心里暗暗羞愧，连忙做出刚刚知道的歉意表情来，"抱歉抱歉，我并不知道这个。"

"没事的。"原芮海微笑着，"那么现在能告诉我，她的情况了吗？"

吴景天犹豫了半晌，终于破釜沉舟地开口，"我还有一个问题，你大哥，也就是原氏集团的现任总裁，和这位林小姐又有什么关系呢？只要你回答我这个问题，我就告诉你，她的下落！"

原芮海的眉头，深深地皱了起来。凝视着吴景天，他若有所思，半晌后才柔声道："你用了'下落'这个词，而不是我问的'情况'。"

吴景天张口结舌，硬着头支道："是啊，她在哪里的小山村里，不是下落吗？"

"不是的。"原芮海摇摇头，眼里的神情凝固起来，"她怎么了，你最好告诉我。"

"你先回答我，你大哥和她有什么关系？"吴景死缠烂打着。

原芮海盯着他，安静地拿起外套，站起身来，"我明白了，这事和我大哥有关。与其问你，还不如问他，不是吗？"

吴景天无奈地赶紧伸手拦着他，"好好好，我说我说！昨天我奉报社的要求，赶去那里和那位林小姐采访。可是她一听说自己的行踪被发布到网上，就立刻跟着我的车，说是要离开。可是我和她乘坐的车，在回程的路上，被你大哥……"

他故意顿了顿，留意观察着原芮海的神色。果然，对面的男子猛然一愣，紧紧地盯住了他，"我大哥？他做了什么？"

吴景天叹了口气，"他带着一大堆保镖和打手一样的人，把我的车拦下来，劫走了林小姐。"拿出崭新的手机，他苦笑着晃了晃，"瞧，你的好大哥，就这么叫人硬抢了我的手机，又赔了我一个新的。"

原芮海的神情，简直是惊愕万分。"你……你没说谎？我大哥他亲自劫走了林磬？他把她带去哪里了？"

"拜托，我哪里知道？"吴景天翻了个白眼，"我说啊，这位林小姐到底欠了他多少钱，又哪里得罪了你们原家，以至于堂堂原氏总裁，要甘冒这种险，亲自上演劫人的戏码？真是受不了……"

霍然站起身，原芮海急匆匆地拿出钱包留下几张大钞，"谢谢你肯告诉我，抱歉，我得离开了。"

再也不管吴景天在身后的叫唤，他大步走出咖啡厅，向着电梯跑去！

电梯里空无一人，通风扇吹出的冷风吹着他的前额，忽然间，他就冷静了下来。电梯门开，他没有立刻下去，却在电梯里默默站着。

重新按下电梯，他转身来到了楼下。默默地站在人潮如织的街道上，他努力整理着纷乱的思绪。

大哥他……竟然如此急切又偏激地跑去找到了林磬。可是他想什么，又能做什么呢？这样费尽心力找到了人，恐怕不会轻易就放走。

假如林磬被他带走，那么又会被他藏在了哪里呢？

左思右想，他还是毫无头绪。侄是唯一可以确定的是，既然大哥选择悄无声息去做这件看上去极为荒谬的事，那么他就一定不会对自己坦白承认。

深深地叹了口气，他忧心忡忡地拧着眉。乌云悄然飘至，外面的天忽然变得阴沉了些。谁能想到，上午还阳光明媚的天气，现在就已经阴云密布看上去？而他原本风平浪静的心，也像这天气一样，陷入了阴霾之中。

原芮风独自坐在自己的独立办公室中，默默地闭着眼睛很久。刚才遇见原芮海的瞬间错愕和不安消退了些，他强迫着自己静下心，不再去想这一两天内发生的事。

秘书小姐已经送来了积攒了两天的文件，整齐地码放在他的案头。他自己起身，按照习惯沏了杯顶级瓜片，闻着浓郁的茶香，开始安心批阅文件。

不知不觉间，无法抑制的烦躁还是慢慢侵袭了整个身体，他不耐烦地大口大口喝着茶，完全失去了平时细细品味的兴致。可是不知怎么，他还是觉得越发的口焦舌燥。

烦乱地看着桌上那快要被倒空的真空保温壶，他正要叫人，门口却有声音响起来，"大哥？"

原芮海站在那里，看着他焦躁的神色，转身去秘书小姐的桌边拿了不锈钢水瓶过来，进了他的房间。

亲自帮原芮风在茶杯里续上了茶，他温和地笑着，"怎么，文件太多了吧？看大哥的脸色好像很劳累啊。"

原芮风勉强地笑了笑，"没有了，这种强度的工作不算什么。"看了看窗外阴云密闭的天空，他掩饰地揪了揪领带，似乎想为自己松口气，"天气太闷热了，空气湿度也这么大。"

原芮海点点头附和："是啊，实在是以后闷呢。"看了看原芮风的神色，他看似随意地道，"大哥，晚上我们去酒吧休息消遣一下吧，好不好？"

"啊？"原芮风一愣，正要下意识拒绝，可是看着弟弟那期盼的眼神，他心中一软，苦笑着点了点头，"好吧，就当我这把老骨头陪你这种年轻人。"

"哪有啊，大哥你现在正是酒吧里所有女孩子抢着搭讪的黄金年龄啊。"原芮海忍不住笑起来。

"明明都三十多了，现在的年轻人喜欢什么，我真的有点弄不清。"原芮风苦笑一下。这是真心话，若不是想着芮海这几年在牢里一定憋坏了，他绝不会同意他的请求，去涉足这些场所。

天天是工作工作再工作，为了对得起整个原家丢卒保车的做法，为了让原科尽快回到正轨，他几乎是舍弃了所有娱乐和休息，以一种近似拼命的姿态在奔跑前进。回想起来，这三年，他的生活和苦行僧也没有什么区别。

"好，那就说定了。待会儿下班，我来找你。"原芮海露出雪白的牙齿一笑。

回到自己的办公室里，他锁死房门，拨响了公司为他专配的司机电话，"小刘，今天想麻烦你一件事。下班以后我和大哥有点事要去外边，你能不能帮我去他家里，取件东西？"

听着电话里的应承声，他交代着："上次我在大哥卧室里落下一个钱包，你就说我要你去的，他家的佣人应该不会拦你。"顿了顿，他轻描淡写得道，"万一佣人拦你，你给我电话，我再叫大哥交代他们。"

"好的，没问题，一定办到。"司机小刘也跟随着他去过几次原芮风在郊区的住宅，当下爽快地答应着。

放下电话，原芮海目光微凝，心事重重。

晚上，兄弟俩一起驱车来到了离金融街不远的酒吧一条街上，挑选了一家不那么吵闹地进去。

坐在离吧台很近的小桌上，两人点了几罐新鲜酿造的麦芽啤，随意的扫了扫吧台边几位单身的娇俏女人。

"好像还挺好看的。"原芮风淡淡地抿着啤酒，自己调配了点冰块进去，"左边那个在看你。"

原芮海含笑地低着头，没有往那边看去，"大哥，我只知道盯着这张桌子的所有雌性目光，好像都有在你身上流连过。"

"我们别在这里互相吹捧了。"原芮风摇摇头。

"是啊，再不找几位异性聊聊天，我怕她们很快就会对我们都失去兴趣。"原芮海低声道。

原芮海微微诧异："为什么……难道不应该会有女孩子主动跑过来搭讪我们吗？"

原芮海含笑瞥了他一眼，压低声音，"大哥，你有点过时了哦，不知道现在最流行什么吗？"

原芮风皱起了眉，"什么？"

"我敢打包票，我们再这样嘀嘀咕咕一阵，她们会认为我俩才是一对。"原芮海吐出这一句，成功地看到自己大哥脸上一阵发青，忍俊不禁地低笑起来。

正在这时，他的手机却突然响了。一看那号码，他急忙站起身，向大哥做了个"这里太吵"的口型，飞快地离开向卫生间走去。

"老板，我现在正在您大哥家里，他家的柳妈带着我一起上了楼，没找到您的钱包啊，您看是不是……记错了？"

什么，没有人在？整个别墅里，也没有如临大敌的保镖或看守？原芮海一怔，连忙道："好的好的，那可能是我真的记错了，谢谢你，辛苦了！"

大哥绝对有心事，下午在办公室门口看到的他，明显比任何时候都焦躁和不安，假如真的放走了林馨，他不会这样如坐针毡。可是没有把她放在自己家里的话，又可能是在哪里？站在卫生间里，他苦苦思索着，却更加的迷茫和困惑。

心中不由自主地浮现出更加糟糕的联想，他的眼前甚至出现了离谱的黑暗地牢。狠狠地甩了甩头，他对着自己唾弃一声：大哥是够疯了，自己比他还要疯！又不是狗血的电影，难不成大哥还真的敢暗室锁人不成！

原科地产这些天的气氛，有点不寻常的压抑。总裁大人近来总喜欢沉着脸，动不动就挑剔下属，新入主公司高层的那位原家二少爷更叫人头疼，明明因为有过商业犯罪前科，而不能真的参与董事会，更不能重回法人代表的位子，偏偏总裁还勒令一切决议和重要汇报都要过他的目！

一看就是对公司事务一无所知，而且也并没有体现出勤奋好学、不耻下问的姿态，这位原家二少爷，根本就是来作个上班的样子罢了，却平白无故降低别人的工作效率。虽然人人都知道三年前的那场官司，可是想要补偿他的话，难道不是应该好好地供养着他花天酒地？

说起来，总裁大人那见涨的脾气，是不是也跟这种状况有关系呢？快到下班的时候，秘书小姐等到公司的员工都基本走光，这才放轻了脚步，从办公桌下拿出一大堆手提袋，敲响了原芮风的办公室门。

"总裁，这是您要的东西。"她笑吟吟道，脸上是恰到好处的歉意，"尺码未必合适，我挑的以宽松款居多，不到170公分的身高，问题应该不大。"指了指另外一个大纸盒，她又道，"这里面是我能想到的所有女性常用的护肤品和小物件，假如有什么遗漏的话，您告诉我，我立刻添置。"

"你办事细心，我很放心。辛苦你了。"原芮风面无表情地点点头。

秘书小姐赶紧放下了那些装着价值不菲的物件的手提袋，识趣地转身出去。老天，老板真是从没叫她做过这种奇怪的私事，帮着购买女性的衣服和日用品的私事……

时值周末，公司里慢慢地已经空无一人。原芮风看了看手表，提起大堆的手提袋，向着门外走去。

路过隔壁的办公室，他一怔。门虚掩着，里面已经透出灯光。似乎是一直在等着他，他那并不清晰的脚步声刚刚在门口路过，那间办公室里就一阵声响，原芮海那微笑的脸出现在门口。

"大哥，你也还没走？"他手里拿着钢笔，和原芮风打着招呼。

"你今天不是说要去和同学小聚？"原芮风微微锁起眉，为他的忽然出现乱了心神。

"刚刚接到电话，说有两个人有急事，本来就是小范围聚会，这一下就改了期。"原芮海尴尬地笑了笑，目光落在他手上那些大大小小的袋子上，"什么东西，这么一大堆？"

原芮风的脸色，微微一僵，"哦……有朋友从香港过来，托我带点东西。"

原芮海淡淡地扫了那些袋子一眼，似乎浑然不在意，"那大哥你先走吧，我还有点公事要做。"

原芮风心里一阵欣慰，这个一直大呼看报表头疼的家伙，终于开始觉得治理公司有趣了吗？难得地微笑起来，他伸手拍了拍弟弟的肩膀，"加油，不过也不要看的太晚。"

原芮海点点头，目送着他的身影消失在电梯，忽然猛地冲回办公室抓起车钥匙，他飞快地跑到另一部电梯前，疾速地按下了电梯。刚才他绝对没有看错，大哥手里的那些东西，有相当一部分是高级女装衣物！

蹑手蹑脚地藏身在地下车库的柱子后，他等着大哥的那辆路虎揽胜发动驶走，才从藏身处飞跑出来，打开自己的车门，急匆匆追了上去。

幸好，外面稍微有点堵车，他很快在如织的车河中牢牢锁定了大哥那辆醒目的SUV。一路上刻意保持着不被发现的距离，他小心地跟在几十米外，远远地吊着。

果然不出所料，前方原芮风的车渐渐远离了主干道，向着郊外驶去。道路上渐渐车辆变少，天色已经黑透。随着原芮风的车终于驶上国道，原芮海心中暗自吃惊——这是要去哪里？竟然是要开长途？

原芮海满心疑惑，不远不近地开车跟着大哥。足足开了一个多小时，到了将近晚上八点多，两人的车才一先一后，开到了目的地。

看着高速公路上的路标，原芮海心中疑云密布，不好的感觉也越来越盛：固丰，这块给他们原科地产带来沉重打击的地方……他来固丰市做什么呢？

黑沉的夜色里，原芮风的车终于熟门熟路地开到了一片优雅豪华的别墅群门口，向着门卫出示了进出证，他的车很快被放行，可是原芮海却遇到了麻烦。

保安一眼看到他这陌生的车辆，便尽职地把他拦了下来，"先生，您访友还是？"

"啊……是的，我朋友住在里面。"原芮海尴尬又慌神，眼看着大哥的车就要消失在小区的绿化丛里，"嗯，就是前面那位，我跟着他一起来的！"

保安不动声色地看看他，看在他开着豪车的份上，倒也没有说出不客气的话来："抱歉，刚才那位先生进门时，忘了交代您会紧接着进来，要不您拨个电话给他，请他回头来说一声？"

原芮海一时语塞，满脸通红的在身上摸了摸，"哎呀，我的手机忘了带……我真的是跟他一起进来的，他差不多三十岁，长得很英俊，身上穿着一件浅色的西服，对不对？"

保安心里嗤笑一声：这么鬼鬼祟祟的，谁知道你是来跟踪还是寻仇，谁管你们这些有钱人之间的猫腻！心里腹诽，可是脸上却依旧和气，"要不您提供一下他的住宅门牌号，也是可以的。"看着原芮海那通红的脸，他笑着又补充道，"实在什么都不知道，也可以在外面稍事休息，您的朋友等不到你跟进来，必定会出来接您，您看这样好不好？"

原芮海无奈地尴尬退后，把车停在了不远处的小区外道路上，心里一阵焦急。几乎可以断定，大哥是把林馨藏到了这里，可是……他们之间到底是怎么回事，为什么要这么躲躲藏藏，瞒着所有人？

　　肚子饿得咕咕叫了起来，他悻悻地走下车，在小区对面的西餐馆里随便地叫了份西餐，草草地填饱了肚子。坐在西餐厅的卡座里，他想了想，把电话打给了公司派给他的助理。

　　"钱秘书，你好，有件事还想请你加班，赶紧帮我查一下。"他看着对面那座别墅区的庄园大门，"我们原科地产在固丰市开发的那所风华锦绣园，当初留了几套没有出售，这里面，是不是有被我们原家自己留下的物业？假如有的话，给我找出来门牌号。"

Chapter 16
第十六章

原芮风从车后座上拿起那堆各式各样的手提袋，面无表情地迈进大厅。早早就已经得知他要来的消息，两名保镖识趣地打开了一直紧闭的大门，隐身到了别处。

勤快的王妈也早就备好了满桌的饭菜，一见他进门，连忙笑着迎上来，"原先生，饭菜正热着，您看是不是现在就开饭呢？"

原芮风点点头，"好，辛苦了。"看了看空荡荡的客厅，他扬眉，"她在上面？"

"是啊，我有跟林小姐提到您要来，不过……"王妈小心地笑着，心里也纳闷这男女主人的奇怪关系，听到她说原先生要来晚饭的消息，这位女主人冷笑了一下，像是在严重吵架中，"我这就上去，再叫一声。"

"不用了。"原芮风淡淡道，随手放下那些袋子，"这些你整理一下，放在她房里。这些天，她有没有什么异常？"

"啊，先生您指什么？"王妈有点糊涂。

原芮风犀利的眼神扫了她一眼，"她吃饭正常吗？或者有没有摔东西？"

"没有啊，挺好的。"王妈更加肯定，这必然是一对正在冷战的男女主人，瞧，这不是原先生买了一大堆礼物来赔罪了么！

原芮风的眉头，微微一拧。居然完全没有反应？理了理领带，他迈步上了二楼。

站在敞开的卧室门口，只那么短短片刻，房间里的女孩子就猛然回过头，冷然地看着他。

手里捧着一本书，她穿着简单的家居服，淡绿色的七分袖纯棉睡衣衬着窈窕的身形，立在那里如同一株劲风中的修竹，眼神却清亮锐利。

原芮风若无其事地迎着她的目光，俊美的剑眉微挑，"下去吃饭。"

"不劳操心。"

"我不是操心你，我只是想有人陪我一起，我从K城开车到这里，一直没有吃饭。"原芮风淡淡道。

"我没兴趣陪你。"林磬冷笑。

嗤笑了一声，原芮风讥诮地问："你该不会想绝食？"

"我才不会伤害我自己，蠢女人才会用别人的错误和罪恶来惩罚自己。"林磬反唇相讥。

"是啊，你只会伤害别人。"原芮风脱口而出，恨恨地冷笑。

房间内忽然安静下来，两人针锋相对的眸子都直直地望着对方，毫不相让。忽然咬了咬嘴唇，林磬放下书，径直地走向门边，绕过了原芮风，向楼下走去。

顿了顿，原芮风沉默地跟着她下了楼，看着她径直在餐厅的长条桌边坐了下来。

拿起碗筷，她没有看原芮风，也没有招呼任何人，埋头默默地吃起饭菜来。远远地看了一会，原芮风终于也沉默入座，拿起了筷子。

布置成简欧风格的餐厅里没有别人，负责做饭的王妈上齐了饭菜，早已退了下去，长条的柚木餐桌上铺着暗金条纹的桌旗，仿古的烛台上，三根蜡烛安静地燃烧着，配着头顶垂下的枝状吊灯。

餐桌上有虾仁豆腐，有清炒芥蓝，莼菜开口羹，还有一尾清蒸的鲜鱼，全都是中式家常菜，却胜在食材新鲜、做法考究，被灯光和烛光照耀地格外色泽诱人。

只是餐桌对面相对而坐的两个人，气氛实在是诡异。原芮风慢条斯理地享用着面前的饭菜，没有表情的脸部像是僵硬的俊美雕像，腮部的肌肉缓缓咀嚼着，显出凌厉而紧绷的线条。

而林磬，也同样这么静默地吃着饭，既没有和他交谈的意思，也没有赌气式地加快食速。饭菜很可口，两个人似乎也都吃得很满意，只除了彼此都冷漠的态度。

终于，林磬喝完了汤碗中的最后一口莼菜羹，站起了身。正要自顾自地离席，对面的原芮风忽然淡淡地开口："我倒是没有想到你会这么平静。既没有想办法逃走，也没有发脾气。"

林磬转头看着他，露出极为稀罕的神色来，扬起浓黑的丽眉，"是啊，我很开心留在这里，你大概想不到吧？"

"是啊，为什么？"原芮风凝视着她，眼神深沉，"我以为你总该会忍不住露出你的爪子来。"

"不需要，我只希望你留我越久越好。有本事关我一辈子，不然的话——"林磐微笑起来，"三年前你找得到人顶罪，不知道这一次，你逃不逃得过非法禁锢的指控？"

慢悠悠地伸出筷子，原芮风夹起一颗雪白的虾仁，放在了口中，"你好像对把我送进监狱，一直没有死心？"

林磐重新在餐桌对面坐了下来，好奇地看着他，眉目中充满讥讽。"怎么，这不是应该的吗？"她冷笑，"你们原科地产每一分利润，都有不良的来历，甚至还沾染着鲜血呢，你怎么就不该付出代价？你怎么就可以理直气壮地觉得，你毫无错误？"

原芮风轻轻叹了口气，拿起雪白的餐巾擦了擦嘴角。"假如我说，我一直觉得自己的确没有什么错，到现在也依然这样认为，你觉得如何？"

"你……已经无可救药了！"林磐眉目间一片冰雪，愤恨地加大了声音，赫然站起身，向楼梯快步走去。

原芮风目送着她的背影，忽然扔下餐巾，大步的追了上去！腿长步伐快，他在楼梯边一把拉住了林磐的手腕，脸色阴沉，"你站住。"

诧异地看着自己的手腕，林磐抽了抽，没有挣动。清亮的眼睛望着原芮风，她等待着。

"出事以后，你从来没有问过我一句话，也从来没有试图从我这里倾听一点点解释。"原芮风的眼神里全是冰寒，死死地握紧了她的手腕，"你认定我们是害死你外公的主谋，你到底有没有想过，我们根本就是无辜被牵累！"

林磐只觉得自己手腕上越来越痛，男人大力得似乎想要把她的手腕握断。忍着那疼痛，她一言不发。

"你不假思索就判定了原科地产的罪，你直接给我安上冷血无情、草菅人命的罪！林磐，你不是法官，你也不是什么正义化身，你怎么就敢这么笃定？你怎么能！"原芮风的声音并不大，却越来越急促，一字字从薄薄的唇中吐出，像是冰冷的刀锋。

从事发到案件审理，从林磐出现在法庭再到事后消失，他竟然就没有任何机会这样当面质问她，他就必须这样被她定罪，却毫无机会自辩，这让他气得快要发疯！

凌厉的眼神中全是激赏，刚才的晚餐桌上那淡定的表情早已被凶狠替代，他看着林馨那依旧冰冷而傲然的俏丽脸庞，心中的怒气更加升腾。

狠狠地欺上一步，他把那过去的恋人逼到了暗黑色的铁艺楼梯边，迫着她渐渐后仰在栏杆上，两人间的距离变得极近。死死地凝视着她，他冷笑，"林馨，你是我见过的最狠心、最独断独行的女人。你可以把一段感情单方面割裂，然后毫无障碍地举起屠刀行刑。"

"原芮风，你真是一个奇怪的人。"林馨看着他，忽然惨然一笑，眉眼中有丝疲倦，"你居然怪我没有给你机会自辩……真的吗？假如我去问你，你真的会给我真相，而不是想方设法隐瞒和欺骗？"

"当然不会！"原芮风恼恨地叫。

"够了，别再说这些连你自己都不会信的谎言。"林馨疲倦地道，"你难道不想知道，我到底是什么时候开始决定报复你？有一天，你和负责固丰那块地产开发的季经理在办公室见面，我在休息间里听见了全部。"

原芮风一愣，眼神中有刹那的迷惘。时隔太久，他已经记不得当日和季大可之间到底谈了什么。用力回想，也只依稀记得似乎……依稀想到了一些，他的脸色有点难看。

"想起来了？"林馨提醒道，"你在警告他，不要提我外公的事。你早已经知道了一切，却在想方设法瞒着我。假如你们心里真的没有鬼，为什么不对我开诚布公？"

原芮风这才从回忆中醒过来，目光阴沉地看着她，"正因为知道你会乱想，我才需要瞒着你。这成了心中有鬼的证据，你不觉得你很武断甚至残忍？"

"现在说这些毫无意义的话，有什么用呢？"林馨淡淡地讥诮道，"你坚称是因为怕我胡思乱想才对我隐瞒，我却基于对你的了解，觉得你完全做得出那种事情。瞧，我们之间缺乏最基本的信任和坦诚。"

"所以你就单方面判了我的罪！"

"不，明明是交给了法庭，是法庭判了你们的罪。"林馨讥讽道。

看着她那傲然的神情，原芮风再也忍不住愤怒，狠狠地掐住了她的下巴，他怒声道："法庭不是判我们原科地产应该对你外公的死负责，而是判了我们的行贿罪！是你偷了我电脑上的证据，你这个狡猾又狠心的女人！"

"那有什么区别，都是事实，不是吗？"林馨漠然地看着他，任凭他把自己的下巴掐得生疼，仿佛要激起他更大的愤怒，她尖锐地继续道，"你从来不认为这些都是犯罪，在你心里，根本没有黑白之分。芮海他比你好太多了，可惜他要为你这样的懦夫牺牲。"

"闭嘴！"原芮风忽然截住她的话。

"你这么害怕提到他，原来你也会觉得内疚和羞愧……"还没说完，林磐已经惊讶地瞪大了眼睛，已经退无可退的身体被一把按倒在楼梯的铁艺栏杆上，双唇被原芮风那霸道的唇死死封住！

震惊地大脑一片当机，她被动地感受着唇上那疯狂的索取，不不，不是索取，是充满怒气的惩罚而已。分不清是火热还是冰冷，她只知道唇瓣被激烈地撕咬，口腔被狠狠地霸占，就连肺部的空气也像要被全部抽空……

终于有腥甜的气息在嘴角泛起，带着微微的疼痛。她的意识被这血液的味道刺激得清醒了那么一点，开始大力地推搡着身上的男人。愤怒夹杂着委屈，她用力用自己的牙齿向着唇上的施威者咬去。

明明咬中了对方的唇，明明清晰感觉到更多的腥甜气息在两人的唇齿中蔓延，可是原芮风非但不退缩，反而更加激烈地吻着她，双手把她的手腕背在身后，他狠狠继续着这个暌违数年的吻。分不清自己想要什么，他只知道需要一个激烈而方式来发泄，来洗刷曾经的激愤。

忽然被林磐猛烈地用膝盖顶了一下，原芮风痛哼一声，终于放开了林磐。

强忍着痛楚，他恶狠狠地瞪着面前那头发散乱，唇边有血的女孩，目光阴沉得想要滴下雨水。

"别逼我放下风度。"

"我等着你撕开所有的伪装呢。"林磐擦了擦嘴角，用他刚刚能听清的声音冷笑。

原芮风死死看着她，一字字道："你以为我不敢？"

林磐的身子，似乎有那么一点点颤抖，可是眼神却依旧强硬如岩石，"我觉得你不敢。"

凝视着她，原芮风半晌都没有说话。慢慢退后几步，他拉开了和她的距离。

忽然邪气地冷笑起来，他站在更高一阶的楼梯上，居高临下地望着林磐，眼神讥讽，"这算是邀请，还是激将呢？可惜就算你想引诱我，好留下证据，也得看男人有没有兴致。"

他充满恶意地扫了扫只穿着居家绵质睡衣的她，"这种打扮真的不够性感，想要引诱男人犯罪的话，你需要学习地更多一些。"

看着林馨那一瞬间羞红得犹如云霞的脸，他的浅笑更加邪气。伸手轻轻挑开她胸前的衣领，露出了一片晶莹雪白的肌肤，他目光有短短的凝视，然后他手指稍稍用力，将那胸前的浅绿色丝带拉得更开。

林馨的胸口激烈地起伏着，终于还是没能保持淡定。这充满熟悉感的暧昧的凝视，还有那刻意流露的轻视，都让她情绪波动得厉害。猛地一把打开原芮风的手，她正要转身逃离，却被原芮风整个从后面抱住，毫不怜惜地压向了栏杆！

"原芮风，你……你放手！"她颤抖着声音，原芮风火热的胸膛就紧紧压在她背上，坚实的臂弯桎梏着她的身子，用力地挣扎下，丝毫没能挣脱。

"干什么？你刚才不是还说，很想让我犯罪，好送我入监狱？怎么现在却在发抖？"

他的言语，比动作更加羞辱人心，"明明很熟悉我的，不要表现得这么生疏。"

"原芮风……你滚！"轻颤着声音，林馨用尽全身力气，才从那瞬间的瘫软感觉中脱身，猛然回过头，她愤怒无比地瞪着身后的男人，"你……"

没给她机会，原芮风邪气冷笑着，迅速地低头再次堵上了她的唇。

……

一个人待在车里，原芮海把车座发平，半躺了沉沉睡去。虽然车厢内算得上舒适宽敞，真皮的座椅也足够柔软，可是一个身材高挑的大男人蜷缩着身体，依然觉得有些不适。

所以一直睡得不安稳。

当太阳刚刚从东方露面，清晨第一缕曙光从车窗外照射进来的时候，原芮海就迷迷糊糊地醒了过来。伸展了一下腰酸背痛的身体，他揉揉眼睛，伸手把车上的音响系统打开，百无聊赖地听着电台早晨的音乐声。

才早上六点多，别墅区附近的早餐店已经纷纷开了门，他跑下去，在小区正对面的广式早茶餐厅找了个靠窗的位置坐下来，一边点早餐，一边目不转睛地盯着小区的大门。

小笼蒸包和水晶虾饺很快端了上来，配着深褐色的香醋，蒸包固然是汤汁四溢,水晶虾饺里的大块虾仁也露出了淡淡粉色,色香诱人。盛在青花碗里的生滚鱼片粥更是热气腾腾,雪白的鱼片飘在白粥里,明黄的姜丝切得恰到好处。

这种开在高档小区门前的茶餐厅,大多也都有着不俗的味道,虽然固丰市和K城没法比,可是这些小餐馆的味道倒也相差无几。原芮海正拿了小勺尝了一口鱼片粥,就看见那熟悉的路虎揽胜SUV已经从小区门口疾驰而出。

别墅区门口的道路并不宽,茶餐厅又是开在对门,原芮风的车几乎是在只隔几米的地方驶过,车窗没有完全闭合,原芮海一眼就看到自家大哥端坐在驾驶位上,如同雕像一样毫无表情的脸上看不出情绪。

原芮海不由自主地缩了缩身子,生怕他恰好往这边望上一眼。幸好,原芮风丝毫没有注意这边,那辆车也很快绝尘而去,消失在街道的转角尽头。

坐在茶餐厅里,原芮海默默吃着早餐,眉头皱得更加紧。有点儿心神不宁,他频频地看着手机。

终于,在上午八点多钟时,等待已久的电话响了起来,他迅速接起。"喂,钱秘书?委托你查的资料怎么样了?"

"原总,刚刚上班就查了。是的,我们原科地产在固丰市开发的风华锦绣园有留下两栋别墅,这两处现在都不是公司的物业,而是以实物分红的形式,转到了您的名下。"

"哎,什么?"原芮海愕然地一愣,"我……我的名下?"

钱秘书在电话中笑了起来,"是的啊。这是你们原家的物业了,您可是原家的二少爷,记在您名下也是常理。"想了想,他小心地补充了一句,"实际上,这三年来,我们原科地产在全国各地的新增物业,留在原家的房产都是记在了您或者您母亲的名下。"

原芮海怔然地听着,心里有丝模糊的明白。应该是出于严重的内疚,就像逼着他入主公司一样,大哥在金钱和不动产上的补偿,实在也做得太过优渥了点。以至于根本没有跟他说明,就把这么多大量的物业和房产划在了他们母子的名下。

"明白了。"他轻叹一声,"那么,把这边两栋别墅的门牌号报给我吧。"

钱秘书在电话那边簌簌翻动着资料,很快给出了答案,"原总,风华锦绣园的A座01号和02号,就在小区里最后一排风景最好的东边。"

"谢谢了。"原芮海合上电话,结了账迈步走出了餐厅。重新坐进车里,他开着车驶向小区的大门。

摇下车窗，看见的依旧是昨天那位保安尽职的笑脸。似乎也对这年轻俊美的男子有很深的印象，那保安这次的笑容有点不好看了。昨天根本没有业主打电话给他们请这人进去，明显就是撒谎的主！现在居然还想来闯进去？

"这位先生，一直在外面等着啊？"他皮笑肉不笑地道，"您的朋友可真大意，把您晾了一夜哈？"

原芮海安静地笑了笑，亮出了身份证，"麻烦你，我是本小区的住户。A座01号和02号的业主姓名，请你核对一下。"

保安一愣，看着他平静的神色不似作伪，狐疑地转身跑去了门卫室。不一会，他慌慌忙忙地跑了回来，瞪大眼睛看了看原芮海手中的身份证姓名，立刻举手行礼，"原先生您好，误会误会，快请进！"看着原芮海无言地开进小区，他在后面连忙谄媚地追喊了一句，"以后还要常来住一住啊。"

乖乖，谁不知道小区最后面那两栋别墅就是开发商自家留的物业，户名就是这个年轻人的话，不是原氏家族的少爷，也该是至亲！

原芮海沿着路标，慢慢地找到了那两栋别墅。稍稍观察，就看得出一栋外观上毫无生气，而最边上那座临着假山和小亭的别墅里，显然有些人气——二楼的窗户是开着的，观景大阳台上有摆放着一点茶具。

他跳下车，径直按响了这一栋别墅的门铃。

很快，就有两个男人快速地从边上的佣人房现了身，一眼看到他，却是一呆。

"二少爷……怎么、怎么是您？"

原芮海皱眉看看他，一眼就认出这两个人都是大哥身边的保镖。

"开门，我要进去。"他淡淡道。

为首的那名保镖呆站在那里，没有动弹，心里一阵慌乱，这、这是什么情况，大少爷从来没有吩咐过啊！

"假如我没有弄错，这处房产是我名下的。你们该不会就这么要把我拒之门外吧？"原芮海没有发火，可是他的神色却开始冷淡。不紧不慢地拍了拍田园风格的仿古木栅门，他等待着。

两位保镖的汗都快淌了下来，他们也清楚知道这房子的户主是谁，搬进来第一天，物业管理部门就来人核实过他们的身份！可是他们也同样知道一件事，原大少爷根本不想让任何人知道住在那里面的女人的事情！

"我……我打个电话……"为首的保镖支支吾吾地，正想掏电话打给原芮风求助，面前的原芮海却笑了一声，"不用了吧？就算我大哥赶回来，这也是我的房子，无论如何，我现在要进去。"

两名保镖尴尬无比地低着头，电话不知道该不该继续，要命了这是，原家两兄弟的事，要他们夹在里面可怎么弄！

"开门。不然我这就叫小区物业来赶你们走。"原芮海冷哼一声，俊美的眉目间有了点不耐烦的怒气，"我不想看到我的房子里有陌生人。"

两位保镖左思右想，也知道这事毫无回转的余地。没错，就算原芮风不同意他弟弟进去，就算他们现在硬扛着，这位真正的业主也绝对可以叫保安来把他们轰走，原芮风已经走了一个多钟头，早就到了K城了吧。难不成自己敢大打出手，一直守着门，不让原家二少爷进去？

"您请进，请进。"两个人交换了一下眼色，苦笑着打开门，识时务地把原芮海请了进去。

没有理他们，也没有询问什么，原芮海稍微打量了一下，直接迈步往楼上走去。他身后，那两名保镖明知不能阻挡什么，赶紧留在了客厅，迅速拨响了雇主的电话。

"原先生，您……您的弟弟现在在这里！"

"……"电话里，嘈杂的车流喇叭声喝街道的喧嚣传过来，果然已经到了K城。原芮风沉默半晌，忽然低声吼叫起来，"怎么回事？！"

"我也不知道啊。"那名保镖苦哈哈地回答，"几分钟前，他忽然就冒了出来，说这里是他的物业，逼我们放他进去，还说假如我们不听，他就叫物业赶走我们这些入侵者。我……我没办法，只好放他进来了。"

只听到狠狠一声喇叭声，原芮风似乎在那边砸向了方向盘。

猛然地向前疾驶，他在第一个路口加速掉头，返身向着来路开了回去！

"喂喂？"保镖听着忽然传来的忙音，不知所措。老板也没说接下来怎么办，好吧，这是人家的家事。乖乖地坐在了客厅，两个彪悍的大男人面面相觑着。

大步地跑上二楼，原芮海径直奔向了主卧室。门虚掩着，他犹豫了一下，举手轻轻叩门。

没有回应。

加大了叩门的力度，还是很安静。

看着那虚掩的门缝，仕终于伸手，顾不得礼貌和禁忌，推开了门。

一眼就看到床上的人影，他的心猛然一跳。看着那隐约熟悉的身形，看着那散落在枕头上的一片青丝，他慢慢地走了过去。在看清楚床上人的面孔时，他有那么片刻待在了那里。

果然，是她。熟悉的面孔，虽然已经隔了三年整，可依旧和记忆中没有什么变化，只除了略略消瘦。目光渐渐落在她裸露在外的小片前胸和手臂上，原芮海却赫然倒吸了一口冷气！

红红紫紫的斑驳吻痕，手臂上的道道青紫，还有手腕上磨破的地方，竟然还有三两处贴着崭新的创可贴，额外的刺眼而触目惊心。大哥……大哥到底对她做了什么？一瞬间，原芮海心中如遭雷击。

放轻脚步，原芮海不由得屏住吸呼，心乱如麻地走进了床边。看着紧闭双目的林磬，他发现了一点异常——略显苍白的脸颊上，却有一小片淡淡的潮红，而非健康的血色。

他犹疑着伸出手，轻轻覆盖在林磬的额头。果然，有着微微的低烧！

而就在这时，许是被他手掌的冰凉刺激到，林磬眼睫毛微微一颤，半睁开了眼。眼睛中依旧有昨夜未褪的红丝，还有些迷惘和凝滞。

凝视着床边俯身下来的原芮海，她明显有点反应不过来。是梦吗？和前些天看到的报纸上的照片非常相似，就连那短短的头发也一样刺目。竟然在大白天还能看到梦境，真是离谱。

试探着举起手，她似乎想碰一碰面前的原芮海，等到真的碰到他脸颊的那一刻，她却一呆。这梦境的触感，可真是真实。软软的，温温的，带着年轻男子肌肤的柔和和弹性。

原芮海轻轻握住了她的手，尽量温声道："林磬，是我。"

听着这清晰而熟悉的声音，林磬终于彻底清醒了过来。猛然缩回了手，她用力地揉了揉眼睛。眼前的模糊逐渐退去，原芮海那熟悉的脸就在面前，带着温和的笑意，犹如三年前，丝毫未改。

"芮……芮海？"她讷讷地叫出他的名字。

"是我，好久不见呢。"原芮海柔声道，纤长的十指轻点着她的掌心，仿佛想用这种法子来告诉她，他在这里。

忽然地，林磬眼中迅速漫上了泪。定定地看着他，她倔强地拼命忍住了那就要落下的泪水。既然从未为三年前的决定后悔，那么现在说任何愧疚的话，又有何益？

"你好吗？"她简单而局促地问。

原芮海看着她眼中的泪，心里叹息一声，连忙露出了温和的笑意，半开着玩笑，"放心啦，出狱时有体检，各项指标完全健康，体重还有略微增加。"

看着他那温润眼神中的体谅和淡然，林磬半晌都静默着。半晌她飞快地从原芮海手中抽回了自己的手，咧嘴一笑，"那就好。过两天我请你回 S 大二食堂吃饭，就算帮你接风。"

"那么，现在先跟我走吧。"原芮海柔声道，眼中掩不住满满的关心和痛惜。

是的，痛惜。

看着他眼中的神色，林磬终于醒悟了什么。低头看了看自己，她惊呼了一声，迅速地拉起身上半遮半掩的盖毯，脸色潮红迅速涌到了脖颈。

"你……你怎么会在这里？"她这才恍惚地想到这早该问出的问题。用力裹紧了身上的毯子，狼狈无比地坐了起来。头有点昏沉，心跳有点快，想到身上那些暧昧的痕迹都被他看在眼里，更是难堪到了极点。

"我跟踪大哥过来的。"原芮海可应着，看着她那越发潮红的脸，终于忍不住道，"你有点发烧，跟我走吧，我带你去医院。"

怔怔地愣在那里，林磬一时没有说话。

跟他走？

原芮海微微焦急起来，忍不住低声微怒，"我大哥他疯了！他、他到底对你做了什么？"

林磬的脸，刷的白了。猛然咬住了唇，昨晚那些不堪回想的画面纷至沓来，猛烈地冲击着她的心神。手指痉挛地揪住了身上的毯子，她闭了闭眼睛，似乎想驱走那些不堪的回忆。

"没……没有什么。"她虚弱地道。

原芮海忍耐地点点头，心里也大致猜得出那些暧昧痕迹的来由。"你不要怕。跟我走吧，我保证他不会再对你做任何事。"

就在这时，他的手机却忽然震动响铃。林磬和原芮风都看清了来电显示。

看了看林磬，原芮海脸色镇定，当着她的面，接通了电话。

"小海，你在固丰市？"原芮风的声音焦躁而忍耐，似乎在克制着什么，却也开门见山。

"是的，我在风华园。"原芮海从容地回答，比他更为直接。

原芮风一时语塞。忍了忍，他放低了声音，语气尽力放得平静，"这是我和她之间的事，小海你不要过问。你……"

头一次毫不客气地截住他的话，原芮海扬眉回答道："大哥，我以为……三年前开始，这件事就不再是单纯地只关系到你和她了，这里面绕不开我，不是吗？"

电话那头，原芮风忽然失声。

"既然这已经是我们三个人的事，那么，大哥您也应该稍微尊敬一点我的意思。"原芮海淡淡道，并没有看林磬，清晰地吐出极为坚定的话语，"我今天要带她走，无论大哥你是同意，还是反对。"

"小海！"原芮风猛然低声怒吼，竭力忍耐着，他阴沉地道，"你稍等片刻，我正在赶回来的路上。"

原芮海摇摇头，"不，很抱歉大哥，她在生病，我想立刻带她去医院。"听着电话里沉默的片刻，他忍不住再度开口，"大哥，你知道的，我一向非常敬重你。可是这次的事，我很难过。别让我对你更失望吧，大哥。"

合上电话，他对着林磬伸出手来，坚定而温柔，"跟我走吧，你不想面对他了，对不对？"

楼下的两名保镖目瞪口呆地看着原芮海和林磬拾阶而下，看着一直静默的手机，也不敢阻拦。笑话，那可是原家的二少爷，就算不是他们的雇主，难不成他们敢动手拦人不成？

带着已经换上正规外套的林磬，原芮海发动了汽车，迅速地向着小区外开去。在门卫那里打听了距离最近的医院，他带着林磬先去挂了号。

不是周末，看病的人并不多，很快就轮到了他们。简单的问诊和体温测量后，医生开了些剂量不大的退烧药和口服冲剂，原芮海这才放了心。

重新载着一脸疲倦的林磬坐上了他的车，原芮海向着K城的方向疾驰而去。不管怎样，这里不是久留之地。大哥既然在飞快赶回，他也并不怕和他争执，但是目前的当务之急，还是尽快把林磬送走，远离他们彼此间的纠缠和折磨。

车速极快，原芮海专注地把握着方向盘，一路飞驰向开往K城的高速公路路口。

就在最后一个岔道口，迎面而来的对面，一辆路虎揽胜以同样的高速疾驰而来！原芮海目光所及，不由得猛然一愣。

大哥的车。

他果然以飞一般的速度赶了回来！

绿灯亮起，停在对面的两辆车擦肩而过。终于从沉思中惊醒，对面的原芮风猛然抬头，看向了原芮海驾驶的轿车。

车窗都是敞开的，一瞬间，林磬和原芮海并排而坐，同时看向了临道上的原芮风。隔着不高的绿化隔离带，那人笔直而阴郁的目光直射过来，犹如两道利剑，直直地刺向他们。

林磬的脸色雪白，可是目光没有退缩，却同样倔强地迎着他。而原芮海的眼神也同样坚定，隐约带着指责和不赞同。

三个人的目光交错，似乎有人减了速，又似乎有人踩了油门。只有那么短暂的一刻，两辆车就已经隔着绿化带背道而驰，彼此远离。

把车就那么停在了路中，原芮风沉默地看着倒后镜里渐渐远去、终于消失在道路尽头的那辆车，没有稍动。身后，被他挡住了去向的车辆不耐地狂按喇叭，他却充耳不闻，就那么僵直着脊梁，坐在自己的驾驶座上，不知道在想些什么。

可是，他终究没有翻身追过去，终究没有再去追逐那两个人的背影。一个是亏欠良多的、同父异母的弟弟，一个是昨夜还在亲密接触、翻云覆雨的、曾经的恋人。

通往 K 城的高速公路上，原芮海平稳地握着方向盘，瞥了一眼后视镜里的林磬。微微眯着眼睛靠在后座上，她的脸色比刚才看到的还要难看，潮红中隐约有汗水从鬓角和发际线中渗出来。

赶紧从身边拿出矿泉水递过去，原芮海道："快点把医生开的药吃下去，别硬撑。"

林磬无言地点点头，有点吃力地打开随身的小包，找到刚刚在医院拿的药片，按照说明吃了下去。心跳一直有点快，身上也酸软无力，看来是真的在发烧，而且有变严重的趋势。

国道高速公路上，车速很快，原芮海一直开在偏慢的车道上，每当有车超速，林磬就不由自主地望过去。原芮海看着她吃下药，忽然轻声说了一句：

"不用担心，他没有追上来。"

林磬一怔，沉默地收回了目光。

车厢里开着十足的冷气，轻柔的圆舞曲在 CD 机里传出来，飘荡着悠扬轻松的旋律。静静地闭着眼睛，林磬的思绪忽然恍惚地飘向好几年前的某个晚上。

九月初的校园舞会上，那时还是个大男孩的原芮海浅笑着，在礼堂的旋转灯光下向她伸出手，就在这样的悠扬舞曲中，向她伸出手来，邀她青涩一舞。

就如同刚才，在那压扣而羞辱的无助时刻，他也是这样忽然出现，温和地对她伸出了拯救和宽恕的手。

"我忽然想到几年前，我们在 S 大跳舞的时候。"前座上，原芮海忽然含笑说了一句，"这首舞曲似乎就是当年那一首。"

"我……我也是。"林磬脱口而出，唇边有淡淡的笑意浮起，两人在后视镜里目光相遇，心中各自唏嘘。

原芮海明眸如星，注视着她，"一晃，已经四五年了呢。"

是啊，时光是如此之快，携卷着他们匆匆前行。可是他们毕竟没有在人生里同行这么久，而这其中的一段时光，如同被人偷走了一样，留下一段惨淡的空白。

还是原芮海再度打破了尴尬的沉寂，他试探着问："我是在网上找到你的踪迹的，你这几年，都在那所山村小学里教书？"

"嗯，是的。"林磬轻声道，"三年前，那件事完结后，我就离开了 K 城。"

"啊，为什么？不继续学以致用的话，不是……太可惜了吗？"原芮海还是忍不住问，毕竟费了这么多辛苦才拿到学位，又有优秀的专业知识，就此放下就业的机会，实在是让他完全意想不到。

要说是害怕原家或者二哥的报复，这根本说不通。原科毕竟是报章媒体跟踪的目标，在风口浪尖后打击苦主什么的，简直是自毁长城。

看着窗外越来越靠近 K 城的路标，林磬怅然道："原先想着毕业后挣很多钱，是因为想和姐姐还有外公一起，早点过上好一点的日子，可是那个时候，看到姐姐有了依靠，外公又……忽然就觉得很累，觉得从小到大一直支持着自己的东西，好像不存在了一样。"

所以就忽然觉得根本没有什么再值得打拼的东西，就忽然想强烈地逃离。是啊，逃开那十几年来一直担着的重担，还有，逃开那个不想再看见的人。

悄悄地看了看她眼里的疲惫，原芮海没有再问下去。不知道是不是也想到了另外那个呼之欲出的原因，他的眼神中也有点怔忪。

车辆终于开上了 K 城郊区，时隔三年，林磬望着外面繁华更胜往昔的街道和人流，一直在想着什么。

"你想去哪里，有没有什么想好的地方？"原芮海善解人意地问。

"啊，去我姐姐那里。"林磬脱口而出，低头看到自己手腕和手臂上露出的些许淤痕，却忽然又急促地改了口，"不不，不要……让我想想。"

不能让姐姐看到这些，她那种性格，会担心死，说不定会哭得整夜不能入睡！

"帮我找一家便宜的旅店吧，我先住几天，等病好了，再去活蹦乱跳地见我姐姐。"她苦笑道。

原芮海沉吟一下，点了点头，开始看着车向某处驶去，"我来安排。"

很快地，车辆开到了市区的某处高级住宅楼前，原芮海把车直接驶了进去。很快，他把车停在了大厦的地下车库，然后把林磬请下了车。

"这是？"林磬被他拉着进了电梯，电梯无声升空，停到了十八层。整个楼层只有两家，大理石的楼梯开间光亮可以鉴人，楼道边还摆放着物业公司精心打理的绿萝植物。原芮海直接掏出了身上的钥匙，打开了正对电梯的那扇门。

门一打开，明亮简洁的空间就展现在面前，浅灰色和淡褐色的空间设计感极强，黑白色的家具散发着科技感的时尚自信。

"我住的地方，非常宽敞的，有足够大的客房。"原芮海微笑着把她领进门，挠头试图寻找着适合她的拖鞋，可是，这里根本没有女性到访的痕迹，找了半天，也才找到一双稍微小一点点的男式草编拖鞋，"抱歉，你试试看？"

林磬站着没动，犹豫着看着他。

原芮海看着她，眼神中有种温柔和真挚的东西，俊美的眉眼中笑意依稀，"希望你不要介意我直接把你带到这里。你需要有个适合养病的地方，而不是冰冷的旅馆或者酒店。"

伸手轻拉着她，把她拉进了门里，原芮海笑着蹲下身，拿着拖鞋抬眼看她，"是不是要我亲自帮你换，你才肯脱鞋子？"

慌乱地急忙弯下腰，林磬红着脸伸手拦住他，"可是我还是不要打扰你了吧，会很不方便……"

原芮海凝视着她通红的脸，善解人意地点点头，"好吧，既然你觉得孤男寡女有点不便，那么我只稍微留一会儿，把你安顿下来，我就走。好不好？"

他不由分说地拿起林罄随身的小包，又伸手摸了摸她的额头，神色严肃起来，"你的烧根本没有退！别说了，什么都听我的，不要再犟了。"叹着气，他硬把林罄拉进了卧室，逼着她躺下，忍不住埋怨着。"你看这倔脾气啊，也不知道吃了多少亏，偏偏还不知道改一丁点儿。"

这套宽敞的公寓足有一百多平方米，这间向阳的主卧也有二十多平方米，一张宽大的地铺式样的大床占据了窗前最好的位置，蓝灰色男性气息明显的床上用品显得大气而整洁。林罄被他强迫着躺倒，耳侧是柔软得快要把人整个包裹起来的鹅绒枕头，对于已经身心皆疲的她来说，无疑是最甜美的诱惑。

她还想强撑着说什么，可是终究抵不过疾病的侵袭，迷迷糊糊地看着原芮海一会儿，她闭上了眼睛。

伸手把室内的中央空调打开，调到适宜人体入睡的温度，原芮海轻轻地走到卫生间，绞了条冷水毛巾，回到卧室里，笨手笨脚地帮昏睡中的林罄擦拭去脸上和额头淋漓的汗珠。

黑长的睫毛下，眼圈边有微微发青的痕迹。微尖的下颌比以前消瘦了些，可是还是那样微微地翘着，有点顽皮和骄傲的意味。凝视了一小会，他无声地退出了卧室，把门细心地关上了。

一个人端坐在客厅的沙发上，他深思良久，这才下定了决心，拿起了电话。

拨响了号码后，电话那头的人似乎没有料到他会主动打来，或者不知道该怎样面对他。响了很久，就在原芮海等待他丧失了最后的耐心前，终于，响铃截止，有人接听。

深深吸了口气，原芮海低声道："大哥？"

"……"原芮风的呼吸通过话筒传来，没有说话。

"无论如何，你不该这样对她。"原芮海缓慢地吐出深思熟虑的措辞，"我们原家可以憎恶她，不喜欢她，可是没有立场再去伤害她的，你比谁都清楚。"

"你知道什么？"原芮风沉沉的声音传来，带着忍耐，"你什么都不知道！"

"我知道你是冤枉的。"原芮海静静地道，"可是她的愤怒和痛苦也都事出有因，谈不上谁欠了谁。既然如此，我想请你答应我一件事。"

"你说，我听着。"原芮风的语气冷静，却带着风雨欲来的征兆，"可我不保证一定答应你。"

"放手吧。"原芮海安静地道，俊美的侧脸在客厅阳光的照射下，如同守护神一样坚定，"别再伤害她，别再招惹她。她已经躲你躲了三年，和我一样失去了人生中很美好的一段青春，现在，请给她一个重新开始人生的机会。"

死死握住手机，原芮风忽然急促冷笑，"我的好弟弟，这一切，又和你有什么关系？"

"有的。"原芮海毫不客气，沉声道，"实际上，几年前假如不是你抢先一步，向她表白的应该是我。"

听着话筒里传来的倒吸冷气声，他低声苦笑："是的，大哥，我喜欢过她的，在你遇见她之前。"

静静等着原芮风慢慢消化着这个消息，半晌后，他涩然道："大哥，从小到大，我没有求过你什么事，也从没有和你争过什么。所以当我听到她喜欢你时，我立刻第一时间退后，选择远远地祝福你们。可是我现在很后悔。假如几年前我试着争取一下，或者我们不会陷入今天这种困境？"

他怔然谈了口气，认真地、正式地向原芮风开口道："所以，假如大哥你只想报复和泄愤，根本不想给她幸福的话，那么这次就当我求你——请退开吧，让我接手。"

长久的沉默后，原芮风声音沙哑："好。"

如此惜字如金后，他漠然关上了电话。

Chapter 17
第十七章

　　阳光从窗外照射进来，隔着浅青色的窗纱，透出朦朦胧胧的光影。林馨半睐着眼睛，从睡梦中醒过来。窗纱隔着，阳光其实不太刺眼，可是依旧让她有点眩晕。空调开得有点足，身上的汗水不知何时已经阴干了，她能感觉到自己的热度已经退去。

　　撑起身体，她坐了起来。房间里静悄悄的，墙上的静音时钟指向了上午十点。目光环视一下四周，床头柜上有清亮的矿泉水和一个小小的托盘，上面是几片药和一张米黄色的便签。

　　"起床就把药吃下去，一次的剂量——芮海。"字迹清俊挺拔，正是字如其人，一笔一画都认真而潇洒。

　　林馨愣了一小会，伸手把矿泉水打开，就着它把几粒药片服了下去。稍微一动弹，她还是能感觉到身上的汗迹微微地粘腻。

　　站起身，她伸手推开了紧挨着主卧室的卫浴间的门，不由得微微一怔。就在浴池旁边，一小摞女式的家居服正安静地叠放在置物架上，上面还带着崭新的标签。同样崭新的粉红色毛巾搭好了也放在了浴池边，洗脸台上的镜子上，贴着醒目的一张便签，同样秀气的字迹上面写着："衣服和毛巾都是新买的，放心用吧——芮海。"

　　眼睛里似乎有什么湿润了一点，她默默地站在淋浴龙头下，脱去了衣服。细密的水珠从龙头里喷洒而下，前夜的疯狂留下的痕迹仍在，身上处处的青紫刺眼得很。

　　她闭着眼睛，任凭急促的水流击打在身上，耳边是无穷无尽的水声，微烫的水流碰到那些淤痕上，有细微的疼痛。似曾相识的情景蓦然在脑海中浮现，她轻轻呻吟了一声，痛苦又恍惚地想起了某些夜晚。

也是在这样的温热水珠中，也是在这样密闭的空间。他和她，一起嬉戏在莲蓬下，一起亲吻在水花中。身体契合，肌肤相贴，仿佛也就是在昨夜。

不知道在那水柱下站了多久，一直到觉得身上的皮肤都被水流击地发红到麻木，她才终于关上了水龙。

穿上原芮海细心地放在浴室里的替换衣物，她凝视着镜子里眼睛微红的自己，半天才推开门走了出去。一出门，就听到了客厅里的响动。探头出去，一眼看见原芮海挺拔清俊的身影忙碌在餐桌边。

听到了她这边的响动，原芮海回过身。穿着浅银灰色的条纹 T 恤衫，下身是半做旧的水磨蓝牛仔，他笑吟吟地露出雪白的牙齿，"早。好些了吗？"

林磬连忙微笑着回应："早，好多啦。"

"是啊，我清晨给你探了一下体温，很正常了。别怪我非请勿入啊。"他半开玩笑地道。

"感谢还来不及了，谢谢你。"林磬低声道，心里暖暖的。

瞥了瞥她那微红的眼睛，原芮海不动声色。目光落到她身上的衣服上，他微笑，"似乎大小还算合适？在社区便利店随便买的，生怕不合身。"

林磬伸了伸胳膊，给他看正好的袖长和肩膀，"很合身的，谢谢！"

原芮海笑着把她按倒在餐桌前，"来吧，昨天没怎么吃饭，现在基本病好了，也该好好填充一下肚子。"

纯黑色的石材餐桌上，简洁流畅的线条透着着种酷酷的味道。雪白的骨瓷餐具配着光亮的黑色餐桌，更加显得洁白如玉，雅致洁净。餐盘里盛放着金黄的煎蛋，浅红的培根卷，焦香四溢的烤面包片，还有一大碗浓香的玉米奶油浓汤，配着锃亮的不锈钢高级刀叉，看上去一副叫人食指大动的模样。

"你喜欢吃西餐吗？"林磬坐下来，拿起了刀叉。

"习惯了，我只会做这些，比较简单。"原芮海笑答，"我的硕士是回到国内念的，因为 S 大的建筑学硕士研究生在全世界都排的上名呢。可是大学四年，我其实是在国外上学，总免不了自己动手学习做一点早餐。"

"原家这么多钱，没有给你配套求学时的公寓，然后里面雇上几个菲佣什么的吗？"林磬一边吃着培根卷，一边打趣，这些天的阴霾和痛苦忽然散去，面对着原芮海那明朗的笑脸，她忽然觉得满心放松起来。

"没办法，老爷子坚信上学时要好好学习独立自主，严禁在大学期间生活太过奢侈。"原芮海摇摇头苦笑，"不仅我，我大哥在英国念工商管理时，还不是也……"

忽然住了口，他有点尴尬地看着林磐那沉默的表情，在心里微微叹了口气。

"抱歉，我不该……"

"不不，没什么的。"林磐艰难地摇摇头，对着原芮海展眉一笑，"是我的问题。"

低下头，机械地用刀叉戳着面前的煎鸡蛋，她不知不觉间把那可怜的鸡蛋分成了无数块。

"林磐……忘掉他吧。"原芮海忽然开口，静静地凝视着她心不在焉的样子。

林磐茫然地抬头看着他，半晌点了点头，"好的，我会的。"

原芮海放下了刀叉，沉吟了半晌，终于伸过手，鼓足勇气覆盖在她的手上，慢慢地抓紧了。深深地看着林磐，他诚恳道："还记得几年前，也是在吃饭的餐桌上，我对你说过'我喜欢你'吗？"

林磐怔怔地看着他的眼睛，心中忽然开始狂跳，"啊……记得。"

"这句话，现在依然算数。"原芮海柔声道，"我不敢说我一直在等待，其实我以为我自己早已经放弃了这段还没有成型的感情。可是经过这些事之后，我再看到你时，居然会觉得……还是很想试试和你在一起。"

足足愣了十来秒，林磐才猛地惊跳起来，慌乱地想要抽回被原芮海握住的手，她急促地道："不不……这不对。"

是的，有什么不对的地方，她一定是还没有完全退烧，她怎么会觉得，现在整张脸都在发烧，整个脑子都昏昏沉沉呢？

"不，你听我说。"原芮海温柔而坚持地握紧了她微冷的手，"我想了很久，还是决定把自己的心意说出来。喜欢一个人其实很难，这么长久地想要等待一个人，更难。所以我这一次不打算放弃，无论如何，想要试试看。"

"我……我害过你啊。"林磐语无伦次的喃喃道，看着他头顶那短短的板寸，忽然眼泪就落了下来，心里像是有什么在噬咬着，"你真的……从来没有生过我的气吗？"

"从来都没有。"原丙海轻轻拭去她脸颊上的泪，和声道，"相反，假如你会因此而原谅我们原家对你们姐妹造成的伤害，我就很高兴了。"

林磐眼中的泪水却越来越多，狠狠地吸着鼻子，她使劲地抽噎，"可是……"

"别再可是了。你只要回答我一句话——"原芮海明朗的笑容就在眼前，漆黑的眸子里略带着温情和期盼，"能不能给我一个机会，重新开始追求你试试看？"

如此温柔的眼神，如此善意的期待，还有那些交织在过往里的伤害和纠缠。林磬默然地如同被魔法定身，无法说出任何拒绝的话来。

心里还是有什么在拒绝，可是却无法真正表达。等了很久，原芮海也没有等到什么异议，心里慢慢浮起喜悦来。鼓足勇气，他微微侧过身，在明亮的阳光中，如同蜻蜓点水般，在林磬那微颤的双唇上印下了一个浅吻。

"欢迎回到共进午餐的旧时光。"他含笑看着她。

K城著名的五星级金碧源大酒店，坐落在寸土寸金的市中心。从上午开始，整个第九层的宴会大厅就已经布置得辉煌奢华，鲜红的婚宴色调铺满整个大厅，硕大的五彩气球拱门从电梯口就层层递进，地毯四边满地的玫瑰花篮，洁白的丝绸扎成精美的花球。

大群的婚庆公司人员在紧张地忙碌着，不停有人送来各种婚宴用品，一大堆黑衣大汉们聚集在婚宴大厅内，听从着几位主事者的吩咐，忙碌中带着满脸喜气。

"这里这里，分四个兄弟去帮婚庆公司的人摆桌牌，别弄错顺序！"眼睛往最前方的酒席桌上一扫，小马就急火火叫了起来。

小马简单地吩咐着，转眼看到另一张桌子，又是眉头一皱，"这个也不行，快点把李家二公子的位子换一换。"

"又怎么了啊？"他的跑腿亲信小弟苦着脸。

"没大事，正在争一个小明星呢！李家公子抢到了手，万一今天带了来，这要是坐一起，可不得当场打起来？"小马笑着骂了一句，虽然口气急躁，可是一直心情极好地咧着嘴巴。

那名小弟连忙按照他的吩咐做事，另一个小光头笑嘻嘻地递了根烟过来，凑到他嘴边帮他打火，"小马哥今天可真忙活，心情也真叫好！"

小马劈手就冲着他光头上敲了一记，笑着吼："就你眼尖，还不去做事！"

"嘿嘿，我们帮里这么大的事，人人都高兴不是！"摆桌牌的小弟嘿嘿直乐，"不过要我说啊，咱们老大这几天笑得才叫一个美，看得我都呆了——你说我跟了俺们黎哥三四年了，看见他的笑还没这几天多！"

"那不是废话么！三十好几岁才遇见嫂子，黎哥也算修成正果了。"小马美滋滋地吸了口烟，"娶媳妇这种事，可是人生大事。"

小弟们纷纷点头，有个小年轻充满羡慕地叫："那是那是！黎哥好福气，俺们嫂子长的可美！"

"小六子你春心大动了吧，赶紧也找一个定下来？"旁边有人打趣。

小六子没精打采地撇撇嘴，"呸，哪有那么容易的事。平时在一起的女人虽然多，可是哪有机会遇见好人家的女孩子呢……就算遇到，人家也瞧不上我们这种人。"

"啧啧，小六子现在也成熟了哈？知道娶媳妇和玩野鸡不是一回事。"他身边的兄弟哈哈大笑起来。

"对了，说起来，俺们老大是怎么认识嫂子的啊？看嫂子这么温柔娴淑，听说还是名牌学校学画画的，咋就和俺们黎哥对上眼了呢？"

"难道是像电影里那样，嫂子遇见什么麻烦，俺们黎哥英俊潇洒、英雄救美、俘获芳心？"有小弟嘿嘿地起哄，冲着小马求证。

"闭嘴吧，哪有那么多电影情节啊！还不就是偶然遇见了，有什么稀奇。"小马笑着掸了掸烟灰，四下看了看，摆手吩咐着，"散开散开，都散开，主动去各处看看哪里需要人帮手，别聚在这里废话！"

一大堆穿着笔挺西服的汉子们笑嘻嘻一哄而散，小马独自坐在一边的空酒席桌边，忽然有点儿愣神。是啊，哪有什么英雄救美呢？作为亲眼看着老大和嫂子感情经历的人，他比谁都清楚，这份感情一开始是始于何等的悲剧。

没有一见钟情，没有含情脉脉。不过好在这一切都过去了，不是吗？他抬头看看四周的繁花似锦和大红喜字，咧嘴笑了笑。

酒店上面，二十八层的总统套房里，同样是一片玫瑰和气球的海洋。没有娘家，没有自己的住所，这场婚礼在某些环节上不得不精简形式，常见的从娘家接亲环节被省略了，美丽的新娘子一大早就被送来了这里，开始了繁忙而精心的妆扮。

好不容易到了化妆完毕，有黎奉天下面的人及时送来了酒店订好的午饭，婚庆公司的化妆师和前来帮忙的几名伴娘也纷纷去了隔壁套房休息进餐，偌大的总统套间里终于只剩了姐妹俩。

利索地把酒店送来的午餐放在餐桌上，林馨紧张地拉着姐姐身后那长长的婚纱尾摆，把它弄铺得平平整整，这才招呼姐姐坐了下来。

"我不饿。"林笛心疼地看着几年没见一面的妹妹，用力把她拉到了桌前，"你忙了这大半天，先赶紧吃一点才是正经。"

"我知道姐姐现在肯定紧张地得忘了饿这回事了，可是晚上婚宴上你得和姐夫到处敬酒，更没时间吃东西。一天下来，可就受不住了。"林磬笑着看着姐姐的妆容，挑了些便于入口不太需要咀嚼的食物，放在了她面前的碟子里，"姐姐你吃这个，毕竟不容易掉妆。"

化妆师来得早，林笛的新娘妆早早地就已经化好，平时清秀恬淡的气质在高明化妆师的妙手下，显得更加眉目如画，精致大气，却又添了一份平日少有的明艳和娇羞。从香港特意定做的巴黎名牌婚纱简洁而精美，上身的低胸开得极深，但配套的婚礼颈链却同样很长，闪闪的碎钻如同银河瀑布，铺满了胸前，若隐若现地遮住了裸露的胸口。

而下身的婚纱同样是修长曼妙，长达数米的裙摆上镶满手工刺绣，低调的金色龙凤图案带着中西合璧的奢侈，铺撒在房间的地毯上，犹如满地暗金。

凝视着姐姐的脸，林磬忽然道："姐，你真是越来越好看。"

淡淡的脂粉下，林笛脸上迅速涌上粉红，"哪有……还不是化妆的缘故。"

"不是的。"林磬微笑着看着姐姐，由衷地道，"我原先还想偷偷问姐姐过得好不好，姐夫是不是真心对你，可是看到你的样子，就忽然什么都不想问了。"

看着林笛那微微丰满起来的双颊，看着她眼中流光溢彩的温柔，林磬发出一声欣慰的轻叹："姐姐长胖了，这就比什么都说明问题。"

林笛的脸更红，看着妹妹，忽然脱口而出："不，不是长胖了，是我……"

林磬疑惑地望着她，"嗯？"

林笛低下头，脸上红晕如同云霞，手却落在了腰腹上，长长的睫毛轻颤，"小磬，我、我……"

吃惊地看着她的手，林磬忽然睁大了眼睛，又是惊喜又是不信，"姐姐，你是说、说……不是长胖？"瞪大眼睛盯着姐姐那依旧平坦的小腹，她用力摇头，"不对吧，腰还是这么细！"

林笛咬着嘴唇，快要羞窘地不知怎么措辞，"才……才不到两个月，当然看不出来。"

"啊！"林馨小声地惊呼一声，差点跳了起来，惊喜无比地握住了姐姐的手，一叠声地问，"真的，是真的？！姐姐有小宝宝了？为什么不早点告诉我！"

林笛含嗔地白了她一眼，"你还敢说？一头躲到山沟里不见人影，几个月才打一次电话来报平安，我想联络你，都没有办法。这次要不是你自己忽然跑回来，你姐夫就得派人去那里把你找回来了呢。"

凝视着林馨那略显消瘦的脸，她眼里的羞怯和喜悦被担忧代替了，"你说我胖了，可是你自己呢？一点都不知道好好对自己，你看看你……怕是瘦了好些斤吧。"

"没有的，姐姐。"林馨赶紧微笑摇头，"山区条件艰苦一点是正常的，我要是养得白白胖胖才回来，那才叫见鬼，不是吗？"

她笑嘻嘻地摸了摸自己的脸，展开一个大大的笑容，"姐，现在都流行减肥啊，我这样别人羡慕都来不及！"

忧心忡忡地看着她，林笛终于开口问："小馨，你以后……不会再回山区了，决定回K城了对吗？"

"是啊，我想姐姐了。"林馨含笑道，跑到了姐姐身边蹲了下来，小心翼翼地摸了摸她的小腹，"现在知道有小侄子要出生，我哪里都不去了。"

"哦……"林笛黛眉轻锁，似乎想问什么，终于还是忍住，只是笑道："那好，反正你留下来，也别有任何担心。有任何事，你姐夫一定会保护你。"

"我能有什么事？"林馨淡淡一笑，眉目中浮起冷意，可是很快，她就把这冷意掩下去，笑嘻嘻地打趣，"不过姐夫本事大我是知道的，姐姐你不用这么夸他。"

林笛的脸又开始涨红，嗔怪地瞪着妹妹，忍不住冒出来一句："你啊，也该早点找一个好男人嫁了，省得我天天操心！"

林馨的脸色，有那么一瞬间的小小僵硬。林笛心中暗自后悔，酒店套房里的气氛顿时沉默下来，姐妹俩一时相对无语。

半晌，还是林馨打破了沉寂。她看着容光焕发、明丽动人的姐姐，低声道："姐……我回不去了。"

"什、什么？"林笛看着妹妹眼中那慢慢浮起的雾气，不由得心慌意乱，慌忙拉住了妹妹的手。

"姐姐和姐夫，开始在最坏的起点。所以后来，反而能越走越近，到最后走到了一起。"林磬淡淡地笑着,眼里却都是泪,"我不行啊……我和那个人在一起时,开始太甜蜜,所以遇到那种事以后,只会越行越远,彼此远离。"

"我知道,我知道的。"林笛心痛地紧紧握着她的手,忍不住眼泪也开始聚集,"所以赶紧忘了他吧,世界上,一定还有很多更好的人在等着你。小磬这么好,这么能干,那个人和你既然有缘无分,那么……"

一时词穷,她焦急万分。

"我知道的……姐。"林磬脸上浮起笑容,依稀是林笛过去看惯的坚强模样,"我其实还是忘不掉他。但是既然我躲了三年都做不到忘记,那么我就得回来面对。不过姐你放心,我会没事的,一定。"

林笛认真审视着她的眼神,似乎放心了一点,"好,你能想通,那就最好了。"

"是的,我会活得好好的,让外公在天上看着也觉得开心。"林磬笑中带泪,"不然以前我们做的事,还有什么意义?"

门外有人在轻轻叩门。姐妹俩连忙同时擦去眼泪,林磬更是拿起面巾纸,细细地帮姐姐拍去脸上的泪痕,转身扬声道:"请进!"

门被推开了,一个男人微笑的俊美脸庞出现在门口,首先看向了林笛,"恭喜恭喜,我不请而来,不知道是不是很失礼?"

"你、你怎么来了?"林磬呆了一下,迅速地冲向门口,"原芮海你……"

原本就被那张脸惊吓住,再从林磬口中证实了这人的姓名,林笛只觉得一阵天旋地转,惊讶得待在原处,连原芮海那恭喜的话语都完全不知回应。

含笑看了看林磬,原芮海低声道:"虽然你说我来不方便。可是我想了又想,还是决定不给你隐藏我的机会。"他的脸色变得认真而专注,凝视着林磬的眼神也深沉而黝黑,"假如你生气,我这就离开,可是我不会说抱歉。"

怔怔看着他,林磬终于点点头。转身看着依旧一脸震惊的姐姐,她破釜沉舟,"姐,这是原芮海,你记得吧?三年前,他李代桃僵,帮他大哥原芮风入了狱。"

"我……我知道。"林笛站起身,终于挤出一个笑容,"原先生,你好,谢谢你的祝福。"

深深地看着身边的林磬一眼,原芮海再度看向林笛的眼神真诚而坦荡,"身为小磬的男友,虽然她想把我藏起来,可是我还是想来参加姐姐你的婚礼,亲自说一声恭喜。"

轻轻呻吟了一声，林笛的身体晃了晃。林磬慌忙跑过来一把扶住了她，回头冲着原芮海无奈地跺了跺脚："好了好了，你先回避一下，我和姐姐谈一谈！"

房门再度关上，看着原芮海的身影消失的同时，林笛已经颓然坐到了椅子上。看着妹妹的脸，她颤抖着嘴唇，刚刚还布满喜悦和羞涩的脸上苍白一片。

"小磬……你，到底想做什么？"林笛喃喃地问，忽然，美丽的眼睛中充满震惊不信，"你还想逆着报复原家。甚至不惜接近他弟弟？！"

"没有，我没有。"林磬苦涩地摇了摇头，想要解释，可是又觉得语言如此无力，千头万绪，无从说起。

"小磬，你别瞒我。"林笛心乱如麻，觉得猜到了妹妹可能打的主意，越发觉得心惊和焦虑，"事情已经过去了，你不能再总是陷在里面……不不，这不行。无论是他家的什么人，你都躲得远远的，别再扯上任何关系！"

"不，真的不是。姐姐你放心，我……"

林笛不听她软弱的解释，几乎是哀求地急切道："从小到大，我还不明白你！你三年前没有达成目的，哪会这么容易放弃？你别说了，赶快和那个男人断掉。再说了，他又为什么要接近你？你怎么保证他不是别有用心？"

林磬沉默下来。怔然地出了一回神，她露出一个虚弱的笑容，展颜对着姐姐笑，"好……我会很认真地想一想。这件事等今天过去，再和姐姐慢慢商量好不好？"她起身拿起旁边梳妆台上留下的粉扑，温柔地帮姐姐淡淡补上一层浅玫色的腮红，"今天是你的大好日子，再这么急下去，怕是姐夫进来看到会吓到呢。"

就像是印证她的话一样，门外急促的敲门声响了起来，林笛大学时的几个同学笑吟吟地出现在门口，"新娘子，吉时已到，新郎官已经在走廊那头了！"

林家姐妹俩没有什么娘家的亲戚，亲属都在农村，多年来没有经济能力抚养她们姐妹，自从爷爷奶奶过世后，更是走动得少。这么一来，林笛结婚这么重大的日子，竟然没有任何亲友来打理，所以只有请了林笛大学时的几位同学前来帮忙。

"啊！时间都到了！"林磬跳了起来，一时间比姐姐还要手忙脚乱，跟着几位姐姐的同学一起守在了门口，众位伴娘齐心把门抵住，只留了一条细细的门缝，林笛也被含羞带怯地推到了门口。

"林笛你可真行，一毕业就消失了踪迹，这一露面，就是结婚的好消息！"一位女同学羡慕地道，亲昵地帮她理了理脖颈上的项链。

"是啊是啊，好像是我们班女生中最快的一个吧？"女孩子们嘻嘻哈哈地正在说笑，门口终于传来了一阵气势如虹的急促敲门声。

"嫂子，俺们大哥可要进来了，快开门哦！"一大群穿着笔挺西服的小弟在门外扯着嗓子叫唤，有人飞快地打开了喷洒式礼花，冲着露出的门缝就是一阵猛喷，门里的姑娘们顿时一脸一身都是五彩碎屑。

"哪有这么容易？还不赶快叫新娘出来叫门？"林笛大学最要好的同学做了今天的伴娘，正掐着小蛮腰，娇俏地堵在门前，"红包要大，态度要诚恳！"

一声淡淡的咳嗽，黎奉天含着笑，终于被手下的小弟们推到了门前，一身合体的手工西服把精悍有力的肌肉适当地掩藏在衣服里，看上去消失了那若有若无的锐气，只剩下人畜无害的温和。

"林笛？开门吧，我是奉天。"

"喂喂，哪有这样的？该叫老婆和老公！"女孩子们立刻有人抿嘴偷乐。

黎奉天身边的小弟们也跟着一阵起哄："对啊大哥，这可是你不对！"

瞪了他们一眼，黎奉天清了清嗓子，有点尴尬地重新对着门里开口："老婆……开门吧。"

"哇哈！"他身边的小弟们又是跺脚又是口哨，平时里对黎奉天的敬畏此刻也被一团喜气冲淡得无影无踪，齐声高喊："开门，开门！开门！"

"开门不是不行，可是要讲究规矩的啊。"伴娘们又在嘻嘻哈哈起哄。林磬在一边看着，嘴角全是满满的笑意。

旁边的伴郎赶紧笑嘻嘻跑过来，手里一大堆红包毫不客气就往门缝里塞，豪爽无比，"诸位好姑娘，各位善心人，赶紧开门吧，我们老大可要急死了，你们看看新娘子，可不是也一样急嘛！"

林笛的脸红得如同彤云，被伴娘们拥在门口，羞得不敢抬头。偶一偷偷看去，正从门缝里看见黎奉天那黑沉如墨玉的眸子，两人视线相对，一时间都有点如同中了魔咒般的痴愣。依稀的过往如同浮光掠影，在这相视的瞬间闪过两个人的心中，最终化成一抹甜蜜。

林笛身前，那个身材娇俏的伴娘笑嘻嘻接过厚厚的红包，挨个往身后的女伴们手里分发。红包实在太厚，有人忍不住好奇，悄悄打开瞅了一眼，忽然惊喜地叫了一声："哇！新郎官实在太豪爽了啊！"

那么厚的红包，居然都是百元大钞，根本不是小面额！粗粗看去，直让女孩子们纷纷心花怒放，再也不好意思为难什么。门一下子就被打开，黎奉天背身后的人猝不及防推进来，正扑向了迎在门口的林笛身上，新郎、新娘窘迫地抱了个满怀。

　　"亲一个，亲一个！"黎奉天的手下们又在跺脚起哄。

　　黎奉天嘴角噙笑，看看怀里娇羞无言的林笛，犹豫了一下，便想低下头去轻轻一吻。可是被红包冲昏了头的女方伴娘们终于醒悟过来，这时候开始尽职地行使职责，慌忙地拦住了就要低头顺应民意的黎奉天，"欸？新郎官，这可不行哦！好像还缺少了最重要的一步？"

　　"哦，对对对！"新郎这边立刻有人递上硕大的新婚花球，塞到了黎奉天手里，"大哥快跪下，求嫂子嫁给你，哈哈哈！"

　　黎奉天长长叹了口气，接过了玫瑰百合花球，笑吟吟地顿了一下，也便大大方方地单膝跪了下去。在众人的起哄声和笑语中，他抬起头，深沉的眸子凝视着林笛，低沉的声音并不大，却在欢声笑语中清晰可闻，重如誓言，瞬间击中林笛的心，"嫁给我吧，我保证，会照顾你一辈子。"

　　眼睛里迅速浮起泪花，林笛只沉默了那么短短数秒，就已经含泪点头，"好……"

　　新娘终于被黎奉天拥在怀里，深深一吻，满脸都是红晕。四周的气氛到达了高潮，年轻的男男女女都在欢呼叫好，很快地，两位新人被簇拥着往电梯走去。晚上盛大的婚宴很快就到了迎宾的良辰吉时。

　　林馨笑着跟着大家往外走，只是一个小小的愣神，电梯就已经被挤满，没能赶上。她立在一边，看看姐姐和那个男人手挽手的样子，忽然眼里也有了泪。快乐和喜悦的气氛就是这么容易发酵，在这种特殊的日子里，幸福感就像是充满了整个空间，带着甜美的气味。

　　"该高兴才对，怎么哭鼻子了呢？"身边，一个温和的声音调笑道。回过头，原芮海立在不远的地方，头上不知何时，也沾了些亮晶晶的彩屑，映着酒店走廊上的点点灯光，犹如星辰。穿着平时不太穿的正经礼服，原芮海星眸如海，气宇温润，竟也不比刚才的新郎官逊色一分。

　　迅速伸手拭去眼中的泪花，林馨咧嘴笑了笑，"只是太开心。"她咬住了嘴唇，好不容易忍回去的泪又有点不受控制，平时的坚强和坚韧此刻都被幸福冲击得软弱无力，"你不知道，我姐她胆子小，也特别不会保护自己。我一直担心的就是她一个人孤苦伶仃。现在看到姐夫对她这么好，我真的好高兴。"

理解地伸手拍了拍她的肩膀，原芮海低声道："是的，有你姐夫以后对她好了，你再也不用担心。"

"你不懂，我原先很害怕的。"林馨摇摇头，"我姐夫不是什么善良的居家男人。我曾经想过带着我姐姐一起逃开。"

"对你姐姐好就够了。"原芮海简单地道。

林馨点点头："是的，我明白。我也想明白了，管他是什么样的人，只要真心对我姐姐好，又有什么要紧？"

难得有情人，白首共一心。这比什么都重要，不是吗？

K城的夏天，和所有中部城市一样，阳光毒辣而少雨。金融街上的各家写字楼里早早地就开足了冷气，尽管外面是烈日炎炎，可是写字楼里的温度却凉爽宜人，来往的职员们也都穿着长袖的职业套装，匆匆行走在电梯和楼层间。

原科地产的总部坐落在金鑫大厦的顶层，这几天，整个公司的气氛都有点怪怪的。一向活泼的总裁秘书小姐也时刻神情严肃，不露一丝笑容。所有进出总裁办公室的下属，心里也都一团警惕——很久没有看到总裁大人脸色这么难看了，虽然没有对任何人露出雷霆怒气，可是那张完全冰雕一般的脸上，却像是随时可能降下冰雹。

屏息坐在外面，秘书小姐一抬头，正看见原芮海迈着步子走近，不由得眼睛一亮，连忙站起身来，"原经理，您找总裁吗？"

原芮海微笑着点点头，"又有什么东西叫我带？"

秘书小姐赶紧笑嘻嘻地递过去几张材料，"那就麻烦您喽！"原芮海为人和气，又常常来这边，早已经和秘书小姐很是熟稔，每每遇到原芮风室内气压低的时候，秘书小姐不敢进去，无关紧要的材料便会拜托他带进去。

原芮海接过材料一扬，"只要签字？"

"是的是的。"美丽的秘书小姐吐了吐舌头，笑靥如花。

原芮海笑了笑，拿着材料推开了大哥的办公室大门。铺面的冷气直接迎过来，比外间的气温更低，而房间的主人却并没有感到室温偏低似的，正烦躁地拉着脖颈上的领带，不耐烦地埋头道："放下东西就出去。"

难怪秘书小姐不敢进来。这种口气，别说怜香惜玉了，就连普通的温和有礼也欠奉。

原芮海轻轻走了过去，把那份需要签字的材料放在了大哥的书桌上，无声地往前一推。

"都说了……"原芮风冷冷抬起头，一眼看见弟弟，终于一愣。极短的静默后，他脸上的不耐和焦躁被很快压了下去，不悦的声音也变得平和起来，"是你？有事吗？"

"是的，大哥。"原芮海沉静地把那叠资料放在他面前，"进来时顺便帮秘书小姐带进来的，她说需要签字，你先看看急不急？"

原芮风默默地拿过来，迅速扫了几眼，龙飞凤舞地签下了自己的名字。"不是什么大事。"

放下金笔，他抬头看着原芮海，没有询问，在默默等待。

沉吟了一下，原芮海终于开口："大哥，林磬托我找你要一样东西。"

原芮风的眼神猛然一暗，目光盯着弟弟，几乎是脱口而出，声音略略有点沙哑："要那块表？"

原芮海一愣。看着哥哥，他困惑地道："什么表？"忽然恍然大悟起来，他迟疑地问，"照片上那块……江诗丹顿？"那块掀起风浪，最终引得大哥找到她的手表……到底背后有什么往事，附着什么样的记忆？

原芮风的脸色瞬间变得僵硬。看到原芮海的神色，他第一时间也就反应过来，林磬怎么可能托原芮海来要那块手表？明明只是他在这里异想天开、自作多情！

"她要什么？"他仓促而阴沉地问。

原芮海犹豫了一下，开口道："她离开的时候走得匆忙，没有拿走自己的东西。实际上，她说她的随身物品都被你拿走了，包括身份证。"看着原芮风那狼狈的表情，他低声道，"最近她想开始工作，没有身份证件，没办法应聘。"

淡淡地看着他，原芮风锋利的眉峰挑起来，讥讽地在唇边浮起冷笑，"还有事务所或者审计所敢请她？窃取内部资料，泄露客户机密，一点点职业道德都没有的人？"

原芮海看着他，目光清澈，隐约带着维护之意，"大哥，那些事……我们不要再提了，她有她的坚持。我们原氏虽然深受其苦，可是我个人来说。并不在意。"

原芮风目光阴郁，却也终于闭嘴，薄薄的唇线抿成一条直线。是啊，芮海才是真正的受害人，他都不介意，他原芮风又有什么资格在这里愤愤不平？

室内的冷气如此之足，可是兄弟俩之间的气温，却似乎有隐约升高的意味。原芮风端起手边的茶杯，低下头，半晌才淡淡地吐出简短的一个字："好。"

原芮海轻轻松了口气，"那么我明天来拿她的证件，麻烦你了大哥。"

原芮风静静地喝着茶，室内一时间又冷了下来。一向兄友弟恭的气氛在两人之间变得无迹可寻，僵硬而尴尬的气氛悄然弥漫着，充斥着整个偌大的空间。

似乎要打破着僵局，原芮风首先抬起头，看向弟弟的目光勉强温和了些，"这个周末，爸和妈要飞来这边看看我们，他们说先住在我那边的别墅里，你记得过来。"

原芮海心里微微一暖。从小到大，原芮风一直称呼他妈妈叫阿姨，可是自从出狱，他发现大哥不知何时开始，已经悄然改口，和他一样叫妈了。

"好的，我一大早就过去。"他含笑道，也清楚父母两人为什么要飞来。原本住在京城养老，也和刚退休的大伯一家有个照应，可是他这一出狱，爱子心切的母亲怎么可能在那里待得下去呢？

原芮风点点头，脸上的神色有点温暖，"那就早点。"

原芮海点头应承，站起身时，却又停了下来，神情忽然有点奇异。原芮风察觉到他的古怪，不由得微诧，目光询问。

"大哥，我想……把林馨带回家去，可以不可以？"原芮海忽然飞快地道，像是忽然鼓足了勇气。

原芮风猛然抬头，定定地看着他。用力压下心中的震动和莫名惊诧，他沉声道："你、你说什么？你想干什么？"

原芮海立在那里，修长的身形像是一棵坚韧的杨树，眼神里有种复杂的东西，像是迷惘，又像是愧疚，更像是破釜沉舟。

"大哥，我问过你的意思，你同意放开她，由我来接手。"他静静地看着原芮风，"我想再问你一句，这个决定，是不是真心实意？"

猛然拉扯了一下领带，原芮风嘴唇微微一动，不知是想急切地承认什么还是否认什么，却终究没有能发出什么声音。

原芮海静静地等着他，半晌也没有等来大哥的回应。他声音很低，却坚定："你不回答，我就只能认为你默认。大哥，我说接手，不是随便说说的，我是真的……想给她幸福。"

脊背挺得无比笔直，原芮风端坐如钟，无声沉默。

刻意忽略大哥那僵硬的身体语言，原芮海自顾自地继续着，"既然不是心血来潮，是以婚嫁为前提在交往，那么我想尽早把她介绍给爸妈，让他们有个心理准备。其实我妈一直催着我找个女朋友，一直在对我说，我年纪也不小了，也该早早地定下人生大事。假如我带林磬回家，我想，她应该很高兴。"

原芮风的表情，就像是被冰冻住了一般。不知道过了多久，他才淡淡道："恭喜。"

原芮海似乎微不可查地轻轻叹了一口气，很快，他展颜一笑："谢谢你，大哥。在向爸妈介绍林磬之前，我想先得到你的祝福。"

轻轻点了点头表示谢意，原芮海转身便想出门，可就在手伸向门锁的刹那，他身后，原芮风的声音突兀地响起来，"你确定，她过得了爸妈这一关？别忘了她对于我们原家意味着什么。"

原芮海没有回头，只短短地道："谢谢提醒。"

看着他的背影消失在门口，原芮风一动不动地坐在硕大的皮椅上，看似毫无反应，可是不知何时，手指关节却越来越白，死死地攥住了手边的茶杯，水面有微微的颤动。一直到确认原芮海已经远离，再也听不见这边的声音，他才用尽最大的力气，把茶杯重重地猛摔在了地毯上！

虽然有厚厚的织锦地毯铺地，那茶杯还是可怜地分成了数片，淋漓的茶水和碎瓷片撒了一地。深深地埋下头，原芮风修长的手指按住了自己的太阳穴，狠狠地揉着，像是有激烈的疼痛在侵袭着他的身体。

周末很快就到了，这天上午，原芮风早早地亲自驱车，到机场接回了原江涛和季佩琪夫妇俩以及随行的几位随从。K城的机场通往他郊区别墅的路并不堵，很快，全家人已经下了车步入了原芮风的家中。

几名佣人一大早已经在家中摆放上了鲜花，原江涛夫妇俩住的二楼卧室也已经整理一新，一踏入一楼大厅，原氏夫妻俩就看到了已经等在那里的两个人。

原芮海，还有一个身材修长窈窕，眉目爽朗秀美的的女孩子。

终究是念子心切，季佩琪飞快地迎了上来，一把拉住了儿子的手，上下打量着，一叠声地道："让我看看，有没有胖一些？怎么又瘦了一点点？不过气色似乎差了……我这次不走了，我得住下来！"

原芮海笑吟吟地任由妈妈拉着自己的手左看右看，一直到她终于停了口，才笑道："妈，你可真是挑剔，我明明有重了四五斤呢。"

"光胖不行，还要好好调养的！"季佩琪反唇驳斥，正要继续数落，目光一转，看到儿子身边沉静而立的女孩，不由微微一怔。

原芮海不失时机地赶紧把林磬拉了过来，自然而然地拉住了她的手，"爸，妈，这是林磬……嗯，我新交的朋友。"

虽然没有直接说出"女朋友"的字眼，可是他和林磬那拉在一起的手，又怎么能逃过两位老人的眼睛？原江涛和季佩琪心里都是又吃惊又迷惑，当然也有一点高兴。

"伯父、伯母，你们好。"林磬的笑容浅淡而礼貌，却带着一点难言的苦涩和不知所措。被原芮海强拉来的这一路，她几度想要逃离，可是最终却有一丝莫名的情绪逼着她，还是来到了这里。

心跳越来越快，虽然从原家这群人一起踏进门开始，她就死死强迫着自己不要去看那个人一眼，可是她却依旧感觉得到，那人冷冷的眸子就像是带着绳索，一刻不停地停驻在她身上，缠绕得她无法呼吸。

"哦，你好。"原江涛首先反应过来，礼貌而风趣地看着她微笑，"小海有和我们提过，在这边有人照顾他，原来就是林小姐你——怪不得他死活不让他母亲过来呢。"

林磬的脸红了，局促地正要回应，却被原芮海笑着打岔过去，"爸，妈，刚下飞机也累了，赶紧来坐下吧！"

季佩琪终于从初始的惊讶中醒悟了过来，看着林磬眼神明亮、身材高挑的样子，倒也越看越欢喜。强忍住盘查户口的冲动，她笑吟吟的拉着林磬的手，亲热地道："好好，正好想在K城好好住下来，到时候逛街什么的，林小姐不知道有没有空陪陪我呢？"

原芮海无奈地插嘴，"妈，别难为她了，她最不懂这些了。"

"哎呀，这就心疼起女朋友了，放心，我不会霸占着她的。"季佩琪嗔怪地瞪了他一眼，一时间，众人都笑了起来，客厅里气氛融洽而和谐。

只除了不远处独自站立着的原芮风。淡淡地看着一家人其乐融融，看着那一对站在一处的璧人，他似乎也在微笑，只是显得格外疏离。

林磬一直没有抬头看向他那边，被季佩琪亲热而好奇地拉在了一边的沙发上聊着天，她礼貌地低声应答着。原芮海在一边不时打趣陪同，而原江涛也和气地坐在一边倾听。默默的注视了一会，原芮风转身离开，走向了厨房。

吩咐下人准点开饭，他亲自指挥着司机把父母的行李箱送到了楼上，这才独自一个人走向了楼上的书房。

一个人默默地看着书，没过多久，原江涛就推门而进。看着神色平淡的长子，他微微有些沉吟："不下去一起聊聊天？"

原芮风起身把父亲迎到了座位上，淡淡道："妈是来看小海的，一定有不少话想说。"

原江涛微微一怔。这个大儿子一向沉稳而独立，从没有在他面前露出过任何对父严母慈的向往和羡慕，就算是幼小时，也一直表现得淡淡的。季佩琪虽然对他一直照顾得很好，可是毕竟有着血缘上的疏离，纵然再对他好，也及不上对芮海那份天然的宠溺。

只是……这个儿子早已经习惯了这样的亲情距离，怎么今天忽然就有这样明显的情绪呢？几乎可以算是有点嫉妒和刻意的疏远？

"芮海的这个女朋友，你知道些什么背景吗？"不知道怎么开解长子的郁卒之意，他仓促之间，换了一个话题。

只是他很快地感觉到，这个话题似乎更加不受欢迎。原芮风的神色明显的有些僵硬，低头没有看向父亲，他沉默了一小会，才淡淡地回答道："挺好的，是小海在 S 大的学妹，成绩很好，人也勤奋。"

"哦……"原江涛依旧有点沉吟，"你知道不知道这个孩子是什么来历？似乎不是什么富裕家庭吧？"老练如他，只是粗粗一扫，也能察觉出来，这个女孩并不是那种精致奢华的贵族小姐做派，更不像有名门闺秀的特殊味道。

"是的，她的家庭……算是很普通。"原芮风静静地道，这些也是无法编造的事，自然也没有什么值得隐瞒。

原江涛的眉头，这就皱了起来。虽然没有深刻的门户之见，但是若要让儿子和普通市民家庭联姻，也是让人觉得无法接受的事。

"你怎么看？"他自然而然地想要征询长子的意见，看样子，芮风是了解弟弟的这场恋爱的，也能得到一些直接的判断。

原芮风更加沉默，半晌才深深吸了口气，"父亲，我不方便给意见。"

原江涛愣了愣，半晌苦笑着点点头。"罢了罢了，我明白的。"恋爱这种事，芮风这大哥假如足够理智，就应该阻止，可是很显然，这种棒打鸳鸯的事从来都是惹人厌倦的，他不愿意过多掺和，也是常理。

"我明白了。"原江涛叹了口气，倒也没有焦虑生气。年轻人恋爱，也是正常的事，至于谈婚论嫁自然还早，倒也不急着这就表示反对。再者，就算他们真的反对，若是芮海真的喜欢这女孩，怕也是要看一步走一步了。

这个小儿子啊，看着温顺，可是也是个有主意的人。再加上这几年受了这么多苦，若是真的坚持什么，首先佩琪就会立刻妥协，舍不得和儿子呛声反对的。

"集团的业绩最近很不错，我看了最新的半年报，相当亮丽。相信那些小股东们也会同样的满意。"他转了话题，一谈到商业和生意，他和这个大儿子就有共同话题。因为身体不好才决定把一手创办的商业帝国全部交到长子手里，一开始还怕太早太粗暴，可是几年过去，事实证明原芮风的商业头脑和天分，完全足以让整个家族放心。

"是的，所以我最近在考虑子公司资产剥离上市的事。"原芮风点点头，神色也严肃起来，"在深圳投产的光伏业务现在正是市场热点，我们集团早走了几步布局，企业规模已经上去了，也连续三年产生盈利。我觉得，这是一个比较容易通过 IPO 的项目。"

"有道理。"原江涛精神一振，几年前折戟地产子公司上市，这一直是整个原氏家族心里的一根刺，再度重新在地产业务上申请上市，无疑是没有可能，但是换一个方向，这不失为极好的模式，"来来来，你详细说说看。有没有正式的计划书？"

时间一点点过去。终于，有佣人前来请他们父子俩下楼用餐。

午餐是原芮风亲自定下的，自然是百食不厌的精致美味。原江涛和季佩琪在上座，原芮海和林磬坐在一边紧挨着，餐桌的另一边，是原芮风单独一个人的身影。

随着热腾腾的菜肴一道道摆上来，一家人开始其乐融融地共进午餐。林磬低头用着自己面前的食物，一直没有和正对面的男人有一丝的眼神触碰，只是清楚地知道，对面的人笔直地端坐在她和原芮海的对面，正如一位严肃而沉默的兄长，似乎和他们毫无关系。

原芮海不时地帮她布菜，不时地轻声和她低语，可是不知怎么，她一直有点浑浑噩噩，食不知味。好不容易熬到午餐结束，她才长长地舒了口气。

"吃饱了吗？"原芮海静静地看着她，眼神中有温柔，也有一点奇怪的东西，林磬的恍惚，他并不是没有察觉，心头也是别有滋味。

"啊，很好，完全吃饱了。"林磬一看到他的眼神，心里就是一阵慌乱。那是一双清澈而探究的眼，她心中所有的异样似乎都没能逃过他的眼睛。

温和地笑了笑，原芮海没有再说什么，只是道："要是没吃好，待会儿下午茶的时候再用点西点吧——大哥这里新请了一个西点师傅，手艺相当不错。"

"好的。"林磬勉强地笑着。

"那我去楼上一下。爸爸说有点话要和我谈，我很快就下来。"原芮海起身道，心里也大致知道父亲要问些什么——毕竟这样忽然把林磬介绍出来，父母想必是想对这个女孩知道更多的。

林磬点头，看着他的身影离去。原芮风的身影在午餐后就早已消失，原家夫妇在楼上要和原芮海谈心，房屋里的佣人们很识趣地退下，整个客厅里只有她一个人。

在这安静的大厅里坐了一会，她终于起身向花园走去。这不是原先她和原芮风同居的那栋别墅，并没有任何熟悉的、可供触景生情的东西。一直走到了绿荫满地的院子里，她才感觉到心里安静了一些。

寸土尺金的 K 城，这种户外花园足够奢侈，更何况院子里栽种的都是重金移植过来的参天大树，足足有几十年的树龄。大树之间种满了价格同样不菲的珍稀灌木，还有各种精心培育的花卉，有一种林磬认不出来的品种，正在枝头绽放着硕大的娇艳黄色花朵，一股幽香从那些花朵上传来，沁人心脾。

林磬下意识地走了过去，低头嗅了嗅，闭上了眼睛。忽然地，一股大力猛然地从花丛后的大树后传来，狠狠拉住了她的手臂，一把将她扯到了树后！

猝不及防受到攻击，林磬禁不住张口，下意识地就要惊呼出来。可是就在这同一瞬间，她的嘴巴已经被一只大手死死捂住。

"是我。"

林磬身子轻轻一颤，僵在了原地。就算这声音认不出，她也已经从身后那熟悉的气息中，知道了那是什么人。

原芮风！

没有用力挣扎，她一动不动，等待着。果然，身后的原芮风察觉到了她的冷静，很快松开了手。慢慢地转过身，林磬看着他，正对上原芮风那阴沉冷厉到极点的眸子。强迫着自己不要退缩，林磬同样直视着他，半晌才道："有什么事？"

"你说呢？"原芮风冷笑，牙缝里一字字道。

扬着头，林磬想了想，做出恍然大悟的表情："哦，对了，芮海昨天说，你答应把我的身份证还我。今天你带来了吗？谢谢。"

她伸出手，神情无辜，眼神里却微带讥讽。

原芮风的脸色，变得极差。盯着她，他急促地冷笑起来，"你明知道我要说的不是这件事。"

"那就请直说吧，我一向猜不透你。"林磬淡淡道，"时至今日，现在更没有猜谜语的心情。"

原芮风的一只手，始终捏着她的手腕，闻言不由得狠狠一紧！

"别装了，你靠近小海，到底是为什么，当我不知道？！"他恶狠狠地道，眼中焚烧的火焰似乎要冲出来，把四周的空气灼烧成一片高温。

为什么？林磬看着他，半晌才冷淡又讽刺地反问："不如你说说看，我是为了什么？"

"你费尽心机接近他，还不是想接着报复原家？"原芮风握住她的手腕，越来越用力，黑沉的眸子里乌云翻滚，"林磬！你不要太过分，更不要沉浸在你假想的正义里，对无辜的人下手，一次又一次！"

手腕几乎要被捏断，疼痛让林磬蹙起了眉头。咬牙忍耐着不痛哼出声，心里的不甘、愤怒和痛楚齐齐翻滚，她原本憔悴的眼睛越来越充满清亮的锐气。

"原芮风。"她嘶哑着声音，"也请你不要沉浸在你自己的被害妄想里，我只说这一次，我没有想利用芮海做什么的心思。信不信，由你。"

"信你？就是以前毫不设防地信你，才会让整个原氏落到那种境地。你以为，我还会信你？！"原芮风唇边有抹冷厉和决绝的恨意。

"那我无能为力，你信不信，对于我和芮海，老实说，都不是什么重要的事。"林磬淡淡一笑，成功地看到对面的男人眼中闪过的阴郁。莫名的快意微微浮起。

"离开芮海，我警告你！"原芮风看着她良久，慢慢地说出这样一句。

"你以为你是谁？你以为你有什么资格这样命令？"林磬蓦然被激怒，飞快地抬起手，用力甩脱了原芮风的紧握，"抱歉，我没有什么想和你说，请让开！"

快步上前，原芮风猛地伸出手臂，把她按在身后粗壮的树干上，黝黑的眼睛里阴霾涌动，咬牙切齿地傲然逼近，"我是谁？我是芮海的大哥，我是你的前恋人，就凭这两重身份，够不够？"

心跳猛然怦怦加速，林磬呼吸着身前蓦然明晰起来的熟悉的男性气息，有那么一刹那的双腿发软。混蛋……她为自己这突如其来的软弱感到懊恼无比！用力将手撑在身后，她气得有点不能控制地发抖。

"你是芮海的大哥，不是他的父母。伯父身体尚健，你们原家倒有长兄如父的规矩了？"她竭力让自己冷静，看着面前的男人那阴沉得快要暴怒的神情，只想着越发刺激他，"至于你前恋人的身份，你也知道那有个'前'字！原芮风，我警告你，我们现在没有一点点关系，请你自重！呜……"

眼前那英俊又冰冷的脸孔忽然放大，原芮风带着凶狠的、似乎要择人而噬的表情，猛地俯身下来，将她桎梏在树干上，暴烈的双唇死死堵住了她的嘴！

熟悉到骨子里的双唇触碰的感觉，甜美又带着毒性。可是这短暂的甜美感觉无法持续，瞬间的震惊后，林磬开始拳打脚踢，说不清道不明的愤怒和痛楚，还有震惊和激愤齐齐涌上来，如同拍岸的潮汐：他凭什么？！明明知道芮海对她的心意，明明知道他们现在……表面上在一起，他竟然还可以这样对弟弟名义上的女友下手！

很快，原芮风被她无比激烈的反抗阻止住，甩了甩黑发，他暂时离开了她的唇，可是手臂却丝毫没有放松。

"没有关系？这样就有了，不是吗？"他阴沉地冷笑，伸手重重捏住林磬的下巴，"你永远也别想去祸害小海，永远别想利用他的单纯！小海已经被你害得进过监狱，你胆敢再拉惹他来向我报复的话，我绝不会饶了你。"

一瞬间，林磬忽然被气得想要放声大笑。可是这笑堵在嗓子里，无法出声，最后，她悲愤的笑意变成了泪水。一边流着泪，她一边轻笑着看向原芮风，"你是该有多么自大自恋，才会觉得……我需要利用他来向你报复？原芮风，你是我见过的最可笑的人。"

伸手抹去滚滚而落的泪水，她疲倦地低声道："既然你想听真话，那么我告诉你。我喜欢芮海。他比你好一万倍。原芮风，我正式通知你，无论你怎么想、怎么阻挠，我都会嫁给他——只要他愿意。"

男人的暴怒在她意料中扑面而来，原芮风虽然没发一言，可是却用吃人的眼神死死盯着她，像是要看穿她的内心。言不由衷，还是赌气刺激？可是他没有看到自己想要的东西，林磬的脸上是如此平静而疲惫，不像是故意为了什么而挑衅。

两个人的眼神针锋相对。一方像是冷厉的刀锋，一方像是柔韧的竹剑，却一直对着，没有人肯退让一分。

Chapter 18
第十八章

二楼的书房里，原江涛不快地摇着头，"关于你这位女朋友，真的不能再多说一些？"

原芮海温和地笑着，并不害怕的样子，"是的，真的没有什么好多说的。她家境不好，毫无背景身份，但是人很聪慧可爱，我喜欢了她很久。"把求救的眼光投向了妈妈，他微带了撒娇的口气，"妈，快点帮我说句话，就说你不坚持什么门当户对。"

季佩琪无奈地看着他们父子俩，叹了口气："小海，我们不是古板和刻薄的家长，可是婚姻这种事，就算可以稍微放低一点女方的要求，并不代表可以没有底线。你知道的，这女孩的身家，也委实太……"沉吟一下，她还是把真实的评语说了出来，"委实太寒酸了一些。"

原芮海轻轻叹了口气。

他看着父母，诚恳地轻声道："爸，妈，我不是不知道你们的心意。对于家境不配这种事，我也不是没有考虑过它的负面影响。可是爸妈你们知道的，我并不是很喜欢在生意圈中打拼，其实，商业联姻这种事，我真的没有这个责任。"

"没有没有，我们并不是需要你找什么官家闺秀或者名门之后。"季佩琪急忙解释着，"毕竟门户差距太大的话，我也怕你们将来需要磨合的地方太多。小海，我们是真的为你好呢！"

"我知道的，妈妈。"原芮海温柔地拉着她的手，明亮的眼睛里全是坦诚，"实际上，我觉得和她在一起，很开心。这是最重要的不是吗？妈妈你不知道，我在里面的那几年，除了想你们和大哥，就只有想着她了。"

俊秀的脸上有丝年前男孩特有的羞涩，他不好意思地挠挠头，"那时候，我就很明白自己的心意了。爸妈，请你们给我一个机会，我不知道我和她是不是真能走到最后，但是假如有这个可能，我希望你们不要反对。"

原江涛看着他，沉默了好半天。

季佩琪听着儿子那句"在里面的那几年"，忽然就心痛得无以复加，慌忙站起身，她站在了窗前向外望去，掩饰着自己眼眶里忽然漫上来的泪水。

"欸……"原江涛深深地叹了口气。有点伤感又无奈，他望着这个外柔内刚的幼子，"好了，年轻人一时情动，也是常事。真的到了想结婚那一步，再说吧。"

"谢谢爸！"原芮海听着这松动迹象明显的话，大喜地跳了起来，心里一阵放松——太好了，不仅没有接着刨根问底，而且看样子，父母的态度都还算开明！

窗台前，季佩琪忽然愕然地睁大了眼睛。站在她这个位置，正好可以看到楼下花园一角。那片花木丛中，那株大树后……她困惑地揉了揉眼睛，注视着从树后面疾速跑出来的那个女孩的身影。

那不是林小姐么？为什么跑得这样急？忽然，季佩琪惊诧地伸手捂住了自己的嘴，跟在那位林小姐身后跑出来的男人，不正是芮风？那是什么情形，为什么远远看去，原芮风一把拉住了林小姐的手臂，两人在小声争执着什么呢？片刻的拉扯后，两人有短暂的相视和静默以对。

就算是再愚钝，季佩琪也能隐约在那极近的距离中，嗅出了一点奇怪的意味。那不是一般朋友之间的距离，那太近，太暧昧。

季佩琪一直紧盯着那边的两个人，很快，花园深处的两人视线分开了。林磬快速用力甩开了原芮风的手，转身向着客厅这边跑来。而她身后，原芮风定定地站立在那里，没有再追赶。

可是就算隔了那么远的距离，季佩琪似乎也能觉察到，他的视线在牢牢地跟随着哪里。

"妈，在看什么呢？"身后，原芮海笑吟吟地把手放在了她的肩头，用力揉捏起来，献着殷勤。

季佩琪几乎要脱口而出的话忽然停在了嘴边，她勉强地笑着回答："没事，就是看看这边的风景。"看着下面已经空空如也的花园，她掩饰地看着远方，"这片郊区景色还真不错呢，远处还有水域？"

"是的，是人工湖。景致做得很好吧？您和爸住在这里，没事就可以开车过去那边钓钓鱼，散个步的。"原芮海在她身后说道，修长的手指不停地帮她按摩着肩头。

"我不要住这里。"季佩琪嗔怪地歪头看着儿子，"我要住到你那边，平时闲了也能给你煲个汤什么的。"

"不用啦，我那边有请了一个很会做饭的阿姨，煲的汤也相当不错呢。"原芮海笑道。

"外人煲的东西，哪有我做的用心又好吃？我这次来，还不是想多看看你，住在你大哥这里，算是怎么回事？"季佩琪看着丈夫原江涛，"你说是不是？"

"妈……"原芮海硬着头皮，低声道，"我那边，林磬还暂时住在那里。"

"啊！"季佩琪惊呼一声，眼睛瞪得好大，"你们已经……同居了？"

原芮海白净的脸庞一下子涨红了，慌忙摆手，"没有没有！只是她刚刚从外地回来，正在找工作，所以暂时住在我那里，我想一旦找到工作，她会搬走的。"

"哦……"季佩琪拖长了声音，意味深长地看着儿子。原芮海那羞窘又开心的神色看在她眼里，却让她莫名不安。心不在焉地想着刚才看到的情形，她默默地沉思着。

坐在原芮海的车上，林磬一直异样的沉默。

偶一侧脸，原芮海察觉到了她的奇怪反应。一边专心开着车，他一边道："抱歉，是不是今天硬把你拉来，让你面对我父母，有点唐突了？"

"有一点。"林磬低声道，幽幽地望着出窗外飞逝的街景和霓虹，"我还没有做好准备。"

车厢里放着轻柔的轻音乐，原芮海伸手按掉了CD。"我想，早一点让我父母接受你的存在，总比到以后忽然袭击好。"他微笑，"这样也好有个缓冲。"

林磬默然，明白他说缓冲是什么意思。横亘在他们中间的，怕并不只是身份和家境的悬殊，更重要的，是她曾经对原家做过的事。而现在，原芮海显然并没有告诉老人家的意思。

可是，还是有什么不对。除了这些，真的没有别的了吗？她恍惚地想着另一个人，想着下午在花园古树下那人凶狠而痛楚的眼神。哦不，那眼神不应该有痛楚，是她的错觉吧，那应该只有不甘心和愤怒。

"小磬？"原芮海在一边试探着打断她的恍惚，"你不舒服吗？"

"芮海，你真的觉得，我们能在一起吗？"林磬茫然地抓头，看着他那俊美温和的侧脸，看着他那短短的寸头，心里忽然一阵难言的绞痛。

他们之间，有那么多东西隔着啊……隔着三年光阴，隔着曾经的高墙，也隔着另一个男人。

她一直能感受到他的好，他的温柔，可是他和她之间，却从没有过真正的恋人一般的亲密。他真的……有这么喜欢她吗？她又何德何能，承载得起他一直守候在远方的深情？

原芮海单手握着方向盘，在安静的街道中行驶，然后把另一只手，覆在了林磬的手背上。没有看她·他只是默默地看着前方的道路，黝黑的眸子映着车厢里微亮的表盘，有小小的星光闪动。

"我觉得可以的，只要你愿意试一试。"他温柔地笑了笑，这一刻，他眼神坚定而宠溺，"我以前曾经偷偷问过我自己，我到底……什么时候开始喜欢你？"

是啊，什么时候呢？林磬恍惚地想着，却觉得想不起来。K 大里，原芮海一直在，可是却也从来没有过激烈而炙热的情绪，他就一直那么淡淡地笑着，陪她一舞，陪她午餐，再把她送到凤凰城酒店里打工。

"我想了很久，也没有找到具体的时间点。"原芮海轻笑，有点无奈，回想着过去的、已经尘封在记忆里此刻却鲜活起来的片段。

"我只是记得和你相处的很多瞬间，记得你骑着自行车，在我面前汗珠淋漓卖水的样子；记得你穿着不太合身的紧身连衣裙，不停地踩着舞伴的脚的窘态；还有，你笑眯眯地跟我聊打工挣钱的事，却从来不抱怨劳累和艰辛。这些都不知不觉记住了，怎么也忘不掉。"他的声音很轻，语速很慢，就像是在为过去的老电影配着解说。

"我反复确认了很久，终于觉得，我是对你动了心。可再后来，有一天，你忽然对我说，你有了喜欢的人了。"他自嘲地叹口气，"也许我当时表现得很大度，很不在意，可是……其实我难过了很久。"

林磬默默地听着，眼眶中慢慢有了雾气。

"抱歉……"她嘶哑了嗓子。

"不不，你不要抱歉。"原芮海淡淡地笑着，覆盖在她手背上的手温暖而坚定，"表白这种事，错过了就是错过了，容不得你回头。"

他长长地吸了口气，慢悠悠地看着车，尽力不让纷乱的思绪影响到行驶，"本以为事情就这样了，可是忽然有一天，我好像又有了充分竞争的机会，你觉得，我怎么能不尽心争取，怎么能不欣喜若狂呢？"

"可是我……不值得。"林馨忽然开口，急促而慌乱，雪白的牙齿咬住了嘴唇又松开，她颤抖着声音，"我害你坐牢，我……"

"好了。"原芮海飞快地打断她，坚定地摇头，"我不想再说一遍又一遍，那不是你的错！那是我自愿的，我只是自私，只是想保住我们原家的商业帝国，从某种角度上说，我才是冷酷的那个人！"

"不……你没有……"林馨软弱地摇着头，忽然觉得头针扎一样地疼。

"是的，我才是那个最冷酷的人。"原芮海温柔的脸上有了丝颓然的自嘲，"我明知道我背起这个罪名，你就不得不停止最后的一击，而我也知道，你手里最后的证据，并没有冤枉大哥和原氏。"

林馨沉默着听着，僵硬地坐在副驾驶上。

"所以，你从来都不欠我。相反，是我硬生生用自己做挡箭牌，挡住了你要一个公道的机会。我在利用你对我的友情。"他颓然地道，心里有种挫败感，是的，她那时，也不过是看在彼此曾经的友情上，不欲伤害他而已。

"芮海，够了。"林馨低声道，痛苦地轻轻摇了摇头，"我们两不相欠，好不好？"

"好。"原芮海飞快地回答。

车厢里静默了，路边的路灯射出的澄黄色光芒映在车内，不时变换着光影，留下一道道转瞬即逝的亮光。

"那么，我们终于可以轻装上阵了，对不对？"原芮海小心翼翼地道，"既然我们已经两不相欠？"

林馨低下头，半晌才勉强地笑了笑，回应了一个浅浅的笑。

原芮海那温柔的征询如同春天的细雨，柔柔地敲打着人心，浸湿身体，让人无法拒绝，无法拂去。耳边忽然传来一个隐约的声音，阴冷而愤怒，"离开芮海，我警告你！"

忽然地，她想要笑出声来。他警告她！瞧，他憎恶和恼恨的东西，就连别人要也不可以！

用力地眨眨眼，她让眼睛中的水渍收回去。转头看着原芮海，她眼中闪着光辉，如同小小的闪电，"好，让我们试试。"

K城新开的新光购物广场里，一对貌似母女的女人正在沿着六楼的女装部闲逛。

"这套林小姐穿上一定好看的。"季佩琪殷勤地在高级女装中物色着，时不时地把身边的女孩子往试衣间里推。

"阿姨，谢谢。我真的不缺衣服……"林馨尴尬地推辞着，手里拿着那套标价不菲的套裙，不想往试衣间里进。

季佩琪不由分说地把她送到了试衣间门前，"哎呀，我有个侄女和你身材胖瘦一样，我想给她买几件衣服——就麻烦林小姐你做个模特儿好了。"

林馨不好再推脱，只好拿着衣服进了试衣间，关上门，锃亮的硕大镜子就在眼前。慢慢地换上那款修身的裙装，浅银灰的颜色高雅而低调，样式也是庄重中带着一点点优雅，无论是职业时穿着，还是平时会友见人，都不失得体。

只是这价格……翻看着衣领后那赫然数万元的标签，她皱眉在心里叹气。芮海的母亲一直说是在帮侄女试衣服，可是敏感如她，也多多少少觉出了些不对。

假如真的如她担心，是给她买的，这一个下午试下来的、被这位长辈付款买下来的衣服、围巾、饰品，恐怕也有几十万了，要是真的全都要送给她，她可怎么办呢？！

早知道，就应该死活推辞，坚决不同意陪她出来逛街了。头疼地看着镜子里的自己，她犹豫半晌，只得磨磨蹭蹭地拉开了门。

果然，一眼看见她，季佩琪眼睛就是一亮。热情地走过来左右端详着，她微微一笑，冲着一边的售货员小姐点头，"开票吧，很好。"

林馨心头一跳，连忙开口，"阿姨，好像有点紧呢，我觉得下摆这里，做得也不是很好，要不要再多试几件再说？这一件，就算了吧。"

季佩琪笑眯眯地，"不用不用，我瞧你穿着挺好啊。"再三打量了一下，她叹了口气，"年轻就是好啊，穿什么都这样好看。"

"阿姨，您还这么年轻漂亮。"林馨脸红了，这倒不是唯心的恭维，原芮海的相貌清俊阳光，其实更多的是来自母亲的遗传，季佩琪原本就比原江涛小不少，嫁入豪门后更是一直过着养尊处优的生活，粗粗看来，明明五十出头的妇人，却像是刚刚四十岁。

"不行啦，不服老不行的。我有好几个朋友，都抱上孙子了呢，看得我羡慕得很。"季佩琪摇摇头，伸手掏出信用卡付了账单，林磬连忙伸手接过购物袋，陪着她向下一处走去。

"有点累了，林小姐有没有空陪我在附近随便吃点东西？"季佩琪柔和地看着她，发出邀请。

"好的，我没有什么事。"林磬点点头。

季佩琪的目光在四周看了看，两人来到了相隔几层楼的美食楼层，随便找了家人流极少的高档餐厅进去，坐了下来。

分别点了西餐套餐，两人面对面坐着。

沉吟了一小会，季佩琪才抬起头，注视着林磬。"若不是小海坐了这几年的牢，我想我说不定也早已抱上了孙子了呢。"

林磬心里一跳，迎向对面妇人的眼睛。季佩琪的目光看着她，没有明显的敌意，却也不像刚才那样热情温和，一瞬间，林磬心中恍然的明白了什么。

季佩琪淡淡地叹了口气，伸手把手边所有的购物袋全都推向了林磬这边，不发一言。

"阿姨，您这是……"林磬涩然问，心里已经有了某种预感。

果然，对面的美丽妇人幽幽地道："这点小东西，只是一个长辈的见面礼。除了这个，我还可以开出一张支票来。"

顿了顿，她看着林磬冷静而苍白的脸，接着道："林小姐冰雪聪明，又是心机深沉的人，我想……我的意思你应该懂。这支票，不是我一个人的意思，小海的父亲给了授权的额度。"

林磬定定地看着她，半晌才轻声道："无功不受禄。"

"就当是补偿。"季佩琪飞快地道，风韵犹存的脸上有着哀愁，定定地看着她，"林小姐，我知道你是谁，不管以前的事到底是怎样，我只想求求你，别再和小海纠缠下去。"

林磬怔怔地看着她，"芮海对你们说了？"

"不不，他没有。"季佩琪无奈地叹息，"他一直想瞒着我们。"

林磬深深吸了口气，脑海中浮起唯一的另一个可能，她声音哑住了："是原芮风警告了你们，说了……我的身份？"

对面的妇人眼光有点异样，直直地看着她，"林小姐，难道您和芮风，也很熟悉？不然为什么会觉得是他揭穿了你？"

林磬一怔，看着季佩琪那奇异的目光，心里一阵下沉。

"打开天窗说亮话吧，林小姐。"季佩琪狠狠心，正色地道，"我那天看到了你和芮风在花园里拉扯争执，才会疑心。"

看着林磬瞬间变得通红的脸色，她接着道："我本来根本没有想到你有什么问题，可是当一个母亲看到未来的儿媳竟然在我的两个儿子之间周旋，请原谅我不得不起疑心。"

从精致的手袋里掏出一份文件夹，她摊到了林磬面前，"抱歉，我很快就找侦探社去对你做了简单的调查。"

木然地伸手拿起文件袋，林磬只草草扫视了一下，看着里面的旧报纸和一些照片，她点点头，"然后呢？"

"你过去……和芮风谈过恋爱。而且你就是几年前，害得整个原氏家族陷入危机的那个人，对不对？"季佩琪悲伤地苦笑着，"你因为要报复，所以针对芮风和原科地产设置了一整套计谋，你姐姐还出面提起了诉讼……最后，是小海代替他哥哥坐了牢，这一切，是不是事实？"

林磬沉默了很久，轻轻点头，伸手抚了抚腮边的一缕发丝，有点疲倦，"是的，这一切都是事实。不过我从没有后悔，也不打算说抱歉。"

季佩琪点点头，看着她明亮的眼睛，"我有大致了解了一下前因后果，好吧，我承认你做的事情，事出有因。"她神情一肃，"可是这不代表，我们全家人都会接受你、喜欢你。"

想着儿子度过的那几年，她心里一阵绞痛，脸色终于也变得难看了些，"既然你一直觉得是原科地产害死了你的家人，也坚持觉得自己做的对，那么，何不就此和我们原家断绝关系？"

她直直地看着面前的女孩子，忍不住突出尖锐的话语，"除非你别有用心，不然我想不出理由，为什么你要先和芮风纠缠，现在又和芮海在一起？！"

林磬怔怔地听着，忽然想笑。所有的人在看到原芮海和她在一起时，第一反应都是，她想做什么，她想要怎么利用原芮海？

姐姐这样问，原芮风这样问，而现在，轮到了他的家人。

她果然笑了起来，只是唇间的笑意苦涩而嘲讽："可是季伯母，您为什么不去问问您的儿子，是不是我主动纠缠他呢？"

季佩琪的脸色，更加难看。的确，她从原芮海的反应看来，这个笨蛋儿子竟然似乎被迷得昏头昏脑似的，完全不想到一点点这女人的用心！

"就算是小海主动，我也只想问问你，你是怎么想？"季佩琪毫不客气，身为一个母亲的天然警惕让她浑身的刺都竖立起来。

"我怎么想？"林磬重复着，神色有点茫然，确切地说，她的确还没有考虑到那么多，原芮海的表白和坚持，就像黑暗和绝望中的一点光热，叫她无从回避，也不忍回避。

"我想……我需要和芮海商量一下。"她低声道。

季佩琪心中一阵慌乱和气恼，这是威胁吗？她会抓住那个心软又善良的儿子，叫他们这些当父母的不得不妥协？

"我们原家绝对不会接受你的，你应该很清楚你和小海之间，没有未来！"她提高了声音，顾不得风度手中的咖啡杯，往下重重一顿，在光洁的桌面上发出不小的声音，"你想要钱，可以。想再通过小海来打击报复我们原家，那就休想！"

美丽的杏眼中透出愤怒来，她气恼地板紧了脸，"我不知道你和芮风之间到了什么程度，但是我们做父母的，可绝不会看着家里出任何可能让家族蒙羞的事——想要在他们兄弟俩之间游刃有余，我劝你还是多多自重！"

林磬的脸，终于变得血色全无。耳朵里有刹那的轰鸣，她几乎是木然地看着面前这美貌的妇人。就在几天前，她还笑语殷殷，热情又开朗地拉着自己的手，转眼之间，就可以说出这样残忍又冷酷的话来。

可是，面前的妇人不是那种刻薄成性的人，就算是说出这样难听和羞辱的话来，她也立刻露出了一丝明显的后悔和尴尬。

捕捉到季佩琪那色厉内荏的神情，林磬在心里长长叹了一声。怔怔地想了一会，她抬头，用疲倦的声音开口："伯母，我会认真考虑您的话，请放心。"

幽幽地看着身边的玻璃窗，她涩然道："无论你信不信，我也想告诉你，我对芮海……一直觉得抱歉。我没有那么狠、那么坏的心，想再去利用他来做什么。"

季佩琪默默地听着，想要说话，却又发现不知道该说什么。看着林磬那哀伤又漠然的眼神，她心里忽然有点忐忑。

"至于芮海，我需要和他慎重地谈一谈。我答应过他，要试试看和他在一起。"林磬幽幽地苦笑，"不能因为您的一句反对，我就单独决定放弃，把他一个人放逐到失望的境地。"

她坦诚地看着季佩琪，"您是他的母亲，我知道您做的一切，都是为他好，所以我想您一定不希望他痛苦，对不对？"

季佩琪攥着咖啡杯的手，微微放松了一点。半晌她勉强地点点头，"当然。"

"所以请给我们一点时间，让我和他谈一谈，理清一下思绪。"林磬低声道，心里有种暗痛升起，慢慢浸透着五脏六腑，"我知道你们长辈的意见了，请放心，我不会有任何逆反心理。"

侍应生终于端来了牛扒套餐，看着那带着血丝的鲜嫩牛肉，林磬忽然一阵反胃的恶心——糟糕，光顾着说话，忘记向侍应生交代要八成熟了。勉强地拿起刀叉，她味同嚼蜡地开始切割那炙烤得恰到好处的剔骨牛扒，可是当那微微的血水从五成熟的切面中渗出时，她还是感到一阵严重的不适。

强压住想要呕吐的欲望，她匆匆站起身，向对面的季佩琪打了个招呼，就疾速地快步冲向了洗手间。刚跑到洗手台前，她已经忍不住干呕了起来。趴在明亮的镜子前，她掩住嘴，一阵阵酸水从胃里翻上来，连连吐了好几次，却没有真的吐出来什么东西。

双手撑着洗手台冰冷的台面，她静静等了一会，才慢慢平息住胸口的烦闷和呕吐感。抬头看看镜子，她伸手把凌乱的发丝捋顺，发觉镜子里的人面色越发得苍白起来。唇边有残留的漱口水渍，她下意识地用手背想要擦拭，身边有个年轻的女人热心地递了一张纸巾过来，"给。"

林磬赶紧接了过来，感激地冲这陌生女子道谢。那女人相貌和气，一双圆眼睛充满善意，小腹已经微微隆起。她笑吟吟地对着林磬摆摆手，"不用谢了，我前一阵比你可厉害的多呢。"

没等林磬反应过来，她已经整了整仪容，向门口走去。林磬呆呆地看着她的背影，直到她一侧身走出洗手间时，她的目光才再次落到了刚才没在意的细节上：那年轻女子轻轻搭在小腹上的双手！

忽然地，她明白了那个热心女子话语的含义，心中猛地一惊！脑海里有什么纷乱的东西在飘飞，直直地逼到深处。以前看到这样的东西，似乎也不会想要呕吐？而最近一次例假到底是……什么时候来的呢？

越想越是心惊，她身子一阵轻颤，差点没有办法支撑有点发软的身体。好半天，她才克制住自己的心跳和惊慌，慢慢地镇静下来。不会这么巧的，明明只有过那么一次而已，哪里就会这么离奇地中奖呢？

重新回到座位上，她没有怎么动那块半熟的牛扒，而是食不知味地用了点旁边的配餐西点和蔬菜色拉。季佩琪虽然察觉到了她的心不在焉，可是料想她是为刚才的对话而分神，也就默默地没有多言语。

终于挨到这顿气氛尴尬的用餐结束，林磬勉强地微笑着，目送着季佩琪坐上司机的车离去。一个人在车水马龙的街道上站着，她终于下定了决心。

伸手叫了辆的士，她向着司机道："请到最近的医院，谢谢。"

不是周末，可是大医院的妇产科依旧人流如织，腆着大肚子的孕妇和准爸爸成双成对，在诊疗室外等候着。

挂号，排队，林磬一个人默默地坐着，一直等到了护士小姐叫到她的名字。再后面就是医生的询问和化验单的开具。

独自坐在化验室门外等着化验结果，她有点恍惚。

"林磬？化验单出来了。"护士小姐甜美的女声在叫，她慌忙站起来，从窗口接过来那张雪白的化验单，一时间，竟然似乎有书本那么重。

闭了闭眼睛，她终于低头向那行数据看去。尿 HCG……阳性。

一股眩晕感袭上头部，她踉跄了一下，险些没有站稳。旁边有位陪着妻子的男人手疾眼快扶住了她，才没有令她跌倒。转头看着那男人关心的神情，她似乎听不到他在说些什么。

一直到浑浑噩噩地走到了医院外面，被外面的日头照着，她才慢慢有点清醒过来。头脑中有各种各样的嘈杂声音在响着，从没有这样地纷乱和让人无法忍耐。

独自站在医院门口的大厅门边，她望着这座城市陌生的街景。拔地的高楼鳞次栉比，远处更多的高架桥在城市中曲折蜿蜒，到处是匆忙的行人。

已经三年多没有生活在这里，变化是如此之大，而她，也和三年前离去时大大不同了。最起码，那时候是孑然一身，而现在……她茫然而有点惶恐地看了看自己那依旧平坦如昔的小腹，这里面，竟然已经开始孕育了一个不受欢迎的、突如其来的生命？

哦，不，不不不……她眼前有点发黑，一阵阵的眩晕和惶恐充斥了全身。

"小磬？"林笛惊喜地迎下楼梯，看着面色惨白的妹妹，脸上的笑容凝固了，"你怎么了？中暑了吗？"

快步地跑下楼梯，她一叠声地叫："李阿姨，麻烦你端一碗冰镇莲子羹来，快一点！"

不远处的厨房里，很快有佣人的声音应着"好的，林太太稍等！"随即有个年纪大的妇人从厨房伸出头，一眼看见林笛快步跑下楼，直惊得大叫起来："太太，您可慢点！"

急急地跟着跑过来，佣人慌忙扶住她，嘴里唠叨个不停，"太太，您是有身子的人，可不能这样慌里慌张的乱跑，要是万一从楼梯上跌下来，你说黎先生不得急死么？上次差点摔了一跤，把我们一个个都骂得不轻！"

林笛无奈地叹了口气，手扶着肚子在沙发上侧坐着，"好了好了，我知道轻重的。李阿姨您快点端冰镇甜品来吧。"伸手把林馨拉到身边坐下，她担忧地看着妹妹那难看的脸色，"先坐下，歇一会缓缓暑气——这是外面的太阳太大了么，还是身体有什么不舒服？"

林馨微微地笑了笑，虚弱地摇摇头，"没有了，姐。就是你说的，从外面晒着大太阳走了很久才叫到的士，有点口渴而已。"

林笛这才放了心，埋怨地道："叫你搬到我这边住，你就是不肯。不是我说你，你既然也没有狠下心来和那个原芮海在一起，又何必住在他家里……"

"姐！"林馨脱口而出打断了她的话，难过地低头，"你说的对，我也觉得再住在他那里不好，所以我来投奔你。姐，你要收留我啊。"

林笛一愣，终于惊喜地笑了："这就好，我一个人在家保胎备产，正闲的无聊，你早就该来陪姐姐了呢！"

正在这时，手脚麻利的佣人已经端来了一碗冰镇的甜品羹，雪白的莲子配着红彤彤的大枣，还有一丝丝泡发的极好的极品燕窝，林笛亲手接了过来送到了妹妹嘴边，转身冲着佣人高兴地吩咐着："李阿姨，麻烦您了，赶紧在二楼客房收拾一间出来，换上新床品，还有日用的洗漱用品，我妹妹会在这里住呢。"

那位佣人连忙笑嘻嘻地答应着："好的太太，我这就去，有您亲妹妹来陪着您啊，我瞧先生也会很高兴。"

林馨默默地端详着姐姐，一阵子不见，婚礼上那个幸福娇俏的美人已经彻底变成了幸福的小妇人，脸色红润，发丝乌黑，原先细瘦的手臂不知是因为怀孕还是根本就是养胖了些，显出了些藕节般的光洁圆润。

只穿着极为宽松的淡绿色真丝孕妇服，松松的前襟上绣着手工的并蒂莲花刺绣，一根深墨色的丝带在胸前挽了一个玲珑结，更衬托得林笛眉眼弯弯，水色逼人。目光落在了林笛那明显隆起的小腹上，林馨怔怔地伸出手，极轻地覆盖了上去。

"姐姐，你觉得……幸福吗？"她痴痴地问。

林笛的脸，微微地红了。掩饰地把那碗冰甜品塞到林磬嘴边，"好好的，问这么无聊的话题。还不快点吃点东西降降暑气？"

林磬一口口地用小勺吃着那甜品，神色依旧怔怔。目光一直没有离开姐姐的小腹。

被她看得越发不好意思起来，林笛终于含羞带怯地伸手覆在了自己的小腹上，声音很小，却甜蜜："嗯……其实真的觉得……还蛮幸福的。"

清秀的脸上浮起艳丽的红霞，她低着头，"你姐夫他……对我挺好，现在有了这个孩子，我特别想早点看他出来。小磬，你知道的……我们从小就没有父母，所以我想，我会是最好的妈妈，让这个孩子有一个完整的、正常的家庭。一想到这个，我就觉得人生很美，这是真的。"

"嗯，这本来就是我们曾经憧憬过的啊。"林磬眼中也微微湿润，以前小的时候，姐妹俩每每在外面被人欺负或者嘲笑，心里特别难过的时候，也都想过将来要给自己的孩子一个最安全的家吧？

含笑俯下身，她把耳朵轻轻贴在姐姐林笛的肚子上，试图倾听着里面的响动。"姐，它现在会踢人了吗？是不是……真的会常常动来动去呢？"

"嗯，有一点点了呢。"林笛含羞而笑，看着林磬那黑油油的长发散落在自己的小腹上，伸手拍了拍她的头，"不过不是随时有啦，你这么听，未必听得到。"

静静地听了好一会，林磬才有点失望地抬起头，"真的没有听到呢。"

林笛笑吟吟地点点头，"就说了，好半天才动那么一下，哪有这么巧你就遇到了。你姐夫有时候听了大半个小时，才……"忽然住了口，她羞窘地咬住了嘴唇。

林磬也禁不住微微笑了，半是调侃地拖长了声音，"哦，原来姐夫这么紧张啊！"看着姐姐那幸福和期待满溢的表情，她忽然有点出神。

半晌，她才低着头，鼓足勇气道："姐，你现在……是不是很喜欢姐夫？他以前对你做过的那些不好的事，你都能心无芥蒂的，全部原谅了吗？"

林笛微微一怔，一时没有回话。想了那么一会儿，她才淡淡道："假如在几年前你问我这个问题，我一定会斩钉截铁地回答说，我绝不原谅他。"

无奈地笑了笑，她眼神有点迷离，"可是你现在问我，我也只能同样地真心回答说，是的，我原谅他了，而且我很想和他好好地过一辈子，这是真的。"

"想法……会变得这么彻底吗？"林磬定定地看着姐姐的眼睛，语速微微急促起来，"那么以前的坚持，又算什么呢？岂不是都成了一场笑话？"

林笛看着她忽然显得激动的脸，有点诧异。想了想，也只有苦笑道："人在不同的人生阶段，想法和观感，本来就是不同的啊。"

林磬颓然地叹了口气，忽然地，她咬着嘴唇，颤声问："姐，那么我再问一句，假如——我是说假如，在你没原谅他的时候，这个孩子忽然降临了，你会怎么办？"她急切地看着满脸憧憬和喜悦的姐姐，追问道，"你会偷偷打掉他，还是会生下来呢？"

林笛猛然一愣，看着林磬，一时间竟然无法作答。她沉吟良久，依旧觉得唇齿涩然。那个时候，还恨着那个男人，还想着远远地离开他，重新开始人生呢。真的假如有了孩子，她……会怎么取舍呢？

"我也许……会选择留下他的吧？"她想了很久，犹豫着，洁白细腻的脸上有种温润的光泽，"像我这种性格，一定会优柔寡断，下不了决心。可是，只要这种犹豫维持一段时间，就会再也割舍不掉了啊。"

她长长地叹息一声，眼神再度变得温柔四溢，"你不懂的，肚子中孕育着一个小生命的感觉，是特别奇妙的体验，随着它一点点陪伴着你，哪有女人……能抗拒得了它的诱惑呢？"

林磬没有再说话，眼神怔然地落在远处。她不懂吗？不，好像也是懂的。

林笛凝视着她，终于有点察觉出妹妹的奇怪来。除了明显的羡慕和替她欣喜，林磬的神色一直有些突如其来的走神，大大的眼睛里也有些迷蒙。

"小磬，你怎么了？有什么心事吗？"她试探着问，猜测着可能的感情烦恼，"你和那位原家的二公子叫原芮海的……是不是有什么？"

林磬从飘忽的思绪中醒过神，深深地吸了口气，心底泛起难言的酸痛。

"姐，我想和他分手了。"她勉强地让自己的笑容看上去显得云淡风轻。

"啊！"林笛吃惊地瞪大了眼睛，终于自以为明白了妹妹魂不守舍的原因。"你、你真的做了决定了吗？"

"是的，做了决定了。"林磬低声道，垂下头的时候，眼睛里有东西像是要随时滴坠下来。

"哦……这样啊。"林笛似懂非懂地点点头，"那个男孩子对你好像很是一往情深的样子呢，他同意了？"

林磬摇摇头，眼泪终于忍不住流了下来，她猛地抱住了姐姐，把自己狼藉的通红的眼睛藏起来，"我还没有跟他说……姐姐，我觉得好难过，真的难过得要命。"

她哽咽着："三年前我就害过他，这一次，又要这样单方面做决定。他不欠我什么的，我却这样一而再、再而三地伤害他。姐，可我不是故意的啊，我真的不是故意的！"

林笛慌忙地抱着妹妹，连连点头，"我知道，我明白的！三年前的事，不怪你——是他自己要帮他大哥顶罪，你可别总是这样自责。至于现在……"她犹豫了一下，"男欢女爱这种事，本来也是没有什么一定的对错的。假如你真的不爱他，早点分手，其实也是对双方负责，不是吗？"

"不，不是的。"林磬用力地摇着头，却不敢抬头看着姐姐，"我本来有想过和他试试看的，我甚至也想过……和他在一起，可是现在不行了。不行……"

"为什么？"林笛柔声地问，感觉到妹妹在她怀里的微微颤抖，心里一阵心疼。

林磬没有回答，只是埋头在她怀里，默默不语，可是林笛很快就感觉到了身上的衣服被什么打湿了，而且越来越大。她不安地想要抬起妹妹的脸看个仔细，林磬却死死地把脸藏着，很久以后才慢慢平静。

再次抬起头的时候，她眼睛红肿，泪光盈盈。可是眼中的神情，却分明下定了某种决心。

"姐，有一件事，我想我已经做了决定。"她目光平静了很多，"我想暂时离开 K 城。"

"什么？！"这一回，林笛是真的大大地吃了一惊，不由得有点儿慌了，"你不是刚刚从那个盘元的小山村里回来，在这里还没有待多久，怎么又想着走？不行不行，我不放你走！"

她越说越着急，甚至有点儿生气，"我就要生产了，你难道不想留在我身边，看你的小侄子或者小侄女出生？"

"姐姐，很抱歉。"林磬强忍住内心的绞痛，涩声道，"我想和原芮海正式分手，可是只要留在这里……恐怕会决断不下，难以真的断绝关系。"

怅然地摇了摇头，她想起原芮海那温柔而坚持的目光，心里一阵酸楚，"我想避开原家的人，无论是原芮海，还是他大哥。姐姐，你原谅我这一次，好不好？"

林笛板着脸，依旧忍不住气急，"你想避开他们，那就换个电话，我叫你姐夫帮你找个隐蔽的住所——K城几千万人口，你想避而不见的话，我不信那对兄弟会变态到翻天覆地去找你。"

她长长叹气，心疼的情绪升起来，苦口婆心地劝着："我姐妹俩好不容易聚在一起，你就忍心又走！再说了，你孤身一个女孩子家，飘荡在异地又算是怎么回事，难不成为了躲避那对兄弟，你就真的打算一辈子生活在别的城市？"

"是的，姐姐。"林馨低低道，声音不大，却越发沉静，还似乎带着决断后的坚持，"我想……以后不能生活在K城了。"

看着姐姐那愕然的神色，她淡淡地笑了笑，伸手帮姐姐整了整被自己趴得皱巴巴的孕妇裙，"现在交通这么发达，以后，你可以随时带着我的小侄子来看我，我也当然随时会来看你们。"

看着林笛那失望又焦急的神情，她柔声安慰："对了，我保证，只要在外地安下身，我一定会在姐姐临产时，回K城陪着你，好不好？"

林笛焦虑又无奈地看着她，虽然妹妹的语气柔和，可是实在太熟悉这个妹妹外柔内刚的性子，又太明白这种淡淡的神色出现在她脸上意味着什么，她终于长叹一声，明白绝对没有可能说服这个一向独立自主惯了的妹妹。

"你既然已经打定了主意，我再劝，也是没用的，对不对？"她幽幽地埋怨着，"那你打算什么时候走？"

"就在这几天吧。"林馨道，神情已经安定了许多，"我想先定下来去向，真的动身以后，再和原芮海电话里说分手。另外姐姐，我还想拜托一件事。"

"你说你说，再困难的事，你姐夫也一定会帮忙的！"林笛脱口而出。

林馨禁不住微笑起来，姐姐在家里啊，看来实在是被这位姐夫宠得不轻，看来必然是说一不二，有求必应。

"我的身份证，还在原芮风那里。"她苦笑，"飞机票没办法买，我只有做长途汽车先走。可是到了异地，没有身份证，就连住宿和找工作都不行。姐夫他门路多，我想问问，他有没有办法……"

"哦，他认识的人蛮多的，我去问问他好了。"林笛犹豫着回答。

"所以还得接着麻烦姐夫了。"林馨苦笑，"而且我想请他出面，就以亲戚的身份去找原芮风要回我的证件，等到要到了，就快递给我，行不行？"

K城南郊的长途火车站内，整齐的站台过道边的液晶大屏幕上，闪烁着通往周边各个省市的火车班次。

好几位身材彪悍的随从沉默地站在一处通道口，虎视眈眈地审视着来往的旅客行人。几名拖家带口的旅客看了看他们，满眼都是戒备，小心翼翼地通过了闸道口，飞快地奔着检票处而去。

黎奉天对自己手下带来的冷空气恍若未觉，单独站在出口处，从怀里掏出一叠东西，递给了林磬。

"到了那边以后，可以找他，这是他的联系方式。"他慢悠悠地说着，认真地叮嘱着林磬，"我和他打过招呼了，你初去异地，若有什么事为难，都可以去麻烦他的。他欠我一份情，不用担心叨扰什么的。"

林磬点点头，看着眼前这位已经是亲姐夫的人。几年前尚且不时流露出来的锐利和压迫感已经消失了，又或者是被掩饰得滴水不漏，这男人如今已经是一副人畜无害的模样，就连说话，也变得斯文而沉稳。

这男人，也就是自己的亲人了呢。等到姐姐的孩子出生，维系在他们之间的，除了婚姻，就还有真正的亲情。林磬这样想着，感受到黎奉天那些叮嘱中真真切切的关心，心里恍惚得有些感动。

黎奉天紧接着，又从口袋里拿出一张金色的银行卡，递了过来。见林磬张口就要推辞的样子，他摇摇头，"这个是你姐姐叫我交给你的，不是我的意思。她说，这是属于你们姐妹俩的存款。"

顿了顿，他道："我想就是那笔拆迁补偿款吧，你拿着用，也是应该的。"

"不不，我不要，留给姐姐吧。我从小就会挣钱，姐姐才是没有什么生存能力。"林磬下意识地就要拒绝，

黎奉天却是淡淡一笑，强硬地把银行卡塞到了林磬的手中，柔声却坚决道："你姐姐以后，有我照顾一辈子，她不需要这笔钱了。倒是你，一个单身女孩子在外面，没有傍身钱，总是不行。"

林磬拿着那张银行卡，眼眶终于有点发红。转头看着别处，她忍下就要滴落的泪水，真心实意地叫了一声："姐夫，请好好对我姐。"

伸手拍了拍她的肩膀，黎奉天颔首，"会的，一定。"

就在这时，林磬包中的电话响了起来，拿起一看，果然是姐姐。

"小磬，你顺利上车了吗？"电话那头，林笛的声音响起来。

"还没有呢，姐。不过快了。"林磬抬头看看液晶屏上的显示时间。

"真是抱歉啊，没办法亲自去送你。都怪你姐夫，大惊小怪的，真是……"林笛子的声音还带着抱怨，早上起来只是腰腹有一点点酸痛，刚刚对黎奉天随口

说了一句，就被他紧张无比地强迫着去了医院检查，由他来代替送行。

去了医院细查之下，当然也是毫无问题，这刚刚才回到家，自然对黎奉天颇为不满。

"姐，就别怪姐夫啦。就算没有什么，小心总不是坏事。"林磬含笑瞥了黎奉天一眼。

林笛叹了口气，语气低落了些，"小磬，你这一去，可一定要好好照顾自己，不管怎样，等我生产的时候，你要回来看我。"电话里的声音哽咽了，她越想越是难过。明明回来K城没多少天，怎么忽然又要决绝地离开呢？

"姐……"林磬的眼眶再次红了，"你别哭。我又不是不回来看你了，又不是出国。现在交通这么发达，我们随时联络就好了啊。"

姐妹俩在电话里又说了好一会儿话，林笛才惊醒过来，"火车快到站了吧，不聊了，你早点准备检票。"

"好，姐姐你要保重自己。"林磬含泪道，正要也同样和黎奉天举手挥别，站台里的喇叭却突兀地响了起来，工作人员柔美的声音带着歉意："各位F458次列车的乘客请注意，请注意。十分抱歉，需要通知大家一条列车晚点的消息：即将途径本城南站的F458因为临时故障，现在距离本地五百三十公里的临海站暂停维修，铁路方面表示会尽快修好，敬请各位旅客耐心等待。各位F458次列车的乘客请注意……"

广播一遍遍地播放着，林磬和黎奉天听着，都是一愣。

"暂时走不掉了，姐夫你先回去陪姐姐吧，我在这里等。"林磬无奈地道。

黎奉天犹豫了一下，点了点头，"好，我留两个人护送你上车。"不顾林磬的反对，他招手叫来两名手下，叮嘱务必保护好林磬后，这才离去。

林笛一个人待在家里，正在忧心忡忡地想着妹妹的事，一名洗衣佣人却在这时下了楼，手里拿着一件女式的外衣，冲着林笛扬了扬手里一张皱巴巴的纸，"太太，我在您妹妹的衣服里发现了这个。她搬走了是吧，您看这个是扔掉呢，还是您留着？"

林笛漫不经心地伸手接过来，草草一瞄，却在下一刻猛然愣在了那里！

化验单，一张试孕的化验单！

身为一位最近天天跑医院的孕妇，没人比她更了解那张化验单上的阳性数据意味着什么。颤巍巍地站起身，林笛一阵眩晕。身边的佣人连忙手疾眼快地扶住她，"太太，太太？"

好不容易才从震惊中缓过神，她的脑海里一片乱麻。抓起电话就想打给妹妹，可是手伸到电话边，却又猛然停住——不不，不行。忽然这么决绝地要离开，怕是就是因为这件事吧？

忽然想起几天前林馨和她对话时那些奇怪的问题，她心中逐渐明白了什么。

她不想要这个孩子？又怕原芮海不同意，所以……想一个人在异地悄悄把孩子打掉？心里浮起这样的揣想，她越想越是心惊胆战。

哦，天……这种可怕的事，她就打算自己一个人去医院，身边没有一个人陪着？还要在举目无亲的外地？她真是疯了！

猛地抓起电话，她焦急地翻找着通讯录。还好，有原芮海的号码！

她颤抖着手拨了过去。

原科地产总部的会议室里，中高层例行会议正在按期进行，一位位业务经理依次发着言，正中间的座位上，原芮风和原芮海兄弟俩并肩而坐，同样严肃认真地倾听着。

忽然，原芮海放在口袋里的手机微微地开始静音震动。不动声色地微微低头看了一下，原芮海一怔。林笛？林馨的这位姐姐从来没有给他打过电话，甚至一直对他有点礼貌的疏离，现在又是什么事需要专门来电呢？

按了来电拒接，他想要会议后再回电，可是，电话很快又不依不饶地重新打来，似乎格外焦急。他犹豫了一下，歉意地向原芮风眼神示意了一下，悄无声息地起身出了门。

"林姐姐，您好。"他清了清嗓子，远离了会议室大门，站在楼梯口，"抱歉我刚才在开会，现在出来接电话呢，您找我有事？"

"小馨这两天都没有找你？"林笛直接急切地问。

"没有啊，她不是说想住在你那里，好方便照顾您么？"原芮海心中一动，忽然觉得有点不对。是的，林馨这些天的态度很奇怪，一直说忙着照顾姐姐怀孕，已经足足有几天没有和他见面了。

"她没有和你谈分手，是不是？"林笛继续急切地问，心里猜到了几分：果然，妹妹连直接面对都不敢，而是选择了先行逃开，到了外地再电话摊牌！

"分手？"原芮海重复着她的话，忽然满嘴都是苦涩。定了定心神，他苦笑，"她对您说了什么？她有说想分手吗？"

林笛在电话里足足停顿了十几秒，一直到原芮海忍不住想要再度追问时，她终于颤声地破釜沉舟，"是的，是的！她跟我说，想要彻底了断这里的一切，远离 K 城，一个人走掉！最重要的是，她怀了你的孩子，她没有勇气面对，也没有作好和你结婚的准备！"

想着那个随时可能被妹妹舍弃的孩子，她急得快要哭了出来，明知道该尊重妹妹自己的意思，可是身为一个准妈妈，她实在是无法忍受着坐视不理。

无论如何，孩子的父亲，该有权利同时参与一下做决定的权利，不是吗？而不是像现在这样，完全排斥在事情之外。

电话里，那边的人沉默着，不知道是被林笛带来的消息冲击到太过震惊，还是无动于衷。

林笛屏息等待着，忽然怀疑起自己这个电话的正确与否。这原家的兄弟俩，一个强势凌厉，一个温柔有礼，可到底有没有人是真的，对她妹妹一往情深？

"您是说，林磬她……怀孕了？"原芮海的声音沙哑得厉害，在电话中显得有点飘忽。

"是的，我肯定。"林笛深深吸了口气，"小磬现在正要离开 K 城，我想问问你，你到底想怎么对这个孩子？"

听着电话里似乎平静的气氛，她终于来了一点气，声音开始冷漠起来，"我不知道你到底对我妹妹怀着怎样的心思，我更明白，你和她原非良配。假如你也觉得没有做好迎接这个小生命的准备，好，算我没有打这个电话——再见！"

正要挂上电话，原芮海的声音却终于急促起来，"等等！"

似乎在那边深深地吸了口气，他的声音沉稳，"她现在在哪里？您告诉我，我去追她回来。"

林笛大喜，急忙地报出了南郊火车站的地址："我刚刚在电话里听到火车晚点的消息，你这就去，也许来得及！"

站在会议室门口，原芮海静静立在那里。门忽然开了：刚刚开完了会议的经理们鱼贯而出，原芮风西装笔挺，在最后走了出来。

看着原芮海那明显魂不守舍的表情，他微微皱眉，"芮海？"

猛然抬头，一向温文尔雅的原芮海看着自己那丰神俊朗，衣冠楚楚的大哥。忽然挥起拳头，他毫无征兆地、狠狠地一拳打向了他的脸庞！

完全没有任何防备，也从没料到过这个从小对他依赖敬重的弟弟会挥拳相向，原芮风这一拳吃的结结实实，好不狼狈。几乎是整合身体都倾倒在了一边，他跟跄着，靠向了身后的玻璃窗，带来了一声沉闷的钝响。

"啊！"就在他身边的女秘书和几位经理同时惊叫了一声，看着原芮风那瞬间流下的鼻血，吓得一时间失去了反应的能力。

"你！"好不容易才从震惊中惊醒，原芮风甚至都没感觉到脸上的剧痛，伸手拭了拭脸上的血迹，他恼怒地沉声质问，"你发什么疯？！"

原芮海眼神愤怒，看了看四周无数道员工好奇的目光，终于恨恨压下心中的情绪，冷冷地、重重地冷笑一声："你才发了疯！你这个混蛋，禽兽！"

转身就向电梯口冲去，他强抑下心里的波涛汹涌。他从来都没和林馨有过进一步的身体接触，而如今，林馨腹中的孩子，还能是谁的？一想到那天亲自把林馨从那栋形似软禁的别墅里接走的情形，他就想再次冲回去打人。

旋动汽车钥匙，他疾速地发动了汽车。刚刚加速驶向地下车库的出口，近处却忽然闪过一道人影，堪堪拦在了他的车前！

疾速手把着方向盘，原芮海猛踩下刹车，定睛一看，却是大哥原芮风。微微地喘着气，原芮风脸颊上明显有着刚刚泛起的淤青。

静静地站在车前，他目光幽深，不愿意让开。

原芮海狠狠地砸了一下方向盘，汽车发出了巨大的喇叭声。猛地摇下车窗，他愤怒而冷漠地逼视着原芮风："让开！"

原芮风默默地盯着他，半晌终于扬眉，幽冷地问："能让你忽然这么失态的，会是什么事？"

只有一种可能，不是吗？一瞬间，他忽然想明白了这一点。

"与你无关！"

"和她有关，对不对？"原芮风冷笑，"那又怎么会和我真的无关？芮海我提醒你，别为那个花样百出、心机深沉的女人这么容易情绪失控。"

原芮海忽然忍无可忍地发动了车子，缓慢却坚决地向前慢慢驶去，"你到底有什么资格胡说八道，诋毁她！再不让开，我压过去！"

看着那汽车缓缓逼近，原芮风脸色变得铁青。终于闪身在最后一刻让开了道路，他盯着一路绝尘而去的汽车，目光幽深闪烁，不知在想些什么。

一路风驰电掣开到了K城南郊的火车候车大厅，原芮海胡乱地在路边找了个停车位，拔腿就往候车大厅跑去，一边跑，一边重新拨响了林笛的电话，"抱歉我是不是来晚了，她到底在哪里？"

"你到了吗？太好了，火车还在晚点，我老公在故意拖着她，不让她进检票口呢，在四号通道，你快点去！"林笛急匆匆地道，心里不知道是庆幸还是犹疑，"芮海，无论如何，请你多劝劝她……留下孩子，你们一起面对，好不好？拜托了。"

"我明白的，请放心。"原芮海低声道，唇间发涩，可是依旧向着四号检票口跑去，修长的双腿疾步如飞。

没跑几步，他就猛然一窒，停下了脚步。

喧闹的人群中，四号检票通道前的液晶屏幕开始闪烁着，上面是最新的晚点列车进站的消息。拥挤的人流开始向检票口奔去，而那一刻，一个身材修长、明眸乌发的女孩子正低身拿起行李包，向着面前的男人微笑示意。

偶一抬头，她的目光无意识地随意看了看远处，却忽然猛地停住，怔怔地望着不远处。

原芮海那沉静而专注的目光，在汹涌人流中仿佛定格，静静地看着她，让她忽然如遭雷击，无法动弹。

黎奉天敏锐地顺着她的目光望去，不动声色地稍稍退后，那几名手下也默契地在人流中隔开了一条小小的通道。终于，原芮海迈着修长的双腿，渐渐地走到了林磬的面前。

张了张嘴，他想要说什么，又有刹那的犹豫。目光中带了点哀伤，他沉默了良久，才终于柔声开口："就这样不告而别，不会太狠心、太无情吗？就算不做恋人，作为普通朋友，我是不是也没有权利得到一声通知？"

凝视着林磬那慢慢浮起泪光的眼睛，他的语声依旧温柔，却渐渐锐利，"大哥说你是这世上最狠心绝情的女人，我一直不信。可是这一次，我信了。"

黎奉天在一边微微皱眉，没有说话，他悄然地继续退后，给这两个人留出了更加私人的谈话空间来。

"林磬，你欠我一个交代，现在是不是打算还是一句话不说就走？"原芮海柔声逼问，俊美的脸上没有笑意，只有无尽的失望和受伤。

"芮海，对不起……"林磬含泪看着他，没有让眼泪落下来，"我本打算到了外地，再电话和你联系的——我承认我太懦弱，不敢面对你。"

抽了抽鼻子，她倔强地用手背胡乱擦拭着眼睛，"芮海，我一直在想，我和你的关系，到底会不会有结果，结论是……不会。我没办法永远瞒着你们家的长辈，我不想让你面对将来的责难，我也承认，我自己没有勇气和你一起携手接受你们整个家族的冷眼，还有，我也没办法真正放下我外公的事……"

她茫然地看着原芮海，不知不觉中视线又开始模糊，"假如几年前早一点遇见你，假如我们可以像所有情侣一样正常开始……"

"这些，其实都不是问题。"原芮海静静地道，目光幽深，"其实最重要的，是假如没有遇见我大哥，对不对？"

林馨怔怔地看着他，终于点点头，哀伤地轻笑，"是的。实际上，他才是我心里最深的刺，也是我们之间最大的障碍。芮海，我没有力气了，我不想融入到你的家庭，在每一场家庭聚会中看到他的脸，你到底懂不懂？"

"……"安静地凝视着她，原芮海漆黑如墨的眸子里，有淡淡的苦涩，"假如真的爱一个人，这些都不是问题。林馨你到底，有没有一点点……"

"有的。"飞快地截住他的话，林馨的泪水扑簌簌流下来，不忍心看他问出那样没有尊严的问题，"我有……喜欢过你。"

喜欢啊，不是爱。原芮海深深地望着她，半晌都没有说话，眸子里的激动和不甘渐渐隐去。

"真的要和我告别吗，不惜要一个人去外地？"他温柔地问，怅然地道，"即使是这样，我还是舍不得啊……舍不得看你一个人在外地开始新的人生。"

定定地看着林馨，他的眼光充满了最后的疼惜和温存，"林馨，留下吧。假如你决定去医院，我会陪着你。一个人做这样的决定，太辛苦了呢。"

猛地惊颤了一下，林馨的脸色变得雪白。

"你……你说什么？你怎么会知道？"她无措地低语，忽然有种狼狈难堪又惊怕的恐惧。

"你姐姐看到了你的化验单，就这么简单。"原芮海难过地摇了摇头，"我很抱歉，我大哥他……"

踉跄后退，林馨摇着头，大口地呼吸着，半晌才从一切被知晓的惊怕中惊醒。"不不，不关你的事……"

原芮海的眼神，明显地黯然了些。

"是啊，和我无关呢。"他低语。

"不不，我不是那个意思！"林馨看着他受伤的眼神，心里又痛又悔，急切地踏前一步，不由自主地拉住了他的一只手，"我是说，你不用道歉……我是这个意思！"

任凭着她拉着自己，原芮海忽然伸出手臂，重重地搂住了她，声音带着急促的破釜沉舟："跟我一起出国，我们居住在外国，不用让你面对这边的一切，好不好？"充满希冀地看着林馨，他目光热切而温柔，"就算你想留下这个孩子，我也尊重你，行吗？我们会生活得很开心，远离这里的一切恩怨情仇，到了四五十岁以后，一切都云淡风轻了，我们再回来，这样就不会有问题了，对不对？！"

看着林磬那目瞪口呆的神情，他屏息等待着，就像是等待判决的犯人。

那一刻，林磬的心中忽然也浮起了这样的感觉。等待审判的犯人……忽然而来的联想让她开始疯狂地流泪，一直到痛哭出声。

"芮海，对不起。对不起……"她嘶哑着嗓子，在一片模糊的泪水中凝视着面前温柔的脸，那张阳光明朗的脸和数年前K大迎新舞会上的那位学长的脸重合起来，在此刻让她心痛如绞。"我不能再耽误你了，我怕我……再害你一生。"

"我想彻底忘掉这一段人生，芮海……给我一个机会。"她喃喃地道，悲伤地笑着，脸上的泪水却同时滚滚滴落，"也给你自己一个机会。你明明知道，我并非良配。"

四周车站人流如织，液晶屏幕车次闪烁，嘈杂的各种声音如同人世间最繁杂的背景乐。可是两个人都觉得，他们之间却像是真空般安静。

似乎过了很久，又似乎只是短暂的数十秒。原芮海唇边渐渐浮起一个平静的，淡淡的悲伤笑意。

"我懂了。"他简短地道，柔和地看着林磬，并没有什么失控的愤怒或失态，"既然这样对你最好，那么我尊重你。"

慢慢地退后了一步，他微笑地拉开了两人之间的距离。

"一路顺风。"他眼神沉静似水，深深叹息，"再见。"

泪眼模糊地望着他似乎就要转身离去的身影，林磬忽然大步跑上了前。在原芮海面前站住，她踮起脚尖，第一次、主动地将颤抖的嘴唇印上了他的唇。

轻轻一吻，无关爱情，只为别离。

"芮海，谢谢你。"她用极低极低的声音在他耳边道，泪水簌簌而落，"谢谢你……"

轻轻抱住了她，原芮海沉默地用一个拥抱做着最后的告别。

贪婪地呼吸着他身上那熟悉的、让人无论何时都觉得安心的气味，林磬静默了几秒钟，这才猛然后退，头也不回地向着检票口冲去！

隔着人来人往的人流，隔着十来米的距离，候车大厅的大理石白色厅柱后，一个男人沉默地，冷冷地看着不远处的这一幕。看着林磬和原芮海含泪相拥，看着她轻轻在他唇上温柔一吻，看着她痛哭着离去。

Chapter 19
第十九章

微闭上眼睛，他不愿意再看那些刺心的画面和场景。那是一个告别的片段么？她要走了，走到哪里去？她决定离开的时候，只是通知了芮海，他被完全地排斥在外。

眼前全是那个曾经心爱的女人轻轻在弟弟唇上一吻的画面，俊男靓女，深情款款，何等般配。那是他们两个之间的世界，与他无关，也容不得他的狼狈出现。

慢慢靠在了身后冰凉的石柱上，他一个人在那里，静静地默立，既没有上去告别，也没有上去挽留。

旁边有路过的年轻女学生看着这满脸铁青、无力斜靠在石柱上的俊美男人，鼓足了勇气，停下来开口问："你好，身体不适吗？需要不需要帮助？"

原芮风睁开了眼睛，沉默地看着这好心的女生，眼睛里有着血丝。半晌才淡淡颔首，"谢谢你，我没事。"

被他那深邃而阴翳的眸子注视着，那位好心的女生心里一阵怦然乱跳。正踌躇着要不要就此离开，却见面前的英武男子目光猛然地绕过了她，向着对面看去。

好奇地回身看去，那女孩子不由得瞪大了眼睛。就在几米外，同样俊眉朗目的一个年轻男生站在了那里，正死死地盯着了她身边的男人。

缓步走过来，原芮海眼神中流转着莫名的情绪，宛如冰面下的沉沉沙滩。交织着愤怒、痛苦、失望，还有淡淡的哀伤，在他漂亮的星目中织成暗流。

"她走了，她说要离开这座城市。"原芮海看着一直眼神阴郁的大哥，淡淡道，"你既然追到这里，不去告个别吗？"

原芮风没有说话，目光一直没有转向那边，拒绝做出回应。

原芮海点点头，又忽然奇怪地摇摇头，"既然如此，你也没有资格知道别的一些关于你的事情。"

举步转身，他冷冷地就要前行。可是他的胳膊，却被原芮风猛地一把拉住了。

"什么关于我的事情？你说清楚。"

"你不配知道。"原芮海讥讽地笑了笑，"抱歉，大哥。想要知道的话，你何不打电话给她亲自问。"

原芮风脸色青得如同生了暗暗的锈渍，英俊的脸上有着暗沉。松手放开了那一向对他敬爱有加的弟弟，他淡淡道："我对她，已经没有任何兴趣。"

直直地看了他半晌，原芮海点点头，不再多说。

独自走出了大厅，他默然坐上自己的汽车，慢慢地发动，慢慢的茫无目的地开始行驶在越行越偏远的道路上。不知道开了多久，那辆黝黑的汽车终于缓缓停在了路边，一动不动了。

埋头在方向盘上，他思索了很久，才拿起了电话，手指犹疑而缓慢地伸了过去。按响了那个熟悉的号码，他静静等待。

很快，电话接通了，林罄略带沙哑的声音响起来，微微带着诧异，"芮海？"

"上车顺利吗？"原芮海柔声道。

"嗯，刚刚赶上最后进站。"林罄靠在软卧的下铺上，轻声回应，身边有人过来放行李，她起身让开，倾听着略显嘈杂的背景声里原芮海那温暖的声音。"放心，我很好，一切顺利。"

原芮海沉默了一会儿，才慢慢地道："小罄，我刚才……在火车站出来时，遇见我大哥了。"

电话那头，没有了声音。好半天，林罄干涩的声音才响起，似乎带着勉强的笑意，"嗯，那又怎样？"

"他追着我，跟来了这里。"原芮海深深吸了口气，终于道，"你觉不觉得，你把什么都瞒着他，对他很不公平？"

"不，我不觉得。"林罄幽幽回答道，却很坚决，仿佛经过了深思熟虑，"我考虑地很清楚了，这是我……一个人的事。"

坐在停在暮色四合的郊外的车中，原芮海仰望着头顶天窗外的夜空。凝视着那暗蓝色的无尽苍穹，无数的星光在远处闪耀，这一刻，他的心慢慢平静。

"即使他是你腹中孩子的父亲，你也觉得，这是你一个人的事吗？"他低声叹息，"林罄，你可以稍稍公平一点点，让他起码有一个知情的权利。"

"不……不需要。"林磬的声音沙哑得厉害，仓促地道，"芮海，我这边有点吵，要不，等我到了目的地，我们再聊？"

"别逃避。"原芮海并不打算给她草草结束通话的可能，犹豫了一下，他沉沉叹息，"还有一件事，我想你也许不愿意听，可是我还是觉得，我应该说出来。不然的话，我也许会后悔。"

"嗯……你说，我在听。"林磬的声音很小。

"我从监狱里出来以后，有自己悄悄地在公司内部调查过一些事。不是为了你，而是为我自己。"他淡淡道，"我想知道，我所坐的牢，到底值得不值得。林磬，相信我，我下面的话，全是真实的，而且保证是我认真查证过。"

"……"林磬默默听着。

原芮海仰望着头顶的星空，清亮的声音中有点沉重，"我找到了当时负责固丰镇房产项目的部门经理，又找了很多当时的业务员。原科真的没有参与到政府征地的一切运作中去，我们所做的，不过是知难而退，转而从政府手里买地而已。"

他涩声道："你可以说伯仁因此而死，却不能强安一个幕后主谋的罪名给我们原科。"

林磬默默地怔怔听着，软卧的旅客们都已经入座，火车在慢悠悠的启动中逐渐加速，驶向远方的异地途中。

"我很抱歉。芮海，你因此而被连累。"她喉咙嘶哑，"真的很对不起。"

"不不，我说这些，不是想抱怨我坐牢有多么不应该，实际上，既然我选择替罪，本身就是在玷污法律。"原芮海苦笑，终于说出真正的心里话，"我想说的是，大哥他……其实真的很冤枉。他或许够强势，够独断专行，但是他不是一个冷血残酷的人，绝不会授意下属在商业运作中，沾上血腥。"

"林磬，相信我。大哥他……没有那么不堪。"原芮海怅然地道，心里一阵难言的酸涩，"我相信你们之间，曾经那样深爱过，于是，现在是不是真的要这样彼此憎恨，彼此误会呢？"

浑身像是被冰冻住，很久无法稍动，林磬的肩头慢慢颤抖，哽咽无声。

握着电话，她终于含泪道："芮海，我和他……回不去了。无论如何，都回不去了啊。谢谢你的这个电话，我想以后再想起过往的时候，我就不会那么放不下了，真的。"

茫然地掐断了电话，她黑黑的眼睛里凝聚着泪雾，火车逐渐加速，铁路两边的景物飞速倒退，K城的灯火和霓虹渐渐远离，在视野中变成远处的一片微明。

不知道过了多久，车厢里灯光忽然熄灭，只留下淡淡的照明走廊过道灯。同软卧的旅客也都渐渐入睡，有疲惫的旅人发出了微微的鼾声。

呆呆地坐在自己的下铺上，林磬痴痴地看着手中偶然闪亮一下信号的手机。那小小的信号光源就像是固执的眼睛，不停地眨动，散出某种目的明确的诱惑性。

不知道是鬼使神差，还是心中始终有那个强烈的欲望，她慢慢地抓起了手机，颤抖着手，按响了那串其实一直没有忘记的号码。

铃声只响了两三声，就被迅速接起，电话那头，无比嘈杂的背景声瞬间传来，还有男人粗重的喘息传来，却没有人开口说话。

听着那奇怪的声音，林磬张了张嘴巴，半天没有说出话，可是电话那头的男人似乎比她更加耐心，一个字都没有发出来。

"原芮风？"终于，林磬涩声发问，"是你吗？"

"是我。"电话中，男人熟悉的声音终于沉沉传来，带着喘息，似乎很是不耐，"有事？"

林磬咽了咽唾液，努力辨别着电话那头奇怪的声音源头，"你现在……方便不方便说话？"

光怪陆离的酒吧灯光下，原芮风修长的双腿上坐着一个浓妆艳抹的女人，正媚眼如丝地端着红酒酒杯，娇嗔地趴在他手边，听着原芮风的电话，另一只手却暧昧地伸到了原芮风半敞开的上衣胸口，挑逗地轻轻抚摸着原芮风。

"几分钟够不够你说完？我稍微有点忙。"原芮风醉眼朦胧地看着大腿上的女人，眯着眼睛，享受着，鼻翼间发出微微的喘息。

林磬深深吸了口气，心里有什么酸楚的东西一点点泛起，带起来的不再有愤怒和仇视，却又一丝丝久违的柔情。车窗外夜色深沉，四下里全是陌生旅客，一时间，少有的软弱侵袭了她。

"芮风……"她颤抖着声音，朦朦胧胧地想要放下最后的自尊，"我想问你一句话。"

"哈！你问。"原芮风讥讽地轻笑起来，脑海中全是一个小时前林磬拥吻着弟弟原芮海的模样，虽然早已做好了心理准备，可是当真的亲眼目睹时，原来还是会这样令人妒火焚心！

"我想问，假如现在我们都试试看忘记过去，你原谅我，我也原谅你……"她虚弱地，甚至是带着微弱的恳求，"我们之间，还有没有什么可能？"

在这远走他乡的最后时候，想要抓住过去的爱和幸福的心情，原来可以让人放低身段，如此卑微。可是心里依旧还是这样忽然充满了渴望啊，想要看到尘土和淤泥里，开出单薄的花朵来，给人春天依旧会来的希冀。

和车厢里的安静不同，电话那边始终传来嘈杂而令人起疑的声音，原芮海一直沉默，忽然地，他发出了一声倒吸凉气地声音。大腿上那陌生的女人手指轻拢慢捻，忽然伸到了他的腰腹之下。

突如其来的恶心充斥了原芮风的身体，他猛然打开了那陌生美艳女子的手，轻声怒吼："滚！"

被他猝不及防推开，女人差点摔倒在地，"喂喂，帅哥！不想玩就不要请我喝酒啊，你这样算什么？"

原芮风焦躁地趔趄着站起身，把电话离得远了些，不欲身边女子的话语传到话筒里。脑海中是有根线在酒精的作用下微微一动，他趔趄着往酒吧外走，"喂，喂？你刚才说什么？"

林馨怔怔地坐在黑暗里，听着电话里出来的再清晰不过的女人撒娇和嗔怒，耳边只回想着刚刚那声冷酷而充满厌恶的一个字。

滚……

唇边浮起一个悲凉的笑意，她轻轻按断了手机。抱着膝盖，她在一片淡淡的黑暗中痴痴地望着远处，K 城的灯火终于渐行渐远，在远方只留下一片光影。

别了，K 城。

别了，原芮海，原芮风。

时光匆忙，又是一年冬季。

沸沸扬扬的初雪在 K 城的天空中飘洒下来，不多时，就给久未落雨的城市蒙上了一层浅白。

别墅区里的建筑群安静伫立，没过几个时辰，这场入冬以来的第一场雪就把各处的道路遮挡住了，只留下一片银白，耀目而洁净。

就在一片安静中，忽然地，一栋别墅的前门赫然洞开，一行人急急火火地从里面奔跑出来，扶人的扶人，开路的开路，中间一个男人怀里横抱着一位女子，急匆匆地往车库方向奔去。

司机驾驶着一辆体积颇大的路虎SUV，疾速地开了出来，男人小心翼翼地弯着腰，把怀里大腹便便的女人送到了车厢后座，自己也躬身坐了进去。

"快快，去医院！"他急声催促着，又慌忙加了一句，"也别太快了，要稳！一定要稳！"

"老大你放心！"前面的司机一声答应，稳稳地踩下油门。车厢里，黎奉天紧紧握住了斜躺在他大腿上的女人的手，脸色有点发白："你怎么样？肚子现在还疼不疼？医生不是说预产期最少还有两个星期么？"

勉强地露出一个笑容，林笛忍着腹中隐约的绞痛，"提前一点，推迟一点本来就是很普通的事……再说我也只是有点微微的痛，说不定就是虚惊。"

"这种事，怎么能轻视！"黎奉天的浓眉紧紧拧着，抬头冲着副驾驶座位上的小马急切地问，"怎样，联系好了医院没有？"

小马在前面赶紧转过头，"放心吧，老早就预定了特护产房，指定了最有名的妇产生医生，还找好了专业护士，月嫂和两名佣人。"

开玩笑，老大第一个孩子出生，要是嫂子和孩子有点任何不妥……小马打了个冷战，缩了一下头。

林笛安静地躺着，秀丽的脸上肌肤细腻光润，以往是清俊的瓜子脸，如今也因为孕妇的长期进补也显出了丰满来，黑黑的长发剪成了孕妇常见的短发，衬托着苍白的脸色，更显得发色如墨，肌肤胜雪。

那苍白越来越明显，渐渐有汗珠渗出了她的额头。被腹中的绞痛折磨地快要没有一点力气，可是眼角的余光瞥见黎奉天那冒出汗水的前额，林笛忽然有点想笑，眼中却同时有了微微的雾气。

"奉天，真的……没事的。"她含笑道，声音低得像是呓语，"我保证，会平平安安的，别担心。"

斜斜地依靠在丈夫那宽厚的肩膀上，她在剧痛中恍惚地道："我从小就没有父母……所以我一定会好好的，和你一起看护着我们的孩子长大，一定。"

默默地揽着她，神色焦躁而担忧的男人终于渐渐平静。轻轻在她额前吻了吻，他低声道："嗯。我陪你一起。"

车辆疾驶进早已定好的妇产医院，刚进医院的大门，等候的医生和护士就已经在纷飞的雪花中迎了出来。一眼看到黎奉天从车上抱下孕妇，便有专业的护士接手过去，熟练地推着担架车向医院里面跑去。

担架车推进了孕妇产前检查室，黎奉天被拦在了外面。他笔直地站着，看似平静，可是不时的忽然踱步却出卖了他内心的波涛汹涌，一边的小马笑嘻嘻递了杯饮料。"大哥，放一百个心。嫂子产前检查一直很健康的，一会儿绝对给你顺产个大胖小子！"

另一位手下也打着哈哈调节气氛，"小千金也很好啊。要是个和嫂子一样温柔漂亮的女娃娃，该多棒！"

"都好，都好。"黎奉天搓着手，心不在焉地回着他们的话，眼睛却始终没有离开产检室的门。

当窗外飘飘洒洒的飞雪终于停下，天空显出一片净朗时，仁顺私家妇产科医院的6号产室的门，终于推开了。

"黎先生，恭喜恭喜！是位小公子，体重六斤八两，母子平安！"护士小姐笑吟吟推门而出，先行报喜。她身后，有另外的护士推着移动病床，雪白的床单上，是紧闭着眼睛、被汗水打湿了头发的林笛。

有护士温柔地把手中的襁褓递过来，放在了黎奉天和林笛的面前，"看，小公子长得多好看！"

怔怔地望着她手中襁褓里露出的那个小小脑袋，黎奉天僵硬地伸手接过那纯棉襁褓，一眨不眨地看着那满脸皱纹、毛发稀软的小男婴。这么一动，婴儿响亮的声音简直响彻了四周。

林笛微笑着看着他和他手中的小婴孩，漆黑的眸子里一片温柔星光。

"像谁？"她低声问，吃力地歪过头，想要仔细端详那孩子，可是顺产后极端疲惫，竟然扭转脖颈的力气都没有。

小马和几名手下早已凑了过来，屏息看着老大手里的初生婴儿。

"瞧鼻子像我们老大，这么挺！"

"嘴巴像嫂子，这么小，这么嫩……跟个小菱角似的。"另一个小平头也煞有其事。

黎奉天听着他们热闹的讨论，一直紧张地绷得紧紧的脸上，终于露出了一丝笑意。他低声笑道："像我们俩。"

私立妇产医院的客户并不多，没有外面普通医院的人来人往，整个贵宾产妇休养病房的楼层上，安静而井然有序。

一边的电梯门叮咚一声响了，一行人走出了电梯，正迎着黎奉天和病床上的林笛走了过来。

抬头望去，黎奉天就是一怔。林笛躺在移动病床上，看到丈夫忽然停了脚步，便也费力地抬起头看向那行人。

一对气质风度极佳的老年夫妇，身后是两个气宇轩昂、相貌出众的年轻男人。

一眼看到他们，那两个男人的神色，也都是轻轻一愣。

原芮海的目光落到了林笛脸上，眼中忽然有了恍然的神色。踏前一步，他急匆匆走到黎奉天夫妇面前，"对了，几个月前都身怀六甲了，现在这是？"

"刚刚生产，得了个儿子。"黎奉天礼貌地微笑着。

"恭喜恭喜！"原芮海眼中露出由衷的高兴，转头看向自己身后的夫妇，"爸妈，你们先去探望表姐吧，我这边遇见了朋友，稍候就到。"

原江涛夫妻俩点点头，客气地对着黎奉天和林笛微笑着也道了声恭喜，先行离去。他们身后，原芮风沉默一下，终于也走上前，对着林笛微微欠身。

"恭喜。喜得贵子，真是人生中难得的喜事。"他沉声道，眸色幽深，"今天没想到会遇到贤伉俪，改日一定登门拜访，送去贺礼。"

黎奉天点头回礼，"多谢，您客气了。"看了看妻子，他淡淡道，"心意我们领了，登门什么的，就罢了吧。"

原芮风眸子一黯，眼光往他们身后看去。

没有人。

在这重要的、亲人临产的时刻，她也不在？

黎奉天默不做声地向护士摆手示意，率先进了病房。看着他们的背影，一边的原芮海忽然道："大哥，你先去陪爸妈吧。我想进去和他们聊聊天。"

深深地瞥了他一眼，原芮风道："你随意。"

整个产妇修养室布置得温馨惬意，浅蓝色的窗帘，草绿色的清新舒缓色调的床品，房间角落里点缀的鲜花，床头摆放的婴儿大头照……原芮海一迈进去，就看见黎奉天正细心地把林笛扶在床头躺下，一边的护士在小声地叮嘱着什么。

一见他进来，黎奉天的眉头就皱了起来。

原芮海鼓足勇气，诚恳地道："打扰你们，真的很抱歉。我只问一句话，很快就走。"

林笛微微叹了口气，看着原芮海，她强打精神道："你问吧。"

"请问一下，林馨现在好不好？她原先的电话销号了，我联系不上她，实在有些担心。"

凝视着他眼中真诚的担忧和痛楚，林笛心里一阵酸涩。

"是的，我妹妹说，不想再和过去的人有牵扯，所以别的人……她都没有再联系了。"

"哦……"原芮海怔怔听着，俊朗的眼睛中神色黯然。别的人……在她心里，他也不过只是一个"别人"而已。

"她身体……好吗？"他的声音很轻，看着林笛脸上那孕妇特有的圆润，他怅然地想着那个女孩子临走时，也曾腹中有孕。

"她打掉了孩子。"林笛淡淡道，"她在外地，一个人做了手术。你放心，她年轻身体好，没有什么大碍的。"

原芮海呆呆地听着，身体有些僵硬。

"芮海，谢谢你依然关心她……"林笛看着他的神色，心中终究有些不忍，"不过，那毕竟是过去的事了，她会有自己新的人生，你……也忘记她吧。"

原芮海僵立在那里，半晌没有说话。一直到黎奉天在一边忍不住淡淡地咳嗽一声，他才猛然惊醒。

颓然地对着林笛点点头，"好的，我明白。"展开了一个微微的笑，他再次衷心地道，"恭喜您了。"

"谢谢。"黎奉天飞快地道，恨不得早早赶他离去，产妇需要休息，这原家的兄弟俩，可真都没什么眼力见儿！

原芮海躬身退后，转身出了门。刚刚踏出，他的手臂就被人一把抓住，一抬头，大哥原芮风黝黑的眸子就在眼前。

"你刚才……在里面说什么？"他呼吸粗重，一眨不眨地看着弟弟，"你们说什么打掉了孩子？！"

愕然地看着他，原芮海忽然重重地甩开他，愤怒地冷笑，"和你没有关系，不劳你操心。"

"她的事，我有必要操心。"原芮风咬牙切齿。

原芮海温和的眸子里全是少见的锐利和讥讽，"是吗？那为什么几个月前你不操心得更多一些，更殷勤一些？现在这样如临大敌，又有什么用？"

"你不要绕开话题，我只问你，你们刚才说什么孩子……"原芮风忽然眼睛一暗，眸子里一片震惊，"她和你有了孩子，你却任由她远走他乡的？你这个混蛋！"

他咬牙切齿，手腕紧紧抓紧了原芮海，恨不得生吞活剥了他似的，一叠声地怒道："你为什么不承担起责任，你为什么放她走？！你是不是一个男人？"

"够了！"原芮海猛然地爆发起来，声音气得发抖，"这些话，原本该我来问你！"

一句话出口，走廊里忽然安静得像落针可闻。兄弟俩死死地直视着对方，诡异的气氛在四周的空气里蔓延，压抑的气流旋转在他们之间。

"你……你再说一遍。"原芮风沙哑着嗓子。

原芮海沉默不语，猛然甩开他，转身就往回走。

"芮海！"他身后，原芮风提高了声音，微颤中带着掩藏不住的惶恐和震惊，"你不能这样对我。你、你们……"

原芮海身体僵硬，停在了那里。好半天，他才深深吸了口气，回头低声道："大哥……事已至此，你又何必多问？"

"给我一个知情的机会，这要求……应该不算过分。"原芮风的眸子死死看着弟弟。

原芮海沉默了。半晌后，他终于败下阵来，颓然地苦笑道："她离开的时候，怀了身孕……"

看着原芮风那茫然的神情，他露出淡淡的苦涩，"我从没有和她有过这种亲密，你懂了吗？"

"你……你是说……"原芮风忽然再也吐不出任何字。踉跄了一下，他靠在身后走廊上的冰冷瓷砖上。

原芮海近乎怜悯地看着他，轻声道："不用想太多了，她已经做出了决定，你我就算再不甘心，也还是尊重她吧。"

茫然地在那里呆呆立着，忽然，原芮风猛然地摇着头，语气激烈起来："不不！不是……她有问过我，她有……"

脑海里终于浮现出那个混乱而醉意熏天的晚上，耳边浮现起那幽幽的一句问话。浑浑噩噩的醉意携带着妒火和激愤，他仿佛自己对着电话嘲讽过，冷淡过，还夹杂着和身边的陌生女人纠缠，以至于他不能确定在电话里到底听到了什么。

可是现在……他痛苦地发觉，脑海里有些东西泛着冷笑清晰浮现，重回记忆。不是臆想，也不是幻相。

"假如我们都试试看忘记过去，你原谅我，我也原谅你……"耳边，那个熟悉的、令他恨之入骨却也思念入骨的声音幽然地问着他，是久违的恳请和软弱，"我们之间，还有没有什么可能？"

然后呢，然后他回答了什么？他痛苦地想着回忆着，却发现那之后是一片空白。在那种情况下，他像是全身被有毒的情绪充满的野兽，不用獠牙冲人狠狠咬上一口，才是奇怪的事。

然后，她就走了，一个人。

想着刚刚在林笛门外听到的隐约话语，他茫然地，转身向着那间产妇休养室走去。

平推开门，他径直走了进去。

黎奉天正在妻子身边细心地守护着，听见了门口的响动。还以为是护士或者医生，他笑眯眯地抬起头，脸上却迅速凝固。

这原家的兄弟俩，还真是阴魂不散！他恼怒地想着，站起身走到原芮风面前，神色冰冷，小声压住声音："对不起，现在不接待客人。"

原芮风脸庞上肌肉微微抽搐一下，看了看床上正在闭目休息的林笛。

"有话出去说，我妻子需要休息。"毫不客气地伸手揪住他，黎奉天鹰爪一般的手指钳着他的臂膀，径直地把他带到了外面。

"有什么话，可以直接问我，我想我能回答你。"

原芮风幽幽的眸子里像是有什么在烧，看着黎奉天，他痛苦地问："关于林磬……你知道多少她的消息？"

黎奉天冷笑了一声，抱着双臂，锐利的眸子在他的脸上稍作扫视，"我记得你们之间已经是过去式了。确切地说，你们原家两兄弟都是过去式了，拜托——不要再来纠缠不清了。"

看着原芮风那难堪的脸色，黎奉天面色一沉，"是个男人的话，就痛快点。人家女孩子都能放开，你们男人还在这里婆婆妈妈的，哪来这么多事儿！"

原芮风忍耐地听着，眼神幽深，"黎先生，我只是想问——她临走前，是不是真的怀了孩子？"

"是的。"黎奉天不耐烦地皱着眉，"不过这也和你没有关系。"

"那是……我的。"原芮风嘶哑着嗓子，深若古井的眸子里有悲伤的火焰在死死压抑，"那个孩子……是我的。"

黎奉天终于愕然一愣。在他和林笛的认知里，一直以为原芮海才是那个孩子的父亲，所以林笛才会在第一时间通知了他，哪里会想到这个人的身上去！

黎奉天狐疑地瞪着他，"你……你确定？"

原芮风忽然急促地问："你们一直有她的消息，是不是？她肚子里的孩子……到底怎样了？！"

皱着眉头，黎奉天看着他那茫然而急切的眼神，想着自己那刚刚出生的大胖儿子，心头终究一软。

伸手拍了拍原芮风的肩膀，黎奉天淡淡道："她不愿意我们为她担心，所以一个人去了外地。再打电话来时，她已经告诉我们，她做了手术……"

"不，不可能！"原芮风忽然激烈地嘶叫起来，猛然一拳砸在了身边的瓷砖上，瞬间便有鲜红的血迹迸溅。

"她不会的……她临走前，还有问我要不要互相原谅，她怎么可能这么狠心？"原芮风喃喃道，眼睛中忽然亮光燃起，"她对我还有一点希望的，她……"

"哦，她问过你？"黎奉天敏锐地抓住了重点，"那么她为什么还是走了，你对她说了什么？"

"我……"原芮风张口结舌，呆呆地看着黎奉天那讥讽的眼神。

看着原芮海那一瞬间黯淡了的眼，黎奉天也大致猜到了少许。他从鼻子里哼了一声："行了，到此为止吧。她现在过得很好，早点放手，对彼此也都是好事。"

怔怔地在原地立着，原芮风那高大英挺的身形显得有点茫然的孤寂。

"她过的很好啊……那就好。"他艰难地裂开嘴，笑了笑，可是看在黎奉天眼里，却像是悲伤的意味。"我能不能问一下，她现在的地址，或者电话呢？"

"你想干什么？"黎奉天极其警惕。

"我……"原芮风怔然地道，"我想去看看她，还有就是……我也许欠她一个道歉，关于那个晚上的。"

"不用了。"黎奉天大手一挥，斩钉截铁，"她有特别叮嘱过我们，暂时不想见任何别的人。"

北方虽然已经过了风雪漫天的时辰，可是气温依旧寒冷。南方的城市还没到春暖花开，却早已远离了最冷的时候。诸如丽江、大理，昆明这样的城市里，更是充满了来自全国各地的旅客们。

古城丽江，过了春节长假那波人流如织，现在的丽江古镇才慢慢恢复了些过去的悠闲和清净。

距离有名的旅游区挺远的城郊外，有家不太起眼的私家客栈。和丽江那诸多各有特色、装修别致的客栈比起来，它也没有什么太大不同，简朴的民居风格，带有点小资情调的各种小点缀，庭院里摆放的露天功夫茶具，无不显示着客栈主人的漫不经心。

就连屋檐下趴着的一条大白狗，也都懒洋洋地晒着太阳，一副慵懒至极的模样。

"大白，大白！"一个年轻的女孩子扎着马尾，呼唤着门槛下的大狗，随手把手里的狗粮扔了过去。大狗睁开眼，慢条斯理地用爪子扒拉几下，开始啃咬着。

惬意地看着大白狗吃东西，那女孩在庭院中的躺椅上坐了下来，戴上耳机，摊开手边的一本画册，悠闲地在日光下面看着书，阳光正好，四周安静。

一直到客栈的门被推开，一个背着摄影包的男人手挽着一个女孩，一起走了进来，一眼看见庭院里的女孩子，他们俩笑嘻嘻地走过来，叫了一声："嗨！"

从耳机的音乐中惊醒过来，那女孩子抬头看着这对情侣模样的客人，伸手摘了耳机，飞快地弹跳起来，"你们好！要住宿啊？"

年轻男人笑吟吟点头，"是啊，来蜜月旅游。事先没有定客栈，随便走着走着，就到了这里。"他四下看了看，似乎对这里的幽静很是满意，却也没有忘记回头看那圆圆眼睛的女孩子，"老婆，你看这里行不行？"

"哎呀，我们这里很安静的哦，别看距离城区有点远，可是真正想度假的客人，住了以后都说这种地方，才是真正好的——那种熙熙攘攘的地儿，有什么好，哪有丽江真正的神韵？"那女孩赶紧笑吟吟地想留住客人，嘴里噼里啪啦地说了一大堆，可是年轻貌美，笑容又阳光，倒也根本不会引来厌烦。

那圆眼睛的女孩子挽着新婚丈夫的手，四下一看，"嗯，挺好的啊。景天我们就住这吧。"

"行，带我们看看比较好的套间吧。"年轻男人也爽快，"嘿嘿，要有新婚风格的最好了。"

客栈的那女孩轻盈着在前面带路，马尾一甩一甩的，"嗯嗯，有的有的，两位这边来！"

"多少钱一晚啊，我们可是工薪阶层！"吴景天逗着贫，"老板娘要给我们优惠哦，我哥们适龄的多，眼看着一个个都要结婚，要是我们住得好，将来一定介绍回头客来您这里！"

"没问题啊，新婚夫妻来住店，本来就会带来喜气呢，哪有不优惠的道理？"女孩子麻利地打开一间向阳的整洁套房，笑吟吟道，"原价四百八十元的豪华河景房间，给你们优惠价三百八，你们看行不行？"

两个小夫妻伸头看了看，立马便爱上了里面满是阳光的感觉。果然，顺着窗户看出去，一眼就能看到蜿蜒的流水，和远处的青山，景色竟是出奇的好。

对视一眼，两人都是心动无比。吴景天试探着杀杀价，"老板娘，三百行吧，我们也不多讲价，行我们这就住下了，最少一星期。"

稍微思索了一下，女孩子有点为难，"我也是个打工的啦，不是什么老板娘。您说的这个价钱……这样吧，我去问问真正的老板娘，马上就回来答复你们，你们先四处看看景色，好不？"

"行，你去请示，我们正好再看看房间。"吴景天连连点头。其实在来之前也多少看过些旅游攻略，按照丽江的消费，这种档次的私家客栈，又能看到水景的套房，大多也是超过这个价格的。

年轻女孩一路小跑着跑到一边的一间偏房里，推门进去，"林姐，林姐！"

同样洒满阳光的小偏房里，窗台上缠绕着绿色的茂盛藤蔓。靠着窗的浅褐色原木书桌前，坐着一个埋头写着什么的女人。黑长的秀发在脑后简单地挽了一个发髻，簪着当地旅游摊点随处可见的粗岫玉的发簪，只有几缕不听话地垂下来，在她白皙的腮边垂着。

听着那女孩的叫唤，窗台前的女人回过头，展眉一笑，"什么事啊？"

"老板，外面来了两个新婚的客人，想把那套最好的临水套房讲价到三百元，我不敢答应呢！"在这里做了几个月的客栈服务员小刘笑道。

"行啊，总比空着好。"林馨漫不经心地伸着懒腰，"就跟他们说可以的，但是不包早餐哦。说清楚厨房的灶具倒是可以随便他们用的，微波炉，电磁灶，都可以。"

"嗯嗯，明白的，老规矩。"小刘连连点头，伸头看看林馨桌上的账本，"老板不要太辛苦哦，怎么账还没有做完啊？"

"是啊，又接了一家外贸厂的代账活计。"林馨笑了笑，把摊开的账簿推到了一边。一开始只是想来这里散散心，恰好住的这家客栈主人想要移民，闲谈中说道想把客栈盘出去，她便动了心。

思前想后，她终于决定下来，用姐姐给的那张银行卡的几十万盘下了这家客栈，在这座著名的旅游胜地暂时地安下了身来。客栈的地理位置有点偏，每逢节假日收入挺好，可是平时就差了很多。好在无需房租，水电也不太多，维持收支平衡后略有盈余，也算是安稳而悠闲。

店里还请了两位勤工俭学的本地女孩，轮流前来帮忙看店，刚才的小刘就是其中之一。

丽江的生活悠闲，住店客人不多时，可以闲下来的时间越发显得充裕。她在本地的财经网论坛上很快也就找到些和本专业相关的工作，帮本地几家小型的公司兼职代账，不需上班，只要每个月过去几天拿到相关的票据发票，回来负责做账就好。

时隔几年，专业知识稍微有点手生，好在过去在学校的根基打得好，捡起来也十分容易。

"那老板我出去了哦，给那两位客人登记去。"小刘笑嘻嘻地道。

"好的。"林馨微笑着回应。手上的帐基本做得差不多了，她站起身，在窗边的阳光中静静闭目晒了一小会，这才推开门，走了出去。

小客栈面积不大，一进门的小院子里种着些绿植，间或开着早春初开的黄色花朵。她微微扶着有点酸胀的腰，站在了小院中，开始活动着腰身，做些非常简单的舒展运动。

"你是老板娘吧？嘿嘿，我们是新住下的客人……欸？！"

吴景天大张着嘴巴，看着眼前这熟悉的年轻女人。忽然指着她，他口吃的叫了一声："林、林老师？你怎么在这里？"

林馨也是同样愕然，稍稍地愣了几秒钟，她微笑起来，"吴大记者？您又怎么会在这里啊？我身上，现在总没有什么新闻价值了吧？"

"我，我是来单纯的旅游而已。"吴景天咽了口吐沫，一时有点说不出话来，半晌才期艾艾地道："你……你还好吗？"

"啊，挺好的。"林馨微微一笑，心里知道他想问什么。看着他那好奇爆棚的眼神，她无奈地笑了笑，"那次的事，害你受了惊吓，真是对不住。"

吴景天身边的圆眼睛女孩终于忍不住，在他背后暗暗地捅了一下，吴景天慌忙转过身，正对上新婚妻子那不满的气鼓鼓模样。

"小艾，这位林老师你不认识吗？再想想！"吴景天嘿嘿直乐。

"啊……"小艾有点不好意思了，难道是他们俩过去的熟人？

"林老师嘛，我们去的那个山村的美女老师！"

小艾终于迟钝地张大了嘴巴，想起了两年前的那场网络风波的始作俑者，可不正是眼前这位眼神清亮逼人的乡村女教师，直接把他们的志愿者网站拖进了是非风雨中的那个人？

"啊啊，你是那个江诗丹顿！"她心直口快地叫出来。

吴景天讪笑着看着林磬无奈的脸色，正要接着叙旧，目光却忽然落在了林磬的小腹上，不由得一怔。记得上次山村一见，她还步履轻盈地在山间的石路上跳来跳去。

"恭喜啊。"他挠挠头，真诚地说着祝福的话语。不过心里却更加好奇，开始忍不住想四下张望一下客栈的男主人。

"谢谢。"林磬微笑着摸了摸自己的小腹，神色坦然，看着吴景天和新婚妻子，也诚心诚意地道："也祝你们新婚快乐，丽江很美的，这个时候人不多，你们一定会玩的很开心。"

"嗯嗯，谢谢啦！"小艾笑得眉眼弯弯，"我们这就出去玩啦，晚上回来再找你聊天哦！"

"好啊，你们是我的朋友，欢迎早点回来，我随便做点本地的特色菜给你们尝尝。"林磬笑着和他们挥手告别，又在小院子里接着活动了一会腿脚，这才转身回到屋里。

可是原本平静的心，依旧还有有点泛起了涟漪。原本以为躲得很远了，原来世界还是比自己想象的小得多。

至于江诗丹顿……她抚了抚腕上新买的普通电子表，怅然地笑了笑。带着那块表足足三年多，本以为成了会跟着一辈子的习惯，可是自从在那个人的别墅中褪下后，便也就这样湮失在她的生活里。

没有什么是不能改变的，也没有什么真的永远无法忘记。她悠悠地拿起桌上的一本育儿手册，安静地看了起来。

客栈外，通往景点的青石小路上，小艾一路都瞪着大大的圆眼睛，像是听天书一样听着吴景天说的故事。是的，简直就是故事！

自从那天在国道边眼睁睁看着林磬被带走，吴景天思前想后，最终还是考虑到那是熟人之间的纠葛，没跟别人多说，甚至也没有和未婚妻小艾提起，可是他还是忍不住私下去调查了不少当年的旧事，多多少少的，也算依稀理清了一些头绪。

"这位美女林老师啊，绝对、绝对不是普通人！我觉得吧，有明显证据表明，她和原氏那位总裁有不浅的类似恩怨情仇的千丝万缕的关系！"吴景天斩钉截铁地八卦着，挥了挥拳头！

"你啊，做摄影记者真是屈才了，我瞧你应该去做文字记者，俗称狗仔的那种！"小艾白了他一眼，不过还是兴致勃勃地两眼放光，"可是你说，这位林老师现在的老公是谁啊，瞧她好像好几月身孕的样子了哎。我瞧那不是胖，看她扶着腰的样子，就是典型的身孕！"

"早点回去，晚上吃饭时，你去套话！"

小艾啼笑皆非："啊呸，你这个八卦男人！欸，又在看什么美女？看得这么忙直流口水？"看着老公那忽然双眼直愣愣的模样，她不轻不重的揪着老公的耳朵。

"欸欸欸，不是不是！"吴景天的眼珠子都要掉了出来似的，慌忙挣脱开老婆的惩罚，后退几步四下往对面的一条街道上使劲张望，"我，我好像看到了一个很英俊的男人！"

"混蛋，不看女人看男人，你口味倒也广泛！"小艾柳眉倒竖。

"不是了……"吴景天再也没找到刚才那一晃而过的身影，呆呆地想了半天，忽然对着小艾道："老婆……我真的好像看到了一个不该出现在这里的男人。不对……他出现也是顺理成章的，难道他就是林老师的丈夫？不对啊，原氏总裁要是真的结了婚，我们怎么可能没听到一点风声？"

小艾诧异地听着他语无伦次的唠叨，"喂，你说什么呢？"

"老婆啊，我觉得……我撞到了一个秘密。"吴景天忽然神秘兮兮地四下看了看，"原氏的总裁啊，在这里包养了一个情人，而且有了孩子，你觉得这个大八卦怎么样？"

顺着青石古道一个人走着，一个身材高挑，眉目俊朗如画的男人走走停停，不时停下问着路边的摊点和店铺的主人，似乎在寻找着什么。

好在附近的地理环境并不复杂，他很快就来到了吴景天他们刚刚离开的客栈门外。在那敞开迎客的原木门扉前，他犹豫着止住了脚步。

隔着木栅栏望去，院子里安静得很，没有人走动。只有幽幽花香顺着早春的微风飘到鼻翼边，像是在殷勤迎客，传送着善意。他站在被树影遮住的地方，久久没有踏进门去。

一直到太阳满满升到了正中，一直到有个女孩子清脆的叫声从小院里响起："老板出来吃饭啦，我做了两个菜哦！"

"好的，这就来。"一边的偏房里，传来一个熟悉的女子声音，虽然只是隐约可闻，却让门外的男人猛然一震，几乎是以迅雷不及掩耳的速度，他狼狈不堪地躲在了门扉后，企图把自己高大的身材完全遮掩住。

而同一时刻，心跳却不能抑制的加速，再加速。

林磬居住的那间小屋的门开了，她走了出来，似乎是想往对面的饭厅走，可是不知怎么，似乎是被院子里越来越浓郁的花香吸引住，她停下了脚步，来到最近的那些苗木下，低头嗅了嗅那枝条上的小花。

微风动处，花香沁人心脾，在满院的阳光中露出浓浓春意。而沐浴在这小院阳光中的、充满幸福神色的女人，也像是在画中一样安静从容。

望着那熟悉的容颜，望着那微微隆起的，伸手扶腹的姿态，站在门扉外阴影里的男人，忽然觉得如遭雷轰！

只是想来看看她过得好不好，只是想远远地看一眼就走。从没有想过去质问她为什么会狠心绝情，为什么要自己决定打掉孩子……可这一刻，原芮风忽然觉得无法呼吸。

脚步迈了出去，可是忽然又涩然停顿，似乎被什么牢牢地楔住在了原地。他那刀削一般的面孔上，肌肉有点微微的抽搐，眼睛一眨不眨地死死盯住了咫尺之外的小院，盯着那个女人的侧影。

他觉得似乎过了很久，可是心里也模糊地知道，其实应该只过了短短数秒钟。小庭院中的女子已经直起了腰身，像是被花香和院中的清新空气了，她的嘴角微微翘起来，弯出一个好看的弧度。

躲在古树背后，原芮风一直看着她的身影走进了对面的房间，这才放松了僵直的身体，慢慢地靠上了身后的树干，犹如全身脱力。

一直在那树影中立了很久，他才直起身板，小心地退到了更远的地方，颤抖着手，掏出了手机。

一阵响铃后，他听着电话被接通，几乎用最快最急促的语调，小声问："既然你们最终同意把她的地址给我，既然你们也同意我来看看她，却又为什么骗我！这种意外、这种突然的刺激不是惊喜！它简直让我昏了头，我什么准备都没有做好就来了，你们不能这样，我……"

他的质问被电话那头的声音生硬地打断了，黎奉天皱着眉头，在千里之外不满地道："原大总裁，拜托你说清楚一点，不要语无伦次。"

"什么说清楚一点，是你们什么都不说清楚！不不，你们不是没说清楚，而且根本就在骗我，你们何必如此？！"

"喂，原总裁，我听不懂你在说什么，我儿子快醒了，我得去看看他，再见——"

"你们为什么不告诉我，林磬的身孕还留着，她根本没有打掉孩子！"

黎奉天正要不耐烦地挂断电话，闻言却是猛然一愣。困惑地紧紧皱眉，他重复了一遍："你说什么？林磬没有打掉孩子？"

不远处的躺椅上，正斜依在上面悠闲地织着小孩毛衣的林笛猛然地抬起头，惊疑地看着丈夫。

"是的，为什么你们能放心她一个人生活在这里，还独身怀着身孕？你们不是她仅剩的亲人吗？你们……"

愕然地回过头，黎奉天呆呆地看着不远处的妻子，"那个……那个原芮凤说，他已经在丽江看到了你妹妹小磬，然后他现在在质问我们，为什么瞒着她根本没有打胎的事实。"

猛地捂住了嘴巴，林笛那美丽的眼睛瞪得滚圆，就像是听到了什么根本无法相信的事情。呆了那么几秒钟，她飞快地跳了起来，飞奔到黎奉天面前夺过电话，"你是原先生？你确定小磬她现在还保留着身孕？！"

"我确定，百分百确定！"原芮凤几乎是咬牙切齿。

"不不，她明明斩钉截铁地告诉我们，她想一个人好好开始新的生活，所以已经去过了医院。她一向喜欢自己拿主意，我们也只好尊重她的心意……"

忽然住了口，林笛怔住了。一个人开始新的生活……其实意思是不要任何男人，独自生下孩子，然后和孩子一起开始一段新的人生？

天啊，这的确是她那个倔强到极点、独立到极点的妹妹干得出来的傻事！

"奉天，小磬她、她……"林笛口吃着，慌张无措望着一边同样惊讶的丈夫，"她居然留着那个孩子啊！她……她真傻。"

眼睛里泛出泪水，她又是哭，又是笑的，"可是这好像……又很好，对不对？"

黎奉天长长吁了口气，无奈摇头，"你这个妹妹，做事情可真是够绝够狠。瞒着孩子的父亲也就罢了，连我们也要瞒着。"

他伸手搂过妻子，笑着拍了拍她的肩膀，"不过的确如你所说，这总算是件好事——我们的儿子啊，很快就会有表弟妹陪他玩儿了！"

林笛点点头，含着眼泪，重新拿起电话，"原先生，谢谢你告诉我们这件事，我们真的也被她骗了过去。你放心，我们这就赶去丽江，说什么也要把她抓回来，放在身边看她生产，好好照顾……"

电话那头，原芮风的声音忽然变得很奇怪。先前激动的情绪忽然消失了似的，他道："不，不用。"

"啊，什么不用？"林笛一时没有反应过来。

"把她抓回来，是我的事，就不劳姐姐和姐夫了。"原芮风淡淡道，终于重回了那个冷静从容、在名利场上运筹帷幄的姿态，大约是自己也察觉到这口气太过霸道，他连忙又彬彬有礼地补充一句："这是我这个孩子父亲的事，对吗？"

听着电话变成忙音，林笛呆呆地回头，看着黎奉天，"那……那个原芮风真的好无耻。"

"怎么？"黎奉天笑着吻了吻她。

林笛又是郁闷，又是无奈，"他这就直接叫上姐姐和姐夫了，他以前对校磬那么不好，我还没有说这接受他呢！"

黎奉天一边轻吻着满脸郁闷的妻子，一边漫不经心地把她慢慢推倒在了沙发上。

"喂喂……这大白天的……"林笛轻轻倒吸一口冷气，又羞又急，"还在说妹妹的事呢，你怎么一点也不着急……"

黎奉天轻笑一声，明亮的眼睛里笑意依稀，又带着微微的邪气，"这件事嘛，原家那个不怎么讨人喜欢的大总裁说得其实倒也对。他才是孩子的父亲，他才有资格去关心这件事情。我们这些亲人，其实倒真没有什么插手的余地。"

一边说着，他的手一边继续上行。

"别……放开啦。"林笛身子酥软，气息开始在丈夫的熟练挑逗下紊乱起来，"先说小磬的事……她既然避开，就是不想和这个父亲纠缠啊，现在……"

黎奉天俯下身，轻轻啃咬着妻子粉色的双唇，不疾不徐，"小磬愿意留着这个孩子的。我倒是觉得，她的心意，怕也是自己糊涂呢。"

"可是……"

"没有什么可是。"黎奉天霸道地用深吻截住妻子那依旧想要反驳的话语，"现在是我们俩的私人时间，你妹妹的事，还是交给那位原大总裁去烦心吧。"

室外只是早春，气温依旧不高，可是暖气开得十足的室内，就算是衣衫尽除，也没有一点点寒冷的感觉，只觉得春意越发旺盛。

Chapter 20
第二十章

千里之外，原芮风独自依靠在那古树背后，犹如石像般，又立了很久。一直到太阳开始西移，他才默然离开了这条青石路边的小小客栈，开始向来路重新返回而去。

一边悠闲而淡定地走着，他一边打着电话，一个又一个，一通又一通。

一直信步到附近另一家稍大的旅店，他随意地迈进门去，又很随意地指了指街道远处："给我一间房间，只要能看到那家客似云来客栈的大门就可以。"

"好的，先生您稍等。"年轻的女服务员抬头看到他的脸，心里就是一阵小小的慌乱，连忙笑吟吟查了一下，递过来一张门卡，"这间二楼房间的窗户正对着您说的那家客栈大门，您看可以吗？"

原芮风漫不经心点点头，拿着房卡开始上楼，又开始打着电话，"是的，帮我包好私人飞机，直飞……相关的签证你去办，她的身份证……嗯，你去我办公室的保险柜直接去拿，密码是021788。抓紧，我这边很急。"

时间如同小城中的古河水，缓慢又悠闲地流淌，不知不觉间，吴景天和新婚妻子小艾的蜜月旅行已经在丽江的束河古镇度过了整整十天。

特意没有选在旺季，平日的过度商业化迹象在淡季中也褪去了，此时的古镇束河，也隐约恢复了静山秀水的恬淡，对于平时工作格外辛苦的这对年轻夫妻来说，能栖息在这里，每天漫步携手，休闲地类似度假，就已经是最甜美和奢侈的事。

更何况，住宿的这家小客栈的老板娘，还是旧日熟人呢！

本来客栈是不提供一日三餐的，可是能在这异地遇见他们，林磬也是觉得颇有缘分，便善意地邀请他们这对小夫妻一起随意进餐。每当外出后归来的早，吴景天和小艾也都乐得跑到他们的饭厅里添两双筷子。

"林姐姐，我们明天啊，就要离开了哦。"小艾夹起青花碗里的家制腊肠往嘴里送，肥瘦相间的香肠被蒸得油光鲜香，配着下面的卤水白干，直吃得她舍不得停筷子。

"是啊，多谢你这些天的照顾了。"吴景天也连忙笑嘻嘻地道谢。

林磬微微笑着，坐在八仙桌一边，和气地道："客气啥啊，能在这里遇到你们，还真的特别开心呢。以后欢迎每到假期都来玩儿，早早打个电话，我给你们留房间哦。"

"好啊好啊！"小艾首先欢呼着，"一定会再来，还要带着朋友一起来！"

"林老师会一直在这里开旅店吗？"吴景天一边大口大口地扒着香喷喷的白米饭，一边瞥着林磬。

打量地越久，他越发肯定：和过去印象中那个倔强又明快的女孩子不同，现在眼前的女孩身上，有种从容和沉静的气息。是因为即将要做母亲的缘故吗？不由自主地柔情显现，消褪了锐气和犀利？

"应该会吧，不过也说不定。"林磬笑笑，"目前是觉得这里生活很安宁，当然会想要停留很久，不过假如安宁被破坏的话……"

她忽然住了口，明亮的眼睛里有丝一闪即逝的怔忪。

小艾和吴景天对视一眼，悄悄交换了一个奇怪的表情。吴景天看似随意地道："不会啦，这里治安不错的——不过说起来，孩子的父亲，好像出差一直没有回来吧？"

他俩早就忍不住旁敲侧击地打听过孩子的父亲，可是林磬淡淡的一句"孩子父亲出远门呢"就打发了他们，而最让他俩心痒难耐的是，那天在街上惊鸿一瞥看到的原芮风，就再也没有出现过！

难道真是吴景天看花了眼？小艾质疑了几次，每一次，都换来吴景天的一阵赌咒发誓："我看错？那种放在人堆里就像是个发光体——你看到一位身高185公分、长相像模特，气质是商界精英的男人，你会认错？！"

可是无论他怎么笃定，原芮风却的确再没有出现过，像是一阵风消失在空气里，又像是一个真正的过客偶然途经。

饭桌上，陷入了沉静。那种淡淡的迷惘很快消失了，林磬自嘲地笑了笑，含糊地回应着吴景天的好奇打听："是啊，孩子父亲回来以后，就好得多了吧。"

关键是孩子的父亲是谁！到底是不是那位神出鬼没的原大总裁？吴景天在心里哀号着吐槽，可是终究不好意思这么直问。

他身边的小艾看着林磬的小腹，掩饰不住羡慕和憧憬，"林姐姐长得这么漂亮，生的宝宝一定也可爱漂亮。不行，我明年一定还要再来，除了可以旅游，还可以看小宝宝！"

"是啊，妈妈好看，老爸又帅气，生的宝宝怎么会不……"吴景天随口应着，却忽然住了口，差点想要捂住自己的嘴巴。

果然，林磬的头瞬间就抬了起来，一眨不眨地看着他。一双大大的妙目直接看着吴景天，就像是清澈的古井，照的见投射进来的每一丝情绪波动。

吴景天暗暗叫苦，偏生又说不出什么来，一边嘿嘿讪笑，一边装作什么也没说似地低头扒饭。

林磬的眼睛在他脸上看了半晌，终于也静静地转开，没有什么追问的意思。一直到吃完饭，小艾和吴景天连忙抢着把碗碟搬到厨房洗刷，这才躲开了林磬的探究目光。

一边在厨房的水槽里放满洗洁精和清水，吴景天一边擦着冷汗，"差点说漏嘴！"

小艾托着腮，"你说那位原大总裁会不会是就是偶然路过，你看，丽江这种旅游胜地，他来玩一下又不是什么不能的事。"

"不可能！"吴景天斩钉截铁，"你是没瞧见他那张扑克脸，哪有半点游山玩水的样子！"

一想到那天看到的原芮风，那种目不斜视、一往直前，直奔这家云来客栈而来的模样，他就觉得有问题。简直和那一次山村国道上劫人的气势完全一样嘛，就差没有摆出那天的阵势！

真是不知道，那位原氏大总裁葫芦里卖的什么药？

"我的葫芦里卖什么药？"站在空旷的束河古镇外的路边，原芮风彬彬有礼地微笑着，可那张俊美逼人的脸看在吴景天眼里，却像是邪恶无比。

"是啊，一次次劫道，堂堂原氏总裁，不要老是这么无法无天好不好？"吴景天看看被拦截下来的载客小面包车，再看看四周几辆阵势和上次一模一样的黑色SUV车队，简直气得要跳脚。

要命，怎么同样的事就跟拍电影似的，还会倒带重放！

刚刚背着包裹，退了林磬的客栈房间，刚刚坐上一辆出租车要赶往丽江机场，没想到，只刚出了束河没有几里路，就这么被硬生生截停下来。

而施施然地从对面车上走下来的，居然就是那个原芮风！

"其实我一直对上次的惊扰十分抱歉。"对面的男人神情诚恳，向着吴景天非常正式地轻鞠一躬，"假如有冒犯之处，请您和您的新婚妻子一定多多原谅。"

吴景天心里更加警惕，居然连自己新婚都调查得清清楚楚？伸手搂过妻子，他没好气地哼了哼："有啥事麻烦直说，我和我老婆还要赶昆明机场的飞机！"

"实在有件事想请你们夫妻帮忙，因此耽误了你们的行程的话，我会尽最大的诚意来补偿。"原芮风神态谦和，伸手从口袋里掏出一份东西，"这是一年内有效的欧洲十日游，豪华双人旅游团券，算是我对贵夫妇的歉意，请务必收下。"

吴景天正要拒绝，可是身边小艾却狠狠在他背上一捅，抢着笑道："原先生何不说说您要我们帮什么忙？假如能帮上您和林老师……"

淡淡地笑了笑，原芮风似乎毫不惊讶于他们知道自己和林磬的关系，"不瞒你们说，我们俩在怄气。"

他笑得人畜无害，看着小艾的眼神更是幽幽深情，"你们也看到了，她一个人怀着身孕跑到这里，这不是办法，对不对？可假如我自己出面，我怕她根本不愿意跟我回去。"

"不是又强行掳人吧？"吴景天嘟囔了一句。

原芮风做出诧异的表情，"那是我身怀六甲的妻子，她肚子里有我人生中第一个孩子。吴先生，你觉得，我会用暴力手段来对付她们？"

吴景天哑口无言。

"艾小姐，我真的很需要你们的帮忙。"原芮风只一直盯着小艾，深邃的眸子里全是求恳。

小艾的心瞬间就软了下来。看着这样一位深情款款的好男人，看着他明显的求恳和痛苦神情，哪里还有半点犹豫？

"好嘛好嘛，我们帮你。"她心直口快地嚷嚷着，"不过你可要答应我们，见到林老师的时候，要对她好好求恳！"

"一定。"原芮风斯斯文文地再次轻轻鞠躬，脸含笑意，"你们看，这样行不行？"

计划在他口中循循善诱地说出来，小艾和吴景天在一边听着，半晌终于点点头。

原芮风轻轻松了口气，没人看见他终于转身的一霎，忽然猛地狠狠攥了一下拳头。弯身钻进自己的车，他闭目冷静了一小会，这才拿起电话："快点准备！"

"老板，你的电话，是上午刚退房的那两位客人。"小刘困惑地举着柜台前的固定电话，"好像有什么麻烦的样子？"

林磐微微一怔，伸手接过听筒，柔和地接起来："喂？小艾？"

"林姐姐，帮帮我们！这里人生地不熟的，我只能求助你了！"电话里，小艾的声音好像异常焦急，甚至带着哭音，"景天和几个小流氓因为一点小事起了冲突，他一时激愤，拿着啤酒瓶砸伤了人家！现在在机场被扣着，警察马上就到……"

电话里嘈杂地很，她小声地啜泣着："听人说，怕是要现钱打点一下，就算是赔偿医药费，也不是三两千元能搞定的。我身上的钱花得差不多了——林姐姐，能不能借一点钱给我们，我们的工作单位你都知道的，一回家就还！"

"啊，这样。"林磐怔了怔，倒也迅速地爽快点头，"你们需要多少，我这就送去。"

小艾顿了一下，似乎有点犹豫，"七八千元……差不多了吧？我们现在在丽江机场。"

"知道了，保持电话通畅，我这就过去。"林磐摇摇头，放下了电话，人生地不熟的两个年轻人，在异地被警察扣了下来，两眼一抹黑，难怪他们病急乱投医，来求她这个同样的异乡客。

她向柜台前的小刘交代了几句，便带上银行卡出了客栈的门。

年轻人啊，就是血气方刚，动不动就一言不合，动手打人。她靠在出租车里，漫不经心地想着，她自己好像也有过这样的年纪和心性，那是什么时候的事了呢？对了，在那家洗浴中心打工的时候，面对那个年老猥琐的老男人的咸猪手，她也曾这样不管不顾地一盘子砸了下去。

嘴角微微翘了起来，她模糊地想着那些过去。记忆里，那水花四溅的温泉浴池边，还有一个男人。一把拉住她，居高临下地用幽深的眼睛盯着她，叫她道歉，却也承诺保护她无虞……

这么遥远的事了，就像是发生在前生。

恍惚的飘飞思绪里，小艾的电话就又打了过来："林姐姐，你在路上了吗？"

"我已经到了丽江机场的候机大厅外面。"林罄穿过透明玻璃门，迈进机场候机大厅，四下里逡巡。不是客流高峰，候机厅里游人井然有序，但看不到小艾的身影，"你们是在保安室，还是……"

"你等等，我出来接你！"小艾娇小玲珑的身影出现在一处通道口，不停地向着林罄招手，"这里这里！"

一看林罄走来，她连忙飞跑着出来，小心翼翼地扶着林罄，"林姐姐，小心身子！实在是不好意思，这么麻烦你一个孕妇。"

"没事的。小吴有没有把人家打得怎么样？送医院了吗？"林罄一边问着，一边找寻着银行 POS 机，"需要先取钱垫付医药费吗？还是听警察的？"

目光四下一扫，她一眼正迎上好几双陌生的男性眼光，不由得就是一愣。虽然那几道注视的目光立刻便已移开，可是某种奇怪的感觉却在心里升了起来。模糊，抓不到端倪。

"啊，暂时不用的。"小艾在一边急忙道，拉着她的手臂就往通道里面走，"在机场里面呢，警察已经在现场处理了。"

"哦……"林罄被她拉着，身子不由自主就往机场的入口通道里走去，偶一回头，先前那几道注视的目光已经没有在看她，更没有任何追上来的意思，她心里的模糊怀疑终于淡了些。

踏出通道，外面是宽阔的飞机场地。远处蓝天如洗，不时有飞机盘旋起降，带着巨大的轰鸣和气流声。近处，有川流的旅客在规定的登机点排队上机。

"小吴在哪里？"林罄在临近一架飞机的巨大起降声中，撩着被风吹得纷舞飘动的黑发，大声地叫。

"这边，就在这边。"小艾紧紧拉着她，径直闷着头往前方走，"跟我来，在那边那架飞机的舷梯边，和人家打起来的啦！"

被她莫名其妙地拉着，林罄也只好被动地往前走去，机场这么大，足足走了数百米，小艾带着她，越来越远离民航客机的起降聚集地。

林罄走得茫然，心里的奇怪感觉终于再度浮起。迟疑地看着小艾的侧脸，她试图松开被抓紧的手腕，"警察处理一起打架，会在机场的停机坪……"

"是的是的，就在那边！"小艾一迭声地答应着，把她拉向一架飞机的舷梯边，"就在上面！"

身不由己地被她拉着踏上了舷梯，林罄心里古怪的感觉越来越浓，还没有等到她再度发出疑问，小艾已经把她带到了机舱。

诧异地看着空荡荡的机舱，林罄再以回头，眸子却是猛然一缩！小艾的身影正消失在舱门口，那扇敞开的机舱门，正在诡异地合拢！

机舱外的飞机起降声，螺旋桨的轰鸣声，立刻被隔绝在外，整洁宽敞的机舱里，一片诡异而令人不安的安静。

这是怎么回事？！

她瞠目结舌地伸手去敲打机舱门，悲剧地发现完全是蚍蜉撼树的无力。扑到一扇透明的机窗口，正看见小艾飞快地跳下了舷梯，而她身边，那个一脸笑意的男孩子……吴景天！

根本毫发无损，哪里有半点刚陷入麻烦的样子？

"有没有人！"她惊诧无比地敲打着窗子，企图引起机窗外的注意，可是却完全没人搭理。吴景天和小艾居然就那样施施然地携手离开了，就在几米外！

回头看着这充满诡异的安静机舱，她迅速地站起身，开始向对面尽头的门走去。

也是锁死的！她用力推了几下，纹丝不动。放大嗓音叫喊，也同样没有回应。

未知的恐惧涌上了心，摸了摸隆起的肚子，她忽然无法再冷静。该死，这是什么情况，这空无一人的，犹如牢狱一般的机舱！出了什么状况？难道工作人员根本都不知道这里有人，难道她会被人遗忘在这里，关上几小时……甚至几天？

毛骨悚然的感觉吓到了她，她扶着肚子，开始咬牙切齿，头脑发昏。不不，这不行，无论出了什么事，她得速战速决地解决掉，不能指望别人！

迅速地跑到座位上，她开始研究报警器和服务叫人铃。但没用，没有任何回应。她果断地弯下腰，开始研究能拆卸的东西，用来敲击窗户，就算打不碎，外面也许会有人注意到动静？

折腾了一会，她越来越急躁，完全没有听到身后那一点微弱的声音。有什么轻轻开启，又有什么在慢慢靠近。

她慢慢停下了弯腰找寻的动作，死死抓住了好不容易才卸下来的一根扶手塑胶体。紧盯着身边锃亮的不锈钢座位底上倒映出来的一个模糊身影，她心中怦怦直跳。

什么状况？这个悄无声息接近的陌生人？

脑海里无暇再分析什么，她猛然回头，抢起塑胶棒，狠狠地向着身后无声靠近的古怪来人当头抢去！

电光石火间，漫天花雨！纷纷扬扬的花瓣在空中四下飞扬，她那狠狠一棒正砸在满捧的鲜花上，而拿着那花束的人……林磬的脸色，也在看清了来人的脸之后，陷入了短暂的石化中。

不知何时推进来的餐车上，堆满了绚烂的鲜红玫瑰，恶俗到底，但有又铺陈着热烈的情绪，鲜花边，那个在梦境中一直不停出现的男人，正装笔挺，长身玉立，右手还高高举着，惊诧地用手里的花束迎住了她抢过来的塑胶棒。

那动作有点可笑，可是也有点让人想流泪。

隔着不到几十厘米的距离，原芮风静静地注视着林磬。没有说什么久别重逢的问候，也没有说什么请求原谅的话语，甚至没有看向林磬那微微隆起的小腹。

"我本不敢这么快就露面的，总有点近乡情怯的意思。可是在监控画面上看，我怕再不出来，你会真的把机舱给拆个七零八落。"他看看手中的塑胶棒，笑了笑，"作为一个准妈妈来说，你的力气真有够大的。"

呆呆地看着他，林磬像是一直在石化中。只有在听到"准妈妈"几个字的时候，她才终于醒过了神。压抑住心底波涛狂涌，她用异常平静的口气问："你想做什么？"

"给我一个机会。"原芮风坚持着，温和却坚定，"我们需要谈一次，不然我们都不会安心，对不对？"

安心？他是要一个安心。沉默了一小会，林磬爽利地点点头，"好。我们现在就谈。"

"不，你先休息一下，我们先起飞。"

"你带我去哪里？"她做出镇静的表情，不让自己心中的激流和纷乱流露半分。

而她的这种表情，也的确起到了作用。对面的男人紧紧盯着她的眼睛，半晌也看不到慌乱无措，终于微微叹息一声。

"去欧洲。"他诚实地回答着问题，并不迂回。

"我没有签证。"林磬不动声色地回答。

"你忘了你的身份证一直在我手里。"原芮风道，伸手从身边的座椅上拿起一份透明的文件夹，"签证都办好了，可以直接飞去。"

林磬淡淡地瞥了瞥，"我本人不在，就什么都办好了？"

原芮风顿了顿，脸上既没有羞惭，也没有得意，只是陈述事实似的，"是啊，总是有办法可以通融的。就像你姐夫黎先生，之前为你所做的一样。"

林磬不作声了。

"有什么话，不能在这里说吗？"她忽然有点疲惫，不知道是不是急匆匆驱车赶来机场的缘故，又或者是眼前的冲击过于激烈，她茫然地看着原芮风，试图从他的脸上找出真实的意图，"我保证和你心平气和地谈，有什么想法，也都开诚布公，又何必……"

她苦笑着看了看机舱外的高空，再看看原芮风身后的满车鲜花，"我们也都不年轻啦，何必这样劳师动众，做无谓的举动？"

"开诚布公？"原芮风低沉地重复这四个字，积攒多时的情绪终于携卷而出，激动、不甘、惊喜，还有难言的恼恨，他剑眉一挑，"我记得你一向没有这种品质。"

林磬抿着嘴，迎视着他道："哦……原来不是要谈话，而是要兴师问罪？"

原芮风的脸抽搐一下，好半晌才压低了沙哑的嗓音，"对不起，我不是那个意思。我只是想……"

忽然狠狠地咬着牙，他吞下了一切想要现在就得到答案的问题。

重新露出温和而无害的微笑，他柔声道："我只是想请你陪我出国一趟，我比较喜欢在幽静的地方谈事情，就当数月不见，给我一个纵容的机会。"

喜欢幽静，出国谈事情？林磬默默地看着他，一直看得他心里如同鼓擂，这才慢吞吞地苦笑，"你可真是有闲情逸致。看来我不奉陪也是不行？"

原芮风俊美的捡上露出了一丝狼狈，却依旧固执地等待着。

"好吧。"林磬略显疲惫地微微一笑，"我想休息一下。"

"好。等到大机场转包机的时候，我再叫你。"这一次，原芮风的回答异常迅速，也异常地温柔。看着林磬闭上眼睛，他沉默地脱下了外衣，轻轻盖在她身上。

有些什么东西依旧横亘着，在他们彼此之间，以至于咫尺天涯，相见却如陌路。

他幽幽的目光一直落在那张让他刻骨铭心的脸上，看着那乌黑的发丝在腮边垂落，看着她长长的睫毛在浅眠中微颤，看着那倔强地抿着的殷红嘴唇。

一切都那么熟悉，一切又显得那么遥远而陌生。

从睡梦中醒来的时候，已经身处在一座豪华的安静飞机上。揉了揉眼睛，林磬有点茫然地看着整座机舱里的空寂。除了对面的超宽大座位上的原芮风，浩大的机舱中再无他人。

机舱窗外是茫茫黑夜，看不到云层。怔然看着蜷身半躺在对面的男人，林磬这才恍惚地想起了前因后果。那些不踏实的梦，原来都是真的，而不是像以往的清晨一样，醒来后是一片虚空。

这是飞到了哪里了呢？时差的缘故，她有点弄不清楚。对面的原芮风一直安静地闭着眼睛，平静的面容上有着过去她熟悉的线条，英俊严肃，鼻翼有着刀削一般的挺直和锐利。

相面学上好像说，有这种鼻梁线条的男人控制欲强，而且不容易被情感束缚住。她心里乱七八糟地想着，不知道什么时候看到的东西浮现在脑海里。

机舱里是装饰成类似家居氛围的布置，柔软的米白色羊毛地毯，沙发状的宽大座椅，侧面是硕大的液晶电视，开启着画面，却调成静音，看上去像是《大自然探秘》之类的纪录片在播放着，画面上是羽毛艳丽的鸟雀在悠闲地戏水。头有点疼起来，林磬怔怔地看着依旧睡着的、对面的男人。不知道是不是机舱的冷气开得有点低，他忽然皱着眉，把双臂放在了胸口，似乎有点畏冷。

鬼使神差地，林磬随手拿起身边的薄毯，起身往他身上盖去。

可是就在那绒毯刚刚触碰到原芮风的胸口上时，他却微微一动，没有任何征兆地，就这样睁开了眼睛。

眸子从迷糊到清明，只用了短短瞬间的工夫。直直地看着近在咫尺的林磬，看着她尴尬地刚刚缩回的手，目光再落到自己胸口的薄毯上，他的眸子忽然地，就是一亮。

那亮光如此明显，如此充满光彩，这样猝不及防地落在林磬的眼中，直直让她蓦然一痛，胸口如遭痛击。那种久违的眼神，似乎很久很久以前也曾经出现过，那是在他们还处于热恋中吗？记忆中，有这样似曾相识的场景，某些偎依着醒来的、柔情蜜意的早晨，他们彼此相视一笑时，眼中就是充满着这样的亮光。

默默注视着她，原芮风缓慢地坐了起来，挺直了腰板。机舱里柔和的灯光下，他那刚从睡梦中醒来的面孔显得温柔而怔忪，再没有上次分手前，林磬见惯的冰冷和嘲讽。

欠了欠身子，他默默地把身上的毯子重新递过来，小心地铺在了林磬的膝盖上，再拉高了一些，围了一圈在她的腰部。

"你才要注意别着凉。"他轻声道。

林磬被这温柔到极致的感觉弄得简直有点坐立不安，局促间，只应了一声："我身体壮实得很，没事的。"

"就算你身体好，也要顾忌些孩子。孕妇的抵抗力总是弱一点的。"原芮风扬起眉头。这一句一出口，两人之间忽然就静了下来，古怪的气氛开始萦绕充斥。

林磬深深地吸了口气。该来的总要是来，该说的话，也不能总是这样逃避。

尽力让自己的心境平缓下来，她让自己的脸上露出一个淡淡的笑意，柔和地看着原芮风，"关于这个孩子，我想你是不是有什么误会？"

原芮风不说话，只牢牢地盯着她的眼睛。

林磬的心跳得飞快，可是脸上依旧微笑着，做出淡然的神情，"既然你已经追到这里，我也不能再隐瞒你。没错，这个孩子是你的。"

原芮风的呼吸，忽然变得粗重。眼睛中的光亮燃烧得更加炽烈，他静静地接着倾听。

林磬被他眼中的光亮几乎灼烧得想要躲避，用尽力气，她选择直视，"我很抱歉没有告诉你真相，也很抱歉自己做出离开的决定。可是……我留下这个孩子，仅仅是因为觉得堕胎太残忍，所以犹豫良久，还是决定生下他而已。"

淡淡地看着原芮风，她轻叹一声，"这和旧情未忘无关，更加没有考虑你的因素。"顿了顿，她平静而冷漠地道："请务必不要有什么别的误会和解读。"

"……"原芮风看着她，"你继续。"

林磬接着道："我知道你乍一听到这个消息，想必会受到很大的冲击。只要不是完全无情的男人，都会对自己的骨肉有强烈的感情——既然我决定生下他，又不幸没能躲开你，那么请放心，我不是不通情达理的人。"

原芮风颔首，锐利的眸子盯着她，"接着说，我在听。"

林磬映着头皮，唇边的笑意却终于变得有点僵硬了，"孩子生活在母亲身边，总归是比较合适的。你看……你以后可以以父亲的身份常来看看他，我保证不干涉你的权利。这样行不行？"

"你的意思是，你来抚养他，我出赡养费？"原芮风的表情居然没有意外似的。

小心地看着他的神色，直到确认这个男人真的没有极度不爽或者愤怒，林磬松了口气，半开起了玩笑："可以啊，你假如愿意付一部分赡养费，我会接受的。我保证用你这位父亲的钱，给他最好的生活。"

假如说"我不要你的钱"这种电视剧台词，会不会惹得这个男人立刻阴霾满脸？她心里模糊地想着。

对面的原芮风盯了她半晌，这才忽然奇怪地一笑，"你在害怕？"

林磬一愣，"我……我怕什么？"

"我还什么都没说，你就迫不及待地想要撇清我们的关系，想堵住我可能会出口的话语。"原芮风淡淡道，"你甚至怕给我开口的机会。"

林磬瞪着他，半晌点点头，"好，你说。"

原芮风笑了笑，却笑得高深莫测，意味深长。

侧过脸去，他看了看机舱外渐渐明亮起来的天色："现在我暂时没有什么好说的了。"

果然，还是瑞士。

心里隐约就想到了原芮风的目的地是这里，他是要故地重游。可是当站在瑞士苏黎世城的街道上时，林磬依然有点恍惚。记忆中那场充满甜蜜画面，在这异国的美丽街头纷至沓来。

时值早春，苏黎世城的街头早已开满精心培育的花朵，长青的植物早早地伸展着碧绿的枝叶，到处是嚣张热闹的早春之意，一点也不比昆明的春景逊色。

站在她的身边，原芮风也同样眺望着远处熟悉的街景。好半晌，他才从怔神中醒过神，回首看了看林磬的脸色，柔声问："昨天休息的好不好？"

"挺好的。"林磬回答道。的确是，昨天下了私人包机后，就到了预先定好的酒店休息，足足睡满了十个钟头，也把时差调整得很好，这才想着出来活动活动。

酒店就在风景秀丽的知名大道史主化大街附近，只是步行了数百米，他们就已经来到了这条数年前携手同游过的旧地。依旧是那样安静从容的街道，身边不时有笑意盈盈的各国游人，而身边的那些特色精品店铺，也依旧和过去一样，敞开着光亮透明的店门。

"那就好，要不要一起随便走走？"原芮风深沉的黑色眸子里，是安静而温柔的请求。

默默看他一眼，林磬默不做声地向前独自行去。原芮风在她身后停了数秒钟，终于迈出长腿，快步追了上去。并肩走到她身边，他忽然地，把手伸了过去。

如同被电流拂过手掌，林磬愕然地猛侧过脸来，毫无防备地看着自己被他牵住的那只右手。仿佛是猜到她这样震动的反应，原芮风轻轻地更加握紧了她的手，抿着薄薄的唇，目视着前方，拉着她慢慢走着。

掌心从一开始的如通电流，很快变成了暖暖的，被那双宽厚的手掌紧紧拉着，林磬犹豫了很久，终究没有狠心挣脱开去。眼角余光看着身边的男人，再看看地上被阳光照射出来的两道看似亲密的影子，她在心底幽幽叹了口气。

几乎是沿着以前游玩过的道路，他们在慢慢前行。原芮风一直紧紧地拉着她的手，像是怕她走丢了似的，几次想要找机会松开，可是原芮风却丝毫不给她机会。

忽然，原芮风停下了脚步，望着不远处的一家店铺。林磬跟着看了过去，却是心头一动。熟悉的橱窗，木头货架在厚重的雕花玻璃门后陈列着，摆满了精美的帽子手套，安静而温馨。

两个人不约而同地，踱步走进了那家店门。随手摩挲着货架上的各式棉袜和情侣手套。正对着门的摇椅上，还是那个金发碧眼的白人老太太，看见他们进来，和善一笑，简单地说了声"Hello"，便没再殷勤招呼。

毕竟时过境迁，她记不得这店中来过的客人，可是林磬和原芮风的记忆里，却都还留有她几年前的影子。

绕过货架，他们循着记忆里的路径，默契地同时转到了同一排手套摆放架前。

看着赫然映入眼帘的那一排排线织的、绒毛的各色手套，林磬的眼中，忽然有了点雾气。身边的男人默默地伸出手，在她的注视下，拿起了其中的一双。

露指的。他也记得那些小小的细节，从未忘记。

"和我们曾经买过的那一双，很相像。对不对？"原芮风的声音有点暗哑，忽然抬头看着她湿润的眼睛。

没有再掩饰眼中的雾气，林磬淡淡地笑了笑，狠着心摇了摇头，"是啊，有点像。可是毕竟不是原先的那一双了。"

原芮风拿着那双手套的手，顿在了半空。看着他僵硬地把手套摆回原处，没有做出购买的意思，林磬只觉得好像松了口气，可是心里同时也空落落的难受。

这是一场折磨心灵、强行拉扯记忆的旧地重游。她原本淡定的心境忽然被涌上来的痛塞满了，就像堵到了嗓子口。

"我想走了。"她仓促地疾声道，不欲在这充满过去的丝丝缕缕的地方再多待一秒钟。

"好。"看了看她忽然变得苍白的脸色，原芮风迅速回应，旋即有点迟疑，"身子不舒服吗？是不是现在不太方便走太多路？"

"没有了，我不累，只是……"林磬飞快地摇了摇头，涩然道，"去吃点东西吧，好像现在很容易饿。"

这倒是真的，随着身体的慢慢沉重，也随着一个人度过了早期的易呕期，现在的她，食量已经开始显著变大，也更加容易感到饥饿。

原芮风匆匆瞥了一眼她的小腹，走出店门，伸手拦下身边的一辆出租车，用流利的英语向着司机道："阅兵广场，谢谢。"

默默地坐在他的身边，林磬已经猜到了接下来的去向。几年前，他们也是去了著名的阅兵广场的一家本地风味餐厅……名字？已经记不得了，只记得他们坐在临街的座位上，她好像还记得自己坐过的位置。

果然，和她猜想的一模一样，原芮风拉着她下了出租车，赫然面对的，就是那家记忆中的餐厅。淡褐色的木质大门，精致的雕花窗台，清亮的风铃在檐角下随风轻摇，发出串串清雅铃声。

"这里是苏黎世很出名的本地风味餐厅，传统的奶酪火锅及煎马铃薯饼还算美味。"耳边有声音响了起来，她转过脸，看着身边的男人，这才发现他依旧抿着双唇，并没有发出声音。

　　刚才听到的声音，不过是记忆里，当年他对自己说过的话而已。并不是什么重要的话，可是此情此景，却清晰得就像是在昨日，就像是他刚刚微笑着在耳边俯首轻语。

　　慢慢地走到靠着临街窗边的藤制椅子上坐了下来，林磬怔怔地看着窗台边盛开的黄色盆栽。这似乎是这里唯一和记忆中不同的地方——上次来的时候，没有这些娇艳绚烂的花朵，那时候，毕竟是冬日，而现在，是早春。

　　还没有到午餐的时间，店里冷清安静，没有什么客人。只有三两个年轻的侍应生穿着整齐的、英伦范儿的店服，微笑着看着他们。其中一个走上前来给他们送来了印刷精美的菜单，剩下的则安静在吧台和收银台后面。

　　原芮风在她面前正襟危坐，接过菜单，以一种极其严肃的神情，慢慢地点着菜。林磬隔着铺着碎花台布的餐桌，看着对面神情认真的男人，忽然心里隐约明白过来。他在竭力回忆着以前吃的那些菜品，是不是？

　　望着那一向强势自信的男人此刻的小心翼翼，她的心蓦然绞痛。这似乎不是她熟悉的那个男人，是的，没有初见时的意气风发、咄咄逼人，也没有后来的深情温存，更没有临别时的冷漠仇恨。

　　现在的原芮风，就像是一个急于讨好正在生气的老婆的普通家居男人。心里浮起这样一个荒诞的念头，直把她吓了一跳。迅速地收起这诡异的联想，她坐直了身体，看着刚刚点完菜单的原芮风。

　　"还是过去的那些菜吗？其实我想尝尝新的。"她勉强地笑了笑，决心不让自己沉浸在这无谓的温情里，凝视着原芮风，她轻声道，"人们对新的东西还是有好奇的，未必就一定喜欢过去的东西。"

　　原芮风赫然抬头，原本温柔的眸子忽然变得锐利。俊朗而微显憔悴的脸上有抹沉思的意味，他淡淡道："可是人们更加喜欢习惯了的东西，就算是偶然会尝试新口味，可是假如记忆中是美味的东西，也一定喜欢重复。"

　　林磬闭上了嘴巴。是她的错，不该又暗示自己的心思，才会惹得这个人针锋相对地反击。

　　望着端上来的饮品，她苦笑着啜了一口，酸酸甜甜的百草果味道，夹杂着柠檬和鲜花花瓣的气息，咽下去，喉咙间一片清凉和香气。

"林磐，我有话……想对你说。"对面的原芮风慢慢地挺直了脊梁，语声变得低沉而极其认真，让林磐忽然就慌乱地心跳加剧。

　　要来了，他带自己来这里，总有一些话要摊牌，总有一些协议要说清。

　　林磐也迅速挺直了身体，默默地看着他，一言不发，只等聆听。

　　"你先听我说完，先不要打断我。"原芮风的声音有着暗哑，眼中却是破釜沉舟，"不然的话，我不知道想了这么久的话，会不会无法一气呵成。"

　　"哦，好的。"林磐僵硬地笑了笑。

　　原芮风迅速地接了下云，就如他希望的那样，果然一条条说来，一气呵成。

　　"第一，你临走时那晚给我了电话，可是我当时喝醉了，所以无论我说了什么混账话，都算不得真，你不能对一个酒醉的人记恨。"他语速不快，却平板而僵硬，像是练习背诵了很久的小学生课文，"第二，我之所以会喝醉，是因为我那天晚上也在车站，亲眼看到芮海去送别，看到你主动去吻他。"

　　看到林磐张了张嘴巴，似乎就要解释什么，他用力地摇头阻止，"不不，你答应过先听我说完的——我承认，我之所以去买醉去放纵，只是因为……因为那晚上我嫉妒地发疯。"

　　他幽深的眸子里有古怪的火焰在烧，不顾一切，"答应把你让给芮海，我已经用尽了最大的忍耐。若不是因为我欠他，我不会真的就此放手——可是你们的卿卿我我还是刺激到了我，所以，你更不能对一个被妒火烧昏了头的人生气。"

　　"我那晚真的醉得厉害，我现在需要你帮我确认，你在那个晚上……是不是问了我一句，我们还能不能互相原谅，一起走下去？"他眼睛里的火焰越来越高温，闪着亮光，"或者，那只是我酒醉后的一个梦？"

　　林磐只觉得身上的力气，忽然在这一刻被抽得干干净净。她凝视着原芮风，半晌终于轻轻点头，"是的。我有这样问过你。"

　　一瞬间，对面的男人眼中，像是被什么映照出了一抹华彩。

　　"那么。这句话，现在还依然算数对不对？那个时候我醉了，怎么回答的，都不是重点。"看着林磐，他热切地、认真的道："我现在可以郑重地回答你，我——"

　　"不不。"林磐终于再也无法只是倾听，她缓缓地摇头，看着原芮风那张熟悉到每每午夜出现在梦中的脸，心里开始像针扎一般地，一点点地痛起来。初时只是一点，很快就像是布满了整个心房心室。

"芮风……"她艰难地道，"为什么你不懂，已经时过境迁了呢？"

泪水慢慢滑落在脸颊，她怅然地道："我现在想起来，那个晚上打电话给你，也真是年轻时的勇气。换了现在，我就一定不会再打给你的呢。"

只要一点点缓冲，只要不是那孤独旅程中一瞬间的软弱，她又怎么会再冲动地想要回头呢？

"芮风，对不起。"她微微地笑起来，眼泪却不停地滑下一颗又一颗。"我们之间，隔着的东西太多了，我想放下，然后向前走。"

"你不是一个人走。"原芮风看着她，眼中没有挫败，只有渐渐浮起的哀伤，"你是带着我们的孩子一起走。林馨，你何其狠心。"

"是啊，我一向狠心。"林馨涩然地道，"你不是第一天知道，不是吗？"

原芮风的眼神，逐渐变得凶狠。不是对林馨的凶狠，而是像是对某种命运的愤怒和不甘。

猛地站起身，他居高临下地丢下一句，"你在这里稍等片刻，我去去马上就回。"扔下这莫名其妙的话，他迈着结实修长的腿，像是一只矫健的羚羊般，几乎是飞奔着冲出了店门。

隔着明亮的玻璃窗，林馨遥遥望着原芮风的身影冲出店门，冲过邻近的街道，匆匆地招手叫停了一辆的士，钻了进去。记忆里，完全一样的场景就如同原景重现，让她蓦然泪水不停。

几年前，那个男人也是这样急匆匆地临时起意，跑了出去，回来时，手中提着一个礼物手袋。而现在……他又要去做什么呢？

身边，菜肴开始一道道摆放上来，奶油蘑菇汤香甜的气味飘荡在鼻尖，三文鱼边配着青木瓜果肉，色香俱全。服务生不停地上着菜，偶然目光落在她的小腹上，看着她的眼光充满善意的笑意。

林馨礼貌地回应着侍应生的殷勤，心不在焉地看着外面。苏黎世的早春景色是这样美，外面的广场上精美建筑成群，情侣们携手漫步，不时有白鸽在广场上落下，又起飞。

而原芮风消失的方向，是林荫密密的古老大街。宽阔静默的优雅林木中，却始终不见他返回的身影。望着那郁郁葱葱的街边灌木和花草，看着那林荫蔽日的道路，林馨忽然那一阵恍惚。

时间一分一秒过去，那片林荫里，始终没有原芮风的身影。

抬眼看看餐厅里悬挂的双面吊钟，时间已经过去了一个多钟头。殷勤的侍应生已经主动过来，为她的饮品杯里续了两次水，店里也一直没有别的客人，安静得让人不安。

菜品已经开始变冷，林磬犹豫了一下，终于开始举起刀叉，开始食用自己面前的配餐。可是一直到处把自己的食物吃完，一直等到侍应生都撤去了她面前的餐碟，原芮风依然不见踪影。

异国他乡，草木深深。而她坐在这里，和古时苦苦等待着离人的女人似乎也没有什么不同。古今中外，都是一样的，她模糊地想着。

埋下头，她痴痴地等着，一直到耳边忽然有声奇怪的、类似于刹车声，隔着玻璃橱窗传来。那声音不大，却有种刺人耳膜的尖锐，然后似乎能刺穿人心。

怵然抬眼望去，她的目光只来得及捕捉到最后的一幕场景。一辆似乎是纯白色雪佛兰的汽车正猛然撞向一边的树木，而同一时刻，一道高大的身影被那刚刚急刹车的车辆直直地撞了出去，犹如电影里的无声画面，消失在灌木丛后，也消失在临磬的视线里。

正对着店门，柜台里看得见外面的一位帅小伙侍应猛地发出了一声大叫，神色惊恐地看着外面。

林磬愣愣地看着广场那边忽然出现的骚动。三五成群的游客聚拢向对面街道，那辆雪佛兰里迅速跑下来一对中年夫妇，隔得有点远，可却依然看得出他们脸上的惊恐和慌张，女的似乎低头看了看灌木后的什么，旋即伸手捂住了嘴巴！

看着这忽然出现的场景，好半晌，林磬都没有做出任何反应，直到就像有刀子划破薄薄的塑料袋，汹涌的恐惧就忽然装在那里面的水，蓦然倾泻而出！

那身深色的衣服，那似乎是冲着这边跑来的身影。噢噢，不，不。呻吟了一声，哆嗦着嘴唇，她死死压下胸口忽然巨大如潮水的恐惧。

没什么的。不能这样胡思乱想，不要自己吓自己。她恍惚地想，对，一定是她等得心焦，才会有幻觉，那或者是无关的人。

望着不远处广场一侧的林荫道，她呆呆地看着围观的游人越聚越多，有不少人开始掏出手机报警。她终于知道那不是幻觉，想要起身，可是不知道是不是坐得太久，她只觉得双腿近乎麻木，完全无法动弹。慌乱地拍响了桌上的叫人铃，她哆嗦着嘴唇，看着前来的侍应生，脑海里混乱一片，她甚至组织不起原本还算不错的英语。

用手指了指窗外，她张着嘴巴，只能发出脱口而出的母语："那边？怎么回事？"

看着她手指的方向，侍应生明白了她的意思。用英文简单地询问："要我去打听一下吗？女士？"

林磬用力地点点头，就看见那侍应生果然快步跑了出去。一直盯着他的身影，看着他跨过人行道，看着他走到那片围观的人群，看着他似乎和身边的游人交流了几句，再快步地走了回来，一直走到她的座位前。

死死地盯着他的嘴唇，林磬只觉得一切都不在视线里了，整个世界，只剩下金发青年那遗憾的脸庞，只听得见他放慢语调用英文表述："很遗憾……车祸，太意外了，是一个亚裔男人。救护车马上就来，暂时不知道会不会有生命危险。"

"哦，这位女士，你怎么了？！"正在说话的金发侍应生急急地伸出手，扶住了向后猛然昏倒的林磬。看着她惨白如纸的脸色，再看看她那隆起的腹部，这小伙子可真吓了一跳，慌忙回首向柜台求救，"哦天啊，这位女士听到外面的车祸，晕倒了！"

年纪稍大的一位店长急忙跑了过来，"哦，真是可怕的事情！艾伦，你就不该用这么糟糕的事儿刺激一位有孕的女士！"

轻轻呻吟一声，林磬很快地从短暂的昏眩中醒了过来。一时的冲击过于巨大，可是心智还没有完全失守，她眼光发直，撑起摇摇欲坠的身子，就要往外面走。

"哦，请等等，您需要休息！"店长和那位金发小伙子一起劝阻着，试图留下她，可是林磬却恍如未觉，只是踉跄着，坚持着一个人向外走去。

推开厚厚的雕花玻璃门，迈过广场，身边的白鸽扑簌簌忽然全部飞起，像是也被什么惊到了似的。她就那么一步步地，走近了依旧在围观和唏嘘的人群。

离得这么近了，可是她却茫然地停下来脚步，没有办法再靠近半分。人群就在那里，没有水泄不通，只要随便拨开几个人，就可以靠近。

可是……可是她竟然完全没有办法再靠近。

隔着人群，隔着繁盛的花木，她的目光落在灌木丛后，被遮挡住了脸和大部分身体的那个人。深色的西裤，褐色的皮鞋，一动不动得躺在那里，有可疑的暗红色污渍无声流淌在草地上，直刺眼帘，宛如尖刀。

猛然地捂住了嘴巴，林磬恍惚地回想着原芮风那相同的衣着……再也没有力气拨开面前最后的一道人墙，她慢慢地滑坐在地上，只觉得心里一片空白。

然后，那片空白被什么迅猛而凄厉的东西填满了，一丝缝隙都没有留存。尖锐的痛，无尽的恐惧，巨大的绝望……胸口被什么东西堵住了，她没有办法呼吸。

是的，呼吸就像是再奢侈不过，她没有力气去做这件事情。

他死了吧，一定是……

从来没有想过和这个男人一起同生共死的，可是这一刻，她忽然悲哀地发现了一件极为可笑的事：看着那具一动不动的、冰冷而无言的身体，她竟然在第一时间觉得，她好像也要死了似的。

痴痴地看着近在咫尺的场景，她就那么如同雕塑一样，坐在地上。隔着很多人的腿，看着那个人。从这里看着他正好，不是俯视，而是和他在一个高度……

终于有人发现了她的异常，终于有人惊疑地拍拍她的肩膀询问。耳边有人在用外文说着什么，还有不同的善意脸庞在面前晃，而她的视线就像生了根，只能一眨不眨地看着近处的那具身体。

救护车为什么一直不来呢，她还有余力去想这个问题。地上那么冷，他躺在那里，身边虽然有那么多人，却依旧孤单而凄凉，没人敢走上去。

忽然地，她泪流满面，身体疯狂地颤抖起来……不，不，她不要他就那么躺在那里，她要过去，抱着他，让他听一听她肚子里的胎音，还有孩子的顽皮踢动。

挣扎着想要站起来，一边的好心游人赶紧扶住了她，叽里呱啦地急切说着什么，似乎在阻止她过去。

他们在害怕吗，怕她看到他狼狈而悲惨的样子？

"我要去看看他……我要过去。"她痴痴地道，试图推开眼前的人们。如雨的泪水吓到了好心的路人们，他们迟疑地松开手。

可是身子，依旧被来自身后的一股大力拉住了。忽然爆发出一阵沉痛到极点的啜泣，她嘶哑着嗓子，用力回头，猛然推开了身后的人，"走开！让我过去，我……"

猛地愣在那里，她如同被电击一般，看着眼前瞬间放大的熟悉脸孔，眼前一黑，终于双腿一软……厚芮风慌忙地紧紧抱住了她，一把将她揽在怀中。

"你怎么了？为什么这样？"他被林罄那惨白到极点的脸色、泪痕狼藉的脸庞吓到了，紧紧地搂住了她，他甚至能清晰感觉到林磬的身体那无法控制的细密颤抖。

痴痴地看着他，林磬以一种极度困惑的眼神盯了他一会，朦胧泪眼中，眼前的男人虽然有点气喘吁吁，浓黑的头发也有点乱，但是完整无缺、好好地站在那里。

再转过头，她看了看不远处灌木丛后躺着的那个人。声音哑得不像话，她张了张嘴，手指无力得指了指那边。

"你……你……"她语无伦次，忽然明白了什么，泪水再度疯狂留了下来，哽咽地几乎喘不过气。

困惑地看着那边，原芮风恍然大悟。

"我没事，没事的。"他低声道，声音也哑了，眼神幽深，望着面前的林磬，"抱歉我来晚了，让你担心。放心，看着我，我在这里。"

林磬身上的颤抖却没有停止，忽然地，她弯下腰，开始猛烈地呕吐。整个胃似乎受不了这强烈的心理刺激，开始痉挛到疼痛。

刚刚吃完的东西全部吐了出来，她一边痛苦地呕吐着，一边继续流泪。只是这眼泪不在充斥着绝望，却是类似劫后余生的大悲大喜。是的，劫后余生，不是她自己，而是原芮风。

原芮风默默地抱着她，撑住了她因为剧烈呕吐而快要倒下的身体。轻轻地拍着她的背，他嘶声不停安慰，"没事了……没事了。你看，我不会死的，我怎么可能，再一次丢下你？"

一直到林磬终于渐渐平息，他的手臂都没有松开半分。有星星点点的污渍沾到了他那做工讲究的西服上，他恍若未见，只轻轻搂着怀中的女人。

重新回到店里坐下，他把林磬安置到原先的座位上，迅速地招来侍应生，在她身边添放了好几个大大的软靠垫，借以支撑着她无力的身体。

服务生很快端来了柠檬水，原芮风亲手端到了林磬的嘴边，看着她吃力地漱口，看着她情绪终于慢慢平静。

"对不起，真的对不起。"他伸手从口袋里掏出亚麻色的手帕，起身递到了林磬面前，就在她伸手来接的时候，他却有那么刹那的犹豫。轻轻地避开了林磬的手，他用一只手捧起了她的脸，另一只手轻轻用手帕拭去了她脸上的泪痕。

那些泪痕太狼藉，以至于他擦拭了很久，这才好像擦干净了些。

凝视着林磬脸上渐渐泛出的红晕，原芮风沉默了很久。

被他那黝黑深沉的眸子看着，林磬好不容易平静的心情，又开始混乱而慌神。"太好了……"她本想掩饰自己的情绪，本想做出开玩笑的神色，可是很快发觉那简直是不可能，索性开始坦诚，"我以为是你躺在那里，真的被吓住了。"

眼睛再度蒙上了雾气，她微笑起来："所幸上天垂怜，没有让你出什么意外。这真好……真好。"她重复了一句。

原芮风深深地看着她，点点头，"是的，真好。"

从身边的座位上拿起一个小小的手提纸袋，他默默地打开了，从里面拿出来一个正方形的盒子。

伸手打开时，里面的东西熠熠生辉，让林磬瞬间呆滞在那里……

"刚才，我去了原先买它的店里，按照约好的时间去取它。"原芮风低头看着盒子里的东西，"你留在了固丰市的那间别墅里，我后来一怒之下，把它摔坏了……对不起。"

他英俊的脸上有丝少见的羞愧，伸手把盒子里的东西取出来，他凝视着，神色黯然，"那时候想扔掉的，可是终究没有舍得扔。前些天，我把它快递到了这里，和店铺约好尽快维修，然后等我亲自来取。时间有点紧，所以赶去的时候，店铺里的维修师还在最后赶工。"

站起身，他来到林磬面前，低头看着她。

然后，他安然地单膝跪下来，伸手拿起林磬的手，把那块熠熠生辉的腕表，轻轻套在了她的手腕上。

室外金色的阳光隔着玻璃照进来，映射着明亮透明的表镜，水晶般的剔透中泛着浅浅的蓝宝石光泽。浅金色的表盘骨架上，细密的碎钻在阳光下闪耀着优雅绚烂的光芒。

江诗丹顿，经典的Malte女表……不是崭新的，已经在林磬身边好几年，就算是在山区支教时，也未成稍离。

怔怔地望着腕上的那块女式腕表，林磬无法言语。心里有种酸楚和哀伤，慢慢将她的心淹没住。无数的往事一幕幕重新浮现，如同沉沙在江底的漩涡中泛起。

抬起头，原芮风的眼神专注而深沉，依旧安静从容地单膝跪着："他们说，也不一定都要用戒指求婚的。所以我想试试……能不能，这样'表'示心意？"

林磬怔怔看着他，听着他刻意咬重发音的那个词语。表示心意？

"是啊，用'表'来明示心意。"原芮风的眸子温柔似水，这一刻，也不过就像是世间无数忐忑地等待女友判决的恋人，"嫁给我吧。我保证，一生一世好好对你。"

安静的餐厅里，缓缓响起了悠扬深情的小提琴声，有穿着燕尾服的小提琴手一边走来，一边微笑着拉响了琴音。

而四周的天花板上，忽然落下无数的玫瑰，有整朵的，也有无数纷纷扬扬的花瓣雨。五彩的灯光在忽然开启的灯带上闪动，犹如最美的星空。

柜台边，店长和侍应生们开始小声的吹着口哨，大力地鼓掌。林磬茫然地看过去，这才恍然发现了一直没有注意到的细节，是的，这家餐厅从他们进来后，就一直没有任何客人。

原芮风看着她的愕然，微微地一笑，男性阳刚而俊美的脸上竟然有丝羞涩："我预先包下了这家餐厅，请他们配合我的求婚。不过刚刚出了那个意外，你忽然跑出去，也真把他们吓坏了。"

凝视着林磬，他耐心地等着，就那么静静地看着她，深邃的眼睛一眨也不眨。看上去稳操胜券，看上去强势而笃定。

默默地迎着他的眼神，林磬一直没有动，也没有说话。四周善意而开心的店员们从那过于安静的气氛中感受到了什么，口哨和鼓掌渐渐停了下来。

空中的花瓣，也终于洒尽了。只剩下依旧闪烁的五彩灯光，却显得有点机械而呆板似的。

一眨不眨地看着林磬，原芮风的眼神变得幽暗。似乎也感觉到了什么，他却没有退缩和颓然，只是直直地等待着。

"芮风，刚才，我一度以为你……以为你出了事，"林磬涩然地开口，伸手碰了碰腕上那修葺一新的那块腕表，"那个时候，我真的很难过，也很害怕。可是不知道为什么，一想到我们再在一起，我就更加害怕。"

"瞧，现在我已经不恨你了。经过这么多事，我们都已经不恨彼此了吧。"她笑了笑，"可是重新在一起的话，就真的好吗？我不知道啊……我怕依旧是个错误。"

轻轻地伸手抚了抚原芮风的头发，她心里有丝茫然地酸楚。

温柔地轻轻俯身，她和对面的男人一样，轻轻跪了下去，伸手抱住了他的头，"我们就此相忘于江湖吧，给彼此留一个念想，不是更好吗？"

静静地被她抱着，她怀里的男人没有再说话。似乎是感觉到了她温柔中的坚决，他慢慢低下头去。

离得这么近，阳光下，林磐眼前的浓密黑发中，忽然闪过了一丝刺眼的银色。怔怔地伸出手指，她几乎是无意识地拈住了那黑发丛中的一根白发。

鬼使神差地，她颤抖着手，将那根白发轻轻拔了下来。

抬起头，原芮风看着她手里的、自己的白发。俊美无俦的脸上没有什么表情，只淡淡地道了一声："呵……都有白头发了。"

忽然地，林磐的心像是被什么狠狠撕开了一道血口。颤抖着手，她好不容易收住的泪水再度决堤。

静静地看着她，近在咫尺的男人没有帮她擦去泪水，却微微一笑："认识你的时候，你二十岁，我二十八。"

他自嘲地眯起眼睛，看着自己那根白发，"不知不觉地，我都三十四了。"

林磐的身体，颤抖得像是秋风里的落叶。死死看着眼前胡子拉碴、眼神悲哀的男人，她无法思考，无法挣扎。

可是对面的男人，远远比她更加残忍。他微笑着，看着她，一句句看似平淡，却步步紧逼，不给她喘息之机，"林磐，给我们一个机会。"他的声音低沉，像是来自最深的绝望涧底，"不不，是给我们一家三口一个机会……我保证，你绝不会后悔今天的决定。"

"不知道我们的一生，还有几个五六年呢？"那男人轻轻问。

闭了闭眼睛，林磐任凭滚滚泪水留下脸庞，任凭这男人用话语摧毁最后的防线。

睁开眼时，窗外异国的阳光正盛，身边繁花满地，一切似乎都如同梦境。

"原芮风。"她点点头，嘴边翘起一个微微的笑，眼泪未停，"你说得对，我们没有再多几个五六年来犯错了。所以……让我们试试看吧，也许一切依旧来得及。"

从年轻时一见倾心，到跌跌撞撞变为陌路，这场倾城之恋，走过了时光悠悠，好像终于又回到了原点。

幸好一切还来得及。

时光过去，他们蓦然回首，都还找得到彼此，都还愿意停下来，等待对方一起，携手前行。

（完）

Postscript
后记

文 / 闪灵

这个故事，其实断断续续写了大半年。

脑海里总有这么一个关于爱与恨，关于误会和敌对，关于原谅和伤害的故事，它一直在那里静静地生根发芽，督促着我找一些合适的情节来表达。

于是有了这个爱情故事，有了这些我自己很喜欢的情节，也有了文章里这几个各自有着不同性格和命运的人物。

这些人物，在某些时刻就像活的一样，演绎着一幕幕悲欢离合，在我的脑海中这样清晰，就像真的在某个繁华都市中存在着，鲜活而真实。他们笑过，哭过，彼此深爱过，也彼此远离过。

好在爱情的最终，他们都有着很好的结果，经历过万水千山，经历过伤痕累累，他们相视着走向彼此时，终于可以无言相视，含泪带笑。

这就够了。

这已经很好。

不是吗？

爱你们，我最最亲爱的读者们，在这个实体书渐渐式微的年代，能和你们相遇，这个故事能在你们的心湖中落下一点涟漪，留下一抹袭人清香，那就是我最大的开心和荣幸。

很高兴这个故事能最终以实体书的形式呈现在大家的面前，书墨香气始终是电子读物无法取代的存在。

感谢亲爱的编辑，更加感谢黑龙江美术出版社，深深鞠躬，让我们以后有机会再携手奉献更加美好的爱情故事给所有的读者看。